ラルーナ文庫

異世界召喚されたら、勇者じゃなくてオメガになりました

鹿能リコ

JN103178

三交社

CONTENTS

Illustration

北沢きょう

異世界召喚されたら、勇者じゃなくてオメガになりました

本作品はフィクションです。
実際の人物・団体・事件などにはいっさい関係ありません。

晩秋の日没は早い。五時を過ぎればあっという間にあたりは真っ暗になる。

俺、佐々木《ささき》圭輔《けいすけ》は水道のパーツメーカーの社員だ。二年前に千葉中央支店から、群馬支店に営業職で異動となった。

給料はまあまあ、残業と休日出勤はたっぷり。有給の消化は推奨されていても、休日でも代休日でもお構いなしに電話やメールがきて、ゆっくり休めることはない。

水道が壊れたら、どこだって大惨事。そして修理は大至急で、パーツの納品は至急。お得意様なら大至急にも対応しなくちゃならない。

今日も土曜日だったが、日中、急遽《きゅうきょ》お得意様に納品に行くことになった。

現在は納品を終え、高崎市内の自宅アパートへ社用車で直帰の最中であった。

うねうねと曲がる峠越えの国道を走りながらも、頭は夕食のことでいっぱいだ。

ショッピングセンターに寄って夕食を買って、家に帰ったら風呂《ふろ》に入って、ビールで晩酌だ！

渇いた喉《のど》を潤す金色の液体を想像するだけで、口の中に唾《つば》が溜《た》まる。

惣菜《そうざい》をつまみにビールで晩酌しながら、オンラインゲームにログインし、日課をこなしつつ、ネットで深夜アニメを視聴して就寝。これが俺の日常だった。

そう。俺は、オタクだ。

かといってディープなオタクではない。アニメやゲーム、ラノベや漫画を生活の邪魔にならないていどにたしなむライト層だ。

「そろそろ、予約していたマグオプのランベルトフィギュアが届く頃だっけ……」

マグオプとは、七年前に配信開始したオンラインゲーム、〝マグヌムオプス・ウィリディタス〟の略称だ。

何者かによって悪魔を封印した書物ゲーティアから悪魔が解放されてしまい、聖女アルディスが悪魔を封印し直す旅に出る、という内容だ。

主人公の勇者は男女両方から選べて、途中任意に変更可能。聖女と出会った主人公＝勇者が聖女とともに故郷から旅立つところでチュートリアルが終了。その後は、悪魔を封印しながら旅の仲間を増やしていく。

ランベルトは物語の序盤で仲間になる騎士で、マグオプの人気キャラクターだ。

最初は強敵として登場し、物語が進むにつれ絆《ほだ》され、最後には仲間になるおいしい立ち位置な上、金髪碧眼《へきがん》の恵まれた容姿をしている。

愛する女性が悪魔に憑《つ》かれ、人格も容姿も変容してしまい、最後は自らとどめを刺して死によって救う……というヘビーなエピソードをもちつつ、普段はボケキャラという落差が魅力だ。

初期ステータスが高く、育てればかなり攻撃力がありつつも装備によって防御力もそれなりになる、ゲームは一日二時間までの俺にとって、非常にありがたいキャラだ。

難敵に手こずり、もうダメだと思ったところでランベルトの必殺奥義で辛勝するうちに、奥義が出ると、『抱いて！』と叫ぶほどのお気に入りになった。

たまに我に返って、二十八歳にもなって何をしているのか、と思うこともある。

が、それはそれ、これはこれ、だ。

そもそも俺には、結婚しろとせかす親はいない。

結婚したいという彼女もいない。

母親は小学一年生の時に交通事故で亡くなった。

父親は高校二年生の時にガンで亡くなった。

その時、親身になってなぐさめてくれた隣家の幼馴染《おさななじみ》といい雰囲気になり、告白に成功。大学に進学してからは、いずれ結婚を……と考えるようになっていた。

ところが、大学三年になった時、幼馴染が俺の高校時代からの親友と俺に隠れてつきあっていた、という事実が発覚する。

「どうせなら、俺と別れてからつきあえよ」と、泣きながらふたりに訴えたところ「だって、圭くんは可哀《かわい》そうだし……別れるって言ったら自殺しちゃうかもって、ふたりで相談して秘密にしてたんだよ！」と明るく幼馴染に言われてしまった。

その時の俺の気持ちをどう言い表せばいいのか。

いろんな意味で、惨めだった。

幼馴染の偽善めいた優しさも、親友の見当はずれな気遣いも、うっかりふたりがやってる最中に踏み込む間の悪さも、両親がいないことも、何もかもが嫌悪の対象となった。

恋人と親友を同時に失った俺は、悲しみをまぎらわすため、たまたまはじめたマグオプにのめり込んだ。

ランベルトが恋人を殺すシーンをくり返しプレイしては、「裏切り女は、デストローイ！」と叫んで爽快《そうかい》な気分を味わうていどには、病んでいた。

そんなだから、女性と表面的な会話はできるが、まともにつきあう気にはなれない。

第一、オナニーはできても、セックス全般が無理だった。AVを見ようものなら、即座にリバースしてしまう。あの事件の前までは、胸と尻《しり》なら断然、胸派であったが、今でもグラビアアイドルの水着写真を見るだけで、口の中にすっぱい液が込みあげる。

「どう考えても、詰んでるよなぁ……」

三十歳を過ぎれば、会社でも独身をネタにいろいろ言われたりいじられたりするだろうし、そういう未来を想像するだけで、あまりの面倒臭さにため息が出る。

なんかもう、全部ヤダ。なにもかも放り出して、どこかに逃げてしまいたい。

そう、心の中でぼやいた瞬間だった。前方にうすぼんやりと青い光が見えた。

道路が……光ってる!?

カーブの手前で道路が青く光っている。そう状況を把握した時には、怪しい光は目前に迫っていた。

青い光は、マグオプでキャラが奥義を放つ時の魔法陣エフェクトに似ていた。

「魔法陣……？　まさかなぁ……」

そうつぶやいた時、社用車は青い光に差しかかっていた。ちょうど円の中央に車が至った瞬間、強烈なめまいに襲われた。

「うげぇっ」

めまい、そして、強烈な吐き気。おまけに頭痛。

とっさにハンドルにしがみついたが、ここはS字カーブが続く山道だ。

魔法陣のすぐ先もカーブで、ハンドルにしがみついている場合ではない。

あ、俺、死んだ。

目の前にガードレールが迫り、心の中でつぶやいた瞬間、ふっと圧迫感が消えた。

握っていたハンドルの感触も消えて、俺は身ひとつで白い石畳に座り込んでいた。

「へ？」

間抜けた声を出して顔をあげると、ヨーロッパの中世から近世っぽい――マグオプで見たような――装束に身を固めた男が五人、目の前に立っていた。

部屋の中は暗く、鬼火のような光が宙に浮かび、周囲をほのかに照らしている。

男たちはみな、思いつめたような、真剣なまなざしで俺を見ていた。

これは……えっと……まさか……。

「異世界、召喚……？」

異世界転生ならば、俺は、ある日突然、前世の記憶を思い出すはずなのだ。

突然、見知らぬ場所に飛ばされて、見知らぬ人に囲まれている場合は、異世界召喚。

いやぁっふうううう!!

一瞬でテンションが爆あがりだ。

ありがとう、異世界召喚。これからはチート無双！　マグオプの世界なら勇者になって強くてニューゲームだ!!

期待に胸を膨らませた俺に、一番小柄のもさっとした男が話しかける。

「はじめまして、異世界の方。私は、秘書官のレッド・キレーンと申します」

男の声は、わけのわからない音の連なりと日本語の副音声になっていた。

聞きづらいので日本語に意識を集中させると、意味不明の音が消え、最後には完全に日本語だけが聞こえてくる。

これは、異世界召喚によくある優遇措置。言葉に不自由しないというアレだ。いよいよチート無双が確実だ。顔のニヤニヤがとまらない。

「俺は、圭輔。佐々木圭輔。名字が佐々木で名が圭輔だ。……異世界の方……ということは、ここは俺のいた世界とは違う世界なのか？」

数々のラノベ、マンガで予習した甲斐《かい》あって、我ながらスムーズな返しだ。

正直、だらだらした展開は苦手なのだ。ここはチュートリアルと割り切って、サクサク対応する。

「あぁ、話が早くて助かりました。ここは、デュナン王国の王宮です。王宮の神殿にて、大賢者召喚の儀式を行いまして、やってこられたのがケイスケ様です」

「あー…………」

マグオプには、デュナンなんて国は存在しなかった。それに大賢者召喚ってことは、勇者ではないってことで。……強くてニューゲームの可能性が、消えた。

「ケイスケ様、あの……よろしいですか？」

テンションだださがりの俺に、恐る恐るレッドが尋ねる。

「大丈夫だ。話を続けてくれ」

そして、レッドが、二百年前の建国当時の歴史を語りはじめた。

当時、この国の北半分は、瘴気《しょうき》が強く人の住めない魔界と呼ばれる地域で、瘴気の影響を受けて危険な方向に進化した動植物が多くいたのだという。おまけに、瘴気を含んだ風──魔風──が吹き、魔界に近い場所は農作物も育たなかった。

そこで登場したのが、デュナン王国の初代国王のルオーク・グリフィスだ。

ルオークはこのあたりを本拠地とした弱小部族の若き族長で、生まれつき強い魔力を持っていた。

自分の故郷を、安全に人が住める地にしたい。

常々そう願っていたルオークは、たまたま異世界より訪れた強い魔力を持った男、シアンと出会う。

ふたりは意気投合し、手を携え、魔力を劇的に高める金魔石や、魔術を長持ちさせる賢者の石といった奇跡のアイテムを作成し、魔界を結界により封じたのだ。

そうして、この地は安全な地となり国家ができた。

「デュナン王国は、東をイスファーン、西をトルケアという大国に挟まれておりますが、魔界を封じていること、そして金魔石により大魔術を行使できるため、侵略も受けず、二大国家の貿易の中継地として商業、そして南部の肥沃《ひよく》な大地による農業国家として繁栄しています。が、それも近年危うくなりつつあります。その原因は、金魔石の減少です」

「減少って……。なくなったのなら、また作ればいいんじゃないか？」

「金魔石の作り方は秘術とされておりまして……。極秘文書として保管されておりましたが、その、二百年の間に紛失してしまいまして……」

「そんな大事な書類、なんでちゃんと保管してなかったんだ？」

「ケイスケ様のおっしゃる通りでございます」

あまりのうかつさに素で突っ込むと、レッドが目に見えて小さくなる。すると、レッドの隣にいた五十代くらいの男性が一歩前に出た。

「私は軍務大臣のセオバルト・オニール。そういったわけで、金魔石を作ることが叶《かな》わず、我らは新しく大賢者となるべき者――あなたを――召喚するに至ったのだ」

セオバルトは、瘦身《そうしん》で神経質そうな、軍人というより本社の人事課長のような雰囲気の持ち主だ。

あー、なんかいかにもコストカッターで、派閥は社長で覚えがめでたい感じ。

「まずは、魔力を測定しましょう。ケイスケ殿、こちらへ」

セオバルトの言葉に、隣に控えていた騎士がワゴンを押してきた。

魔法陣が描かれた金属板に、大きな丸い水晶玉が置かれている。

これは！　なんというお約束な異世界アイテム‼

セオバルトに導かれるまま、俺はわくわくしながら水晶に手を置いた。水晶が淡く光り、七色の光が虹のように浮かんで、最後に消えた。

「これは……」

セオバルトたちの表情が変わった。

うんうん。俺の魔力量が破天荒で、驚いてるんだな。

両手を腰にあて、胸をそらして「結果は？」と尋ねる。

「オメガ……です」

オメガというのは初耳だ。

いや、なにかでアルファにしてオメガなり、という言葉を聞いたことがある。

古代ギリシャ語のアルファベットの最後の文字ということは、超弩級《ちょうどきゅう》の魔力量と、つまりは、そういうことだな！

「オメガというのは？」

すまし顔で聞いてみると、レッドがおずおずと口を開く。

「えっと……。私どもの世界では、すべての人間が大なり小なり魔力を持って生まれています。魔力は四大——火・風・水・土——の属性にわけられ、ひとつから四つまでの属性を持ちます」

「それで？」

「四属性すべてを持つ者をアルファといいまして、それ以外はベータといいます。私は水と風の属性を持つベータです。そして、オメガというのは……」

ここで、レッドが泣きそうな表情で俺から顔をそむけた。

「魔力量が極めて少ない人間のことをいいます」

「へ？」

「だから、その……ケイスケ殿は、魔力量が少ないということさえなく、それ以下。正真正銘、ゼロだったのです」

「…………なんだってぇ!?」

魔力量がゼロって……。チートじゃないのかよ!!

期待を裏切る結果に、視界の隅を意識で探す。

たいていの場合、どこかにアイコンがあって、ステータスが確認できるはずなのだ。

だがしかし、アイコンは、ない。

「ステータスオープン」

小声でつぶやいてみても、視界に変化はない。ステータス画面は出てこない。

せめて、大賢者：レベル1という表示を見られれば……という、儚《はかな》い期待は木っ端みじんに吹き飛ばされた。落胆のあまり全身から力が抜ける。

その場にがっくりと膝《ひざ》をつき、拳《こぶし》で床を叩《たた》く。

異世界召喚されたのに、強くてニューゲームでもチート無双でもないなんて!

「……俺、元の世界に帰れます?」

「残念ながら、呼び寄せる魔術はありますが、帰す魔術はないんです……」

これまた、お約束のパターンのひとつだ。クエストを達成したら帰還を選べることもあるけれど、帰る方法がない一方通行の場合も多い。

あぁもう、詰んだ。第二の人生が、はじまった途端にゲームオーバーだなんて。

スマホも財布も助手席に置きっぱだし、まじで着の身着のまま。

そういえば、異世界召喚もののパターンに、召喚に巻き込まれた勇者や聖女以外の人物がその後は牢《ろう》に入れられたり、ぽいっと捨てられるのもあったっけ。

そういう場合、実はすごい能力が隠されてたりするけど、魔力ゼロじゃ、その線も薄い。どうする、俺⁉

内心でパニックを起こしていると、今まで他の男たちの陰に隠れるようにしていた長身の男が俺に近づいてきた。

鬼火のような光に照らされて、はっきりと男の顔が見えた。

「……ランベルト？」

男は二・五次元の舞台のランベルトだと紹介されたら『尊い……』と拝むレベルで、ランベルトそのものだった。

光を受けて輝く金髪、優しげなエメラルドの瞳《ひとみ》。白磁の肌に、きりっと引き結ばれた唇が知性を感じさせる。年の頃は三十歳くらいだろうか。

甲冑《かっちゅう》姿ではなく、フリルっぽいシャツと刺繍《ししゅう》の入ったベストに上着、揃《そろ》いのズボン。肩にはマントを羽織り、見るからに高そうなサファイアと金のブローチで留めていた。

「私はブライアン・モル・グリフィス。デュナン王国の国王だ」

なんとびっくり、ランベルトのそっくりさんは王様だったのか。

惜しい。顔は似てるけど、ＣＶが違う。

などと考えていると、王様に手首を摑《つか》まれて引っ張られ、立たせられた。向かい合った王様は、俺より頭半分は大きい。

あぁ……。アップになっても顔がいい……。

「オメガなのは残念だが、金魔石や賢者の石の作り方に心当たりはないか？」

「まったく心当たりがありません」

「ケイスケの召喚に最後に残った大きい金魔石を使ってしまった。そなたが金魔石を作れないとなると、この国は大変困ったことになるのだが」

残念そうに言われても、俺だってがっかりだよ。

さようなら、強くてニューゲーム。夢で終わったチート無双。おまけに、元の世界にも戻れない……。

いや待て、強くてニューゲームとチート無双だけが異世界召喚や転生じゃない。

まだあるじゃないか『スローライフ』というジャンルが！

森で暮らして、畑を耕して薬草を育てて、回復薬を作るんだ。太陽がのぼって起きて、日が暮れて眠る。のんびりした日常。

社畜からスローライフも悪くない。うん、やる気が戻ってきたぞ！

「王様、俺は……はっきりいって、役立たずですよね？」

「そんなことは……」

「はっきり言っていただいて結構です。それで、お願いがあるのですが？」

「私にできることならば、できるだけ力になろう」

「俺を保護してもらえますか？」

その言葉に、王様が息を呑《の》んだ。まるで、意外なことを言われたとでもいうように、目を見開いて俺を見つめる。レッドやセオバルト、騎士たちも似たような反応だ。

普通に考えたら、突然、異世界に召喚されて役立たずとなったら、身の安全と生活の保障を求めるもんだよなぁ。

なのに、なんだろう。この反応。意外に思われているのが、意外だ。

王様は困ったように俺を見ていたが、小さく息を吐き、改めて俺をひたと見据える。

「わかった。そなたの申し出を受け入れる。私がケイスケの保護者となろう」

「陛下！」

「よろしいのですか、陛下!!　お考え直しください！」

レッドとセオバルトが王様を必死になって止めている。

いやいや、そんなに必死になって止めるようなことか？

「よかった。それで、俺の処遇なのですが……、どこか田舎……できれば森にでも、ひと

りで暮らせるようにしてもらえませんか？」

すかさず願望を口にすると、再び王様が困り顔になる。

「いったい、どういう意味だろうか？」

「そのままの意味です。俺は、どうやら役立たずなようですし、どうせならスローライフを極めてみようかと思います」

「スロ……ライフ？」

どうやら、この世界にスローライフという概念はないようだ。

「いきなり街中で暮らしても、異界人だと周りに迷惑をかけそうですし、人の少ない場所でひとりで暮らして、薬草を採取して回復薬でも作って自立しようかと」

「考え直した方がいい。魔術を使えないのにひとり暮らしは危なすぎるし、回復薬を作るには魔力が必要だ。どちらも、ケイスケには荷が勝ちすぎている。私は、保護者としてその願いを聞き入れることはできない」

「そんな……」

最後の希望、異世界スローライフ計画さえ、はじまる前にとん挫《ざ》してしまった。

踏んだり蹴《け》ったりっていうか……。俺はいったい、どうすりゃあいいんだよ!?

心の中が真っ黒になった。いわゆる闇堕《やみお》ちしそうな、そんな気分だ。

呆然《ぼうぜん》と立ち尽くしていると、王様が俺の肩に手を置いた。

「私が保護すると約束しただろう。仕事がしたいというなら、私の衣装係か寝室係にしよう。これらの職務に魔力は必要ないから、きっとケイスケにも務まるだろう」

力強く励ます声に、俺はのろのろと顔をあげる。

目の前には、ランベルトそのままの顔が、労《いたわ》りの表情を浮かべていた。

希望が全部消えても、俺は、ここで生きていかねばならない。

……いや、スローライフの夢は諦《あきら》めない。ここでしばらく過ごしてひとり暮らしに必要な知識や技術を習得したら、日本ならではの知識を使ったウハウハ商売大成功、金に困らないリッチな人生を送るんだ!!

新たな目標を持つと、少しずつ体に力が戻ってきた。

「……よろしく、お願いします」

こっくりとうなずくと、王様がほっとした顔で「よかった」と言った。

「レッド、宝物庫からオメガ用の魔術具を用意してくれ。そのまましばらく、そなたはケイスケにつくように。この件は侍従長に伝えておく」

てきぱきと王様が指示を出し、俺はレッドの「こちらへ」という声にうなずく。

これが俺の、異世界生活のはじまりだった。

そんなわけで、神殿を出たレッドと俺は宝物庫へ向かった。

王宮は、巨大な建物二棟といくつかの別棟、途中に庭園があって、トータルでは郊外型ショッピングモールみたいな印象だった。

俺が召喚された神殿は、ふたつの大きな建物に挟まれた小さな建物だった。そこから庭園を挟んで建つ別館──宝物庫──へ移動中だ。

神殿を出てふたりきりになると、途端にレッドの口調がくだけて饒舌《じょうぜつ》になった。お偉いさんや騎士に囲まれて、緊張していたのかもしれない。

俺も堅苦しいのが苦手だから、こっちの方が気楽でいい。

レッドは、王様──ブライアン──の乳兄弟で、腹心だと改めて自己紹介する。

「ケイスケ殿、何か聞きたいことはあるか？」

「オメガのための魔術具って、何？」

「日常生活が送れないくらい魔力量が少ない人間──オメガ──が、日常生活を送るための道具のことだよ」

「そもそも、日常生活が送れないほど魔力がない……っていうのがわからないんだけど」

俺の問いに、レッドが「そうだなぁ」とつぶやいて、宝物庫の前で足を止めた。そうして、扉の脇《わき》の壁──楕円形《だえんけい》の金属板が埋められている──に手をかざした。

次の瞬間、触れてもいないのに扉が動き、内開きに開く。

「よかった。自動扉はわかるんだ。平民の家は自動扉じゃないけれど、王宮は暗殺や窃盗の防止のため、こんなふうに登録者じゃないと扉が開けられないようになってるんだ」

セキュリティカードに登録された権限によって、行ける場所が違うっていうアレか。

「登録者であると証明するためと、扉を開けるために自分の魔力を流すんだよ」

「じゃあ、俺がひとりじゃ生活できないっていうのは……」

「自動扉以外にも、水道から水を出すにも、調理道具を使うにも魔力を流すんだ。魔力を使わない水道や調理具は存在しない。もちろん、井戸や川から水を汲《く》んだり、薪《たきぎ》で火を燃やすことはできる。ただ、水を運ぶのはともかく、魔術を使わずに火を点《つ》ける方法を、そもそも僕は知らないけどね。ケイスケ殿は知ってるか？」

レッドが真顔で聞いてきた。

「マッチ……はこの世界にないか。火打石……もないんだろうなぁ。あとは……レンズ！凸面鏡を使って太陽の光から火種を取る！」

俺の説明に、レッドが「想像できない……」と、眉《まゆ》を寄せた。

これは、想像以上にオール電化ならぬ魔力化が進んだ世界らしい。

そう考えていると、円盤型の金属製の箱が小さく音をたてながら近づいてきた。

「あれはなんだ？」

「掃除具だよ。風魔術でゴミを吸い取って、水魔術で床を掃除する魔術具だ」

「そんなの、こっちの世界でもできたばかりだぞ！」

なんてことだ！　この世界の文明は、現代日本並じゃないか。

服装が中世っぽいから、完全に騙《だま》された!!

そうして、レッドが上着の袖の折り返しから、薄い金属板を取り出して耳に当てた。

「部屋の準備ができましたか。場所は……、あぁはい、そうですね。では、魔術具を取ってきたら、そのままそちらに向かいます」

「携帯電話まであるのかよ……」

便利だ。便利すぎるぞ、異世界生活！

俺の知ってる異世界モノとは、全然違うじゃないか!!

とはいえ、こっちの魔力は電気、魔術が技術って考えれば、人間の生活に必要なものは同じだろうし、同じ機能のものがあってもおかしくない。

通話が終わってレッドが歩き出すと、俺はさらなる情報収集を試みた。

「人の移動手段は、どうなってるんだ？　自動車とかある？」

「自動手押し車？」

自動車は、そう変換されたか。つまり、存在しないってことだな。

「えっと……馬を使わないで移動できる馬車……かな？」

「それはないなぁ。デュナン国の移動手段は、ほとんどが徒歩か馬、それに馬車や舟で、騎士や貴族など魔力が強い者の一部が魔獣を使う」

「魔獣？」

「グリフィンやペガサスという、空を飛ぶ魔獣がいるんだ」

「魔獣で空を飛ぶのか！」

　イエス、ファンタジー！

　異世界っぽい移動手段に、俺のテンションがあがる。

「でも、王都アスロンの外壁内では飛行禁止。暗殺や謀反防止のためだ。アスロンを出てしまえば、そこまで厳しくないから、飛行騎士も見られるかもね。他の移動手段は、転移陣かなぁ。転移陣ってわかる？」

「任意の場所に、人や物を一瞬で移動させる魔術……？」

「そう。でも、この転移陣の使用には、陛下の許可が必要で、使えるのも軍だけだ」

　まさか、ワープまで実現しているとは。恐るべし異世界。

　現代日本ならではの知識や感性を使って、異世界で人生のやり直しを……というのは、そうそううまくいかない気がしてきた。

「……人生って厳しい…………」

　ままならぬ人生を噛《か》み締めたところで、宝物庫の中に入った。薄暗い通路を進むともうひとつ扉があって、その扉の前に兵士が立っていた。

「秘書官のレッドだ。陛下の命で、オメガ用の魔術具を取りにきた」

「侍従長より話はうかがっています。どうぞ」

兵士が扉の前から退いて、レッドに場所を譲った。レッドが魔術認証で自動扉を開けると、俺に向かって「こっちだ」と声をかけた。

「俺も入っていいのか？」

「……君は、陛下の保護下にあるオメガだから。君のためにも、周囲のためにも、僕のそばから離れない方がいいんだ」

横目でレッドが兵士を見ると、兵士が視線を逸《そ》らした。

なんで俺を見てるんだ？　あぁ、異世界基準だと、変な恰好《かっこう》してるからか。

安い吊《つ》るしの上下にネクタイ、ワイシャツ、そして革靴は、完全に浮いている。「異世界から召喚されました」と、看板をさげて歩いているようなものだ。

レッドが先に立ち、ふたりで真っ暗な室内に入ると、自動で扉が閉まった。

入ってすぐの壁の金属板にレッドが触れると、ぽつぽつとあの鬼火のような明かりが灯《とも》り、室内を照らした。

「オメガ用の魔術具」と、レッドが壁に向かって声をかけると、直径一センチほどの赤い光が生じて、蛍火のように宝物庫を移動する。

「目当ての魔術具まで、あの赤い光が案内してくれる」

赤い光は奥へと進んでいって、壁に木をはめ込んだ棚が並ぶ一画で動きを止めた。

「ここには盗難防止の魔術がかかってるから、うかつに置いてある物に触らないようにね。触ると、文字通り大火傷《おおやけど》するよ」

俺は慌てて腕を交差させ、ぴったり体につける。

「あぁ、あった」

赤い光は、見るからに古そうな飴色《あめいろ》の木箱に止まっていた。古くはあったが、細かな彫刻が施され、ニスか何かが塗られており、工芸品としてなかなかのできだ。

「この、赤い光が止まると、盗難防止の魔術が解除されるんだよ」

そう言ってレッドが箱を両手で持ちあげ、扉に向かって歩いてゆく。

宝物庫を出ると、そのまま神殿の裏手の大きな建物に移動した。

「ここは？」

「陛下の暮らす居殿だよ。陛下の他にも身の回りを世話する人たちも暮らしている。君は今後、ここで暮らすんだ」

階段をのぼり、長い廊下を延々と歩いて、ようやくレッドが「着いた」と言って、足を止めた。

レッドが金属板に触れて扉を開けると、そこは十二畳ほどの広さの部屋だった。

窓があり、ベッドとテーブルとイス、そして壁に板が差し込まれた棚があり、その下に櫃《ひつ》が置かれていた。

他には、水道の蛇口つきの洗面所と大きなたらい、水差しやお茶道具が置かれた小さなテーブルと陶器製のおまるっぽいものがあった。

「仕切りのないビジネスホテル……って感じの部屋だな」

トイレと風呂――たぶん、たらいが浴槽だ――がオープンというのは慣れないが、完全個室なら、ぎりぎり耐えられそうだ。

「トイレはどう使うんだ？」

「縁にある金属板に触れると、水の魔術で下水管に汚物が流れるよ」

「トイレも水洗か……。だったら、浴槽もたらいじゃなくて、陶器で作ればいいのに」

「王族や有力貴族の浴槽は陶器や金属製だよ。浴槽サイズの陶器や鋳物《いもの》を作れる職人の数が少ないから高価なんだ」

説明にふんふんとうなずきながら、ベッドに腰をおろした。

ベッドはカバーで覆われていて、羽毛布団と羽根枕《まくら》、その下に羊毛を詰めたらしき布団とマットレスがセットされていた。

「寝具は充実してるなぁ」

「君は、陛下の保護下にあるから」

王様の保護下にあると、寝具に恵まれるのか。面白い習慣だ。

レッドはテーブルに魔術具の入った箱を置くと、イスに行儀よく腰かけた。

ちなみに、家具は木製ばかり。どれもみな、よく磨かれて手入れされている。床は石、壁は白い漆喰《しっくい》だ。

それからしばらくの間、俺は、手当たり次第に魔術具に触れてみた。

しかし、予想通りというか、残念なことに、魔術具はうんともすんともいわない。

「この世界のオメガでも、トイレは反応するから……。本当に、ケイスケ殿は魔力がゼロなんだなぁ」

「そんな事実、知りたくなかった！」

そう返したところで、トントンと扉をノックする音がした。扉を開けると、十歳かそこらと思われる、目のくりっとしたなかなかの美少年がシーツやタオルを抱えて立っていた。

「はじめまして、ケイスケ様。陛下よりケイスケ様の従者に命じられましたアートと申します。よろしくお願いします」

俺の従者という少年が、緊張した顔で俺を見ていた。

「レッド、俺に従者がつくのか？」

「そりゃあ、オメガなんだし、従者がいないと不便だろう」

オメガだと、従者がいないと不便？　なんなんだ。よくわからん。

「陛下からは、ケイスケ様はこの世界にも王宮にも慣れていないから、できる限り手助けするようにと命ぜられております」

あぁ、つまり俺専用の異世界ガイドさんってわけか。

「わからないことだらけで迷惑かけると思うけど、よろしく頼むな」

挨拶《あいさつ》を済ませると、アートはキビキビした動作で棚にシーツやタオルを置いて、また部屋を出て行った。

「あんな小さい子が働いてるなんて、学校には行かないのか？」

「あの年頃だと、初等教育は終わってるね。それ以上の学問は、神官や官吏、軍の指揮官、貴族か富裕な商人くらいしか受けられない」

中等教育以上は、金持ちか特殊な専門職に就く者しか受けられないのか。せちがらい。

「それにしても若いなぁ。まだ、幼いっていってもいいくらいだ」

「君は陛下の保護下にあるオメガだから。従者も幼いくらいじゃないと」

でた。陛下の保護下という謎《なぞ》ワード。

小首を傾《かし》げていると、服を抱えたアートが部屋に戻ってきた。

「侍従長よりご伝言です。じきに陛下がいらっしゃるので、それまでに着替えを済ませておくように、とのことです」

アートが抱えていた服をベッドに置いた。

裾《すそ》の長いチュニック、襟や袖がひらひらしたシャツ、ベストにズボン、そして上着、靴下とガーターベルト、ブーツと、着替えが一式揃っていた。

チュニックとシャツは白で、ズボンと上着が濃いブルー、ベストは茶色。古着のようだが、布地の触り心地はよく、上質な品だとすぐわかる。

「こちらは、陛下がご幼少の頃に着ていたものです。新たに服を仕立てるまで、着替えがないと不便だろうから、と」

「服を仕立てるって……新しい服を買ってくるわけにはいかないのか？」

「買って着るのは、古着だよ。新しい服は仕立てないと」

なんと、この世界には既製品で新品の服はないらしい。

「陛下の服を賜るのは、君が陛下の保護下にあるからだ。この服を着ていれば、城にいる者がうかつにケイスケ殿に手を出すこともないだろう」

頻発する〝陛下の保護下〟に、俺はまたしても首を傾げる。

「ケイスケ様、お召し替えをしましょう。私が手伝います」

「着方さえ教われば、着替えくらい、ひとりでできるよ」

「しかし、主《あるじ》のお召し替えは、従者が手伝うものなのです」

「ケイスケ殿は、陛下の寝室係か衣装係になるのだから、今後のためにも一度、される側として体験した方がいい」

アートとレッドにかわるがわる説得されて、俺は仕方なくうなずいた。

異世界の着替えの説明は、なかなかショッキングなものだった。

まず、従者の前で全裸になる。

この時点でハードルがべらぼうに高い。俺は、トランクス一丁で勘弁してもらった。

それから、太腿《ふともも》から吊るすタイプのガーターベルトをつけて、靴下をはく。その上からチュニックを着てスリットによって前後に分かれた長い裾を股間《こかん》にくぐらす。

つまり、このチュニックはシャツとパンツ一体型の下着であったのだ。

他人がはいたパンツをはくって……トランクスをはいたままで、よかった！

そうして、チュニックの上からシャツを着れば、あとは、普通の着替えと同じだった。

「……この世界の衛生は、どうなってるんだ!?」

つぶやく俺に反して、アートとレッドは俺の着ていたインナー――ランニングタイプのシャツ――を、興味深そうに見ていた。

「ケイスケ殿。この短いチュニックの、素材は何なのだ？」

「綿だよ。俺の世界では下着や肌着っていって、肌に直接身に着けるものは綿素材が多い。汗をよく吸い取るし、こまめに替えれば衛生的だし、感染症予防にもなる」

「衛生とはどのような意味だ？　それに感染症とは？」

興味深そうにレッドが聞いてきた。

しまった。この知識は、俺のウハウハ大儲《おおもう》けライフに使える知識だったか！

一瞬、出し惜しみしたくなったが、不潔なのは嫌だ。

「俺用に、綿でインナーとトランクスを五枚ずつ作ってくれるなら、教えてもいい」

レッドがうなずき、交渉が成立した。

部屋に備えつけの紙とペンで、絵に描いて説明する。

「短いチュニックの方は後でもいいから、とにかく、こっちのパンツ！　トランクスを優先的に、できれば明日までに作ってほしい!!」

「明日まで……は無理だな。少なくとも、七日は必要だよ」

「じゃあ、布だけでもくれ。裁縫道具があれば、自分で作るから」

母親がいなかった上、ひとり暮らしが長いので、ボタンつけや裾あげくらいできる。

人に見せるわけでもなし、トランクス型のパンツなら作れるだろう。

俺の必死の訴えに、レッドが「いいよ」とうなずいた。

やった！　下着、ゲットだぜ!!

それからレッドに、ばい菌やらウィルスについて説明をする。

この世界の事情も聴いたが、水魔術の応用である治癒魔術が発達しているから、病気の原因にまで興味を持つ者はおらず、すべて〝瘴気〟で片づけてしまうんだそうだ。

「傷口も、綺麗《きれい》な水で洗うだけで炎症を起こしづらくなる。湿潤療法っていうのがあって、清潔なゲル状のもので傷口を覆っておくと、傷の治りも早くなるんだよ」

「それは興味深い。魔力量の少ない者にとっては、非常に役立つ知識だ」

「魔力量が少ないと、やっぱり大変なのか？」

なにせ、魔力量がゼロといわれた俺だ。そこのところは、大変気になる。

「先ほどの掃除具にせよ何にせよ、魔力がないと使えない道具が多いから。足りない魔力を補うために、あらかじめ魔力を貯めた魔石が流通しているよ」

乾電池ですね。わかります。

「魔石や魔術具に魔力を提供して金銭と交換することもできる。魔力量が少ないと、何をするにも不便だし、金も貯まらない。そもそも職業選択の幅が限られてしまう」

兵士は魔力量の多い者、多属性の者は神官や魔術研究の技術官、魔術道具を作る魔術具士。他にも鋳物職人やパン職人などは、火属性が好ましいとされるそうだ。

「そもそも、王族に生まれてもアルファでなければ王位に就けない。建国から二百年、王族のアルファ出生率はさがっていて、王族は数多しといえども、王位継承権のある方は、陛下の弟のダレン様と第一王子のエヴァン様のお二方しかいらっしゃらないんだよ」

なんと。あのランベルト似の王様は、子持ちだったか。

この世界は結婚が早そうだし、子持ちであってもおかしくないけど……ランベルトは女運のない独身だったから、裏切られた気分だ。

そのタイミングでノックの音がした。返事を待たずに扉が開き、王様がとりまきをぞろぞろ連れてやってきた。

「ケイスケ……呼びづらいから、今後はケイと呼ばせてもらう。私のことも、ブライアンと呼んでくれ」

王様が、輝くような笑顔を俺に向ける。

あぁ、推しが尊い！

心の中で両手を合わせ、王様を拝む。

王様は、お古に着替えた俺を見て「とてもよく似合っている」と言った。

日本人顔の俺に、こんなひらひらの服が似合うはずない。だが、お世辞とわかっていても、ここは笑顔で「ありがとうございます」と返すのが営業スキルというものだ。

「とても豪華な服で驚きました。それに、こんなにいい部屋まで用意していただいて、たいへん感謝しています」

俺は営業。王様は最重要顧客。

今、王様の機嫌を損ねたら、俺はここから放り出され、野垂れ死に確定だ。

最低目標は野垂れ死にの回避。希望は、ここを出てスローライフ生活を送ること。今は、放り出されないように注意しつつ、情報収集に努めるのだ。

「レッド、魔術具を」

王様が俺の肩を抱いてベッドに腰をおろした。当然、俺もベッドに座る。

レッドが箱の蓋《ふた》を開け、艶《つや》やかな布の塊を取り出した。布をめくると魔術具が現れ、レッドが王様に差し出す。

魔術具は、銀色――銀製だろうか――の金属製で、中央がふっくらと膨らんだひし形をしている。

表面には魔法陣が刻まれていて、見るだけでテンションがあがった。

王様は魔術具を指先でなぞると、ベッド脇に控えた侍従に渡した。侍従は革のベルトのような物を取り出すと、魔術具の金具に通し、王様に返す。

「この魔術具に登録を。ケイは魔力がないから、血の契約となる」

王様が腰のベルトからナイフを抜いた。そうして、俺の左手を取る。

「親指の先を、ほんの少しだけ傷つける。流れた血を、魔術具に垂らせば契約完了だ」

王様が、俺の顔を覗《のぞ》き込む。

キラキラした笑顔に見惚《みと》れている間に、親指がチクっとして傷をつけられていた。

最初は無痛。そして血が滴を結ぶと、ずくずく傷口が痛み出す。

王様が魔術具を俺に差し出したので、一滴、血を垂らすと魔法陣が淡く光った。

無意識に傷ついた指を口元にやると、手首を王様に摑まれた。

「治癒を」

王様が傷口に手をかざすと、ほわんと白い光が生じた。みるみるうちに、痛みが引いて、傷がふさがってしまった。

「すごい!!　ありがとうございます」

イエス！　ファンタジー!!　治癒魔術を体験してしまった。

「魔術具をつけよう。これは、賢者の石を使ったチョーカー型の魔術具で、魔力供給なしで他の魔術具を使えるものだ」

なんと！　人類の夢、永久機関の装置まで実現していたとは！

王様はネックレスをつけるように魔術具を俺の首に回して、金具に革を通して留めた。小声で呪文《じゅもん》を唱えると、魔術具から金色の光が放たれる。

「今のは？」

「私の紋章を革に刻んだのだ。私は、ケイの保護者だから」

「そういうもの……なんですか？」

「そういうものだ」

王様がにっこりと笑ったが、なんとなく違和感を覚えた。

ふと視線を感じてレッドを見ると、まるでガムを飲み込んでしまったかのような、微妙な表情をしている。なんなんだ、いったい。

「ケイには、明日から衣装係をしてもらう。仕事の始まりは早いが、終わりも早い。途中で休憩時間も多いから、きっと務まると思う。食事はこの部屋に運ばせよう。風呂にでも入って、今晩はゆるりと体を休めるよう」

するりと俺の肩を撫《な》でると、王様が立ちあがる。そうして、レッドをはじめおつきの者も全員出て行って、俺はひとり、部屋に残されたのであった。


魔術具を手に入れ、壁の金属板に触った。鬼火のような明かりが灯る。

「イエス、異世界！」

ぐっと拳を握って、ひとりなのをいいことに、異世界を満喫する。

アートが運んだ夕食を食べていると、綿の布地と裁縫道具が届いたので、さっそくトランクスの作成をはじめた。

スモックのような寝間着に着替え、トランクスを脱ぐと、布の上に置いてチョークで型を取る。ちくちく縫っていると、アートがやってきて、風呂の準備をはじめた。

たらいに水を入れ、たらいの金属板に触れるとすぐにお湯が沸いた。

そうして、なんだかいい匂《にお》いのする草――ハーブ――を入れる。入浴剤入りの風呂とは、なかなかに気が利いている。

風呂に入り、トランクスが一枚縫いあがった時点で寝ることにする。

チョーカーを外そうと手を後ろに回した。だが、後ろに金具はない。では、と革と金属部分をいじくってみたが、革と金具を外せず、仕方がないのでそのまま寝ることにした。

翌朝、アートによって起こされた。まだ日はのぼっておらず、うっすらと空が白みかけている頃合いだ。

寝間着のまま寝台で食事をして、洗顔、そして着替えをする。上着とベストとズボンは昨日と同じものだが、シャツとチュニックは違うものが用意されていた。

「チュニックはいいや。シャツだけ着るから」

身支度が整ったところで、レッドがやってきた。

「陛下の寝室に案内するよ」

「秘書官なのに悪いなぁ。俺の世話をするのは、本来の仕事じゃないだろう?」

「君の世話をするのは、陛下のご命令だから」

緊急時であっても、すぐに王様の身支度が整えられるよう、俺の部屋は王様の寝室と近い場所に用意されたと説明を受ける。

レッドの言葉通り、廊下に出ると、俺の部屋の少し先で男が四人、立っていた。

「ただいま陛下はお食事中です。食事を終えられましたら、身支度になります」

男たちの中でも一番年かさの男――心の中でセバスチャンと名づけた――が、初心者の俺に説明してくれる。

王様は朝に服を着て、午前中の執務を終えたら午餐《ごさん》用の服に着替えて、次に昼間用の服に着替えて、夕方にもう一回着替えて、最後に正餐《せいさん》用の服に着替える。

そのすべての着替えと、脱いだ服の手入れが衣装係の仕事だそうだ。

着替えだけで一日五回とは！　さすがロイヤル。面倒臭い。

「寝る前の着替えは、手伝わないのですか？」

「それは、寝室係の仕事になります」

……ややこしいぞ、王様の着替えルール。

「ケイスケ殿には、陛下のご意向でガーターベルトと靴下を担当していただきます」

「はい」

何も考えずにうなずいたところで、寝室の扉が開いた。食器を載せたワゴンを押す給仕が出てきて、入れ替わりに衣装係全員とレッドが入室する。

……広っ！　王様の寝室、ばかみたいに広いぞ⁉

広さは、俺の部屋の四倍はあろうか。

天蓋《てんがい》つきのベッドに、技術の粋を集めたのであろう、細かな意匠が彫刻された書き物机にイス、洗面台に猫脚の陶製の浴槽があり、他にも長イスやらオットマンやら、細々とした家具が置いてある。

そして、肝心の王様は洗顔を終えたばかりなのか、タオルで顔を拭《ふ》いていた。

「おはよう、ケイ。よく眠れたか？」

朝日にも負けない輝くような笑顔を向けてくる。

あぁ、今日も推しが尊い‼

「おかげさまで、ぐっすり眠れました」

実際、初めての場所、慣れない寝具にもかかわらず、俺は熟睡していた。

神経が太い……というより、疲れていたのだ。なにせ、六連勤後の異世界召喚で、王宮を歩き回った後だったからな。

「それはよかった」

王様は侍従にタオルを渡すと、そのまま隣の部屋――クローゼット――に移動した。

クローゼットは、櫃や壁に板を差し込んだ棚の他、木製のハンガーラックがあった。ただし、ハンガーはなく木の棒に直接ズボンがかけられている。

「ハンガーを使えばいいのに」

クローゼットを観察している間に、王様はイスに座って服を選んでいた。

服選びを終えた王様が立ちあがると、セバスチャンが寝間着を脱がせはじめた。

おおう。寝間着さえ自分で脱がないとは。これが王様というものか⁉

習慣の違いに驚いているうちに、王様が全裸になった。

全裸だというのに、王様は堂々としていた。生まれた時から家来に脱ぎ着させてもらってたんなら、そりゃあ、全裸を晒《さら》しても恥ずかしくないか。

王様の体は騎士だといわれても納得できるくらい、見事に鍛えられていた。鑑賞に堪える肉体は、いっそ眼福だ。

それでも下腹部から下、太腿の半ばから上は見るのが憚《はばか》られる。

巨乳といいたい胸筋を観察していると、王様が、ものすごくイイ笑顔を俺に向けた。

「ガーターベルトを」

「……あぁっ！　そうだ、俺の担当でした！」

セバスチャンにガーターベルトを渡されて我に返った。

王様、全裸なんですけど。あ、下の毛も金色だ。その奥については、ノーコメントで。

つまり俺の仕事は、ひざまずいて、あの部分を目の前にして、太腿にガーターベルトをつける……ということか⁉

……あまりのハードルの高さに、めまいがしてきた。

「ケイスケ殿、早くしないと、陛下がお風邪《かぜ》を召してしまいます」

セバスチャンに背中を押され、よろめきながら王様の前に立つ。

王様は、朝の清々《すがすが》しい空気のように、爽《さわ》やかな表情で俺を見おろしていた。

至近距離で見あげても、やっぱり王様は顔が良かった。

脳内カメラで激写しつつ、王様の太腿に腕を回した。目の前には王様の腹部がある。

おおう。すごい。腹筋がバッキバキ。腰回りは……けっこう太いな。ランベルトは腰がしゅっとしたタイプだったけど、これも悪くない。

ともすれば視界に入る王様の王様から視線を逸らしながら、なんとかガーターベルトをつけた。

やった。俺は、やりきったんだ！

そう、心の中で自分を褒めていると、セバスチャンに靴下を渡された。

……そうだ。俺はガーターベルトと靴下の担当だったんだ。

「急いでください、ケイスケ殿。たかだかガーターベルトをつけるだけで、どれほど時間をかけているのですか？」

セバスチャンに叱咤《しった》されつつ、王様に靴下をはかせることに成功した。

靴下をはかせるのは、股間が目の前にあるだけに、ガーターベルトよりハードルが高かったが、それも俺はやりとげた！　やりとげたのだ!!

次の衣装係と場所を交替し、俺は、邪魔にならないようレッドの隣に移動する。

王様の麗しい背筋が見えて、やっぱりいい体してるなぁ、と、改めて感じ入った。

午餐前の着替えは、シャツと上着とズボンとベストだけであった。

クローゼットに移動はしたが、俺にやることはない。他の衣装係が王様に服を着せるのを見ているだけだ。

その後、急いで昼食を食べて小休止の後、午後の着替えがはじまる。

やはり俺の出番はなく、推しにそっくりな顔を〝やっぱり顔がいい〟と心の中で拝んでいると、「ケイ」と王様に呼ばれた。

「この後は、夕方の着替えまで時間があるだろう？　ケイに王宮の周囲を案内しよう」

午後は、時間があったら、部屋でトランクス作りの続きをしたかったんだけど。

しかし、期待に満ちた王様の顔を見ると……目の錯覚かキラキラエフェクトが追加されていて、とても誘いを断れない。

この顔！　この顔のせいだ!!　でも……好き！　嫌いになんてなれない！

ノリノリでツンデレキャラのような独白をしている間に、王様の着替えが終わった。

当たり前のような顔で王様が腕を俺に差し出す。

なんだろう。俺にどうしろと？

「ケイスケ殿、陛下の腕に手を置いて！」

同行していたレッドが、ぼんやりしている俺に囁《ささや》きかけた。

王様の腕に手を置くと、レッドが「それでいい」というふうに、こくこくうなずく。

「では、行くぞ」

王様は爽やかに宣言すると、俺とともにクローゼットを出た。

それから十分後。なぜか俺は、白馬に王様と二人でまたがっていた。

王様の後ろに乗るのではなく、前。手綱を握る王様の両腕に、俺の両脇は挟まれている。ゆるく背中から抱き締められているような体勢だ。

「ちょっとこう……距離が近くはないでしょうか？」

背中に王様の体温を感じる。満員電車でもないのに、男と密着するのは、たとえ推しでもあんまりいい気分ではない。

「ケイが馬に乗れないというのだから、仕方ない」

「教えてもらえたら、乗馬もできるようになります」

森でスローライフ生活を送るのならば、乗馬、ないし馬車の御者技術は必須《ひっす》のはず。覚える気は満々なのだ。

「それは頼もしい」

王様はそう答えはしたが、俺に新しい馬を用意させずに、そのまま馬を歩かせた。騎乗した護衛が、少し距離を置いて後に続く。

王宮を囲む内壁を抜け、少し離れた場所に建つ外壁の小さな門を抜けた。

外壁の向こうには、広々とした草原が広がっていた。

草原のあちらこちらで、草をはんだり、ぴょこぴょこと跳ね回る仔馬《こうま》たちとそれを見守る母馬の姿が見える。

「先ほど越えた壁が、王都アスロンの外壁だ。王都の北と西は、王室管理の馬場兼牧場になっている」

　この国の移動手段は、基本は徒歩か馬だと聞いた。馬の安定供給は、戦略物資の確保という点でも重要だろう。

　昨日の案内でも、暗殺防止が……と、レッドが何度も言ってたし、デュナン王国は、国王にとって治めにくい土地なのかもしれない。

　お家騒動イベントか、反王室派貴族の反乱イベントでもありそうだなぁ。

　なんて、ここはゲームの世界ではないけれど、他人事《ひとごと》のように考える。

　牧場の向こうに、小さく石造りの建物が見えた。二階建ての一軒家ほどの建物だ。

「王様、あの建物はなんですか？」

「離宮のひとつだ。初代国王ルオーク様が大賢者へ住居として下賜し、大賢者の死後は離宮となった」

「王都から近いといえば近いけど、辺鄙《へんぴ》な場所ですね」

　離宮の背後には、鬱蒼《うっそう》と木々が茂っている。あれはたぶん森だろう。

　あ、いい感じの小川も流れてるな……。そうか、あそこは大賢者がスローライフを送るための建物だったんだな。

スローライフのはじめといえば、森の小屋が定番だが、大賢者として身分をなした後であれば、あれくらいのサイズの屋敷に住まう必要があったのだろう。

そう思うと、見れば見るほど、スローライフに適した屋敷に思えてきた。

羨望《せんぼう》のまなざしで離宮を眺める間に、王様は馬を走らせはじめた。

体が上下に弾み、そのたびに尻が鞍《くら》にぶつかる。鐙《あぶみ》がないので、内腿で馬体を挟み込んで耐えようとするが、筋力が足りずうまくいかない。

「落ちっ、落ちる！」

馬の首にしがみつこうとすると、王様の左手が俺の腹部に回った。

力強い腕に抱き寄せられて、落下はまぬがれたようだ。

落ちなくて助かったけど、近い！　距離が、近い!!

王様から、いい匂いがした。うなじがそそけ立つような、官能的な匂いだ。

顔がいい上に、匂いまでいいのかよ！

人生とは、なんて不公平なんだ、と内心でつぶやくうちに、森の入り口に至った。

「そなたらはここで待機するよう」

王様がきりっとした顔で護衛の騎士に命じて、森へ通じる小道へ馬を進めた。騎士たちは王様の命令に従って、その場に留《とど》まる。

木洩《こも》れ日《び》が差し込み、小鳥の鳴き声がそこかしこから聞こえる小道を、俺たちふたりを乗せた馬がゆったりと進んでゆく。

「ようやくふたりきりになれた。……周りの目は気にせず、遠慮なく発言してほしい」

今までより、ほんの少しくだけた口調で王様が言った。

つまり、この不自然な外出は、俺が周囲の目を気にせず喋《しゃべ》れるようにっていう、王様なりの気遣いだったのか。

「不便はないか？」

「今のところ、下着の問題以外は特に……。飯も結構旨《うま》いですし……」

異世界もののテンプレートで「飯がまずい」があるが、俺が貧乏舌のせいか、王宮の料理人が料理しているからか、そこまで食事がまずいとは思わなかった。

「そうだ！　冷却魔術ってありますか？」

「あるにはあるが、どうする気だ？」

「俺の元いた世界ではビールやエールは、キンキンに冷やして飲む物だったんですよ。だけど、食事に出たエールはぬるかったので、あんまり美味《おい》しくないなぁ、と……」

馬鹿正直に本音を話すと、王様が声をあげて笑った。

「冷えたエールだな。他に要望は？」

「エールを入れるジョッキは、銅製がいいです。その方が、エールが旨いですから」

「銅製の酒杯か。それも手配しておこう。他に何か気づいたことはあるか？」

「そうですね……。俺のいた世界は、魔術がない代わりに技術が発達していました。それで、魔術具と同じような道具を、技術を使って作っていました。ふたつの世界で、だいたい同じような物がありますが、こちらにあってあっちにないもの、あっちにあってこっちにないものもありますね」

「レッドから聞いた。治癒や治療に関してのとらえ方が抜本的に違う、と。それに、今朝《けさ》がた、ケイが言っていたハンガーというのは？」

　朝、クローゼットでひとりごちたのを、王様は聞いていたらしい。

「その知識は、俺が、将来商品にしたいので、今は教えられません。でも、魔術具を潤沢に使える人には必要ない道具だと思います。俺の知識は……基本的に、魔力の低い庶民、中でも貧民と呼ばれる人が、魔力を使わずに生活を豊かにするためのものだと思います。技術は、魔術が使えない人のためにあるものですから」

　ハンガーがあれば、王様の服選びもさっさと終わると思うけど。

　なにせ、シャツにしても上着にしても、棚からとって、一枚一枚広げてみせるわけだから、時間がかかってしょうがない。

　折《お》り皺《じわ》に関しては、セバスチャンが魔術で皺を取ってたけど、ハンガーにかければその手間もぐっと減る。しかし、その手間が権力の象徴なんだろう。

「そなたは、そう考えるのか」

不思議そうに王様がつぶやいた。

「俺はオメガですから。魔力の少ない人に肩入れしてしまいます」

俺が口をつぐんでも、王様は何も返さない。ポクポクと馬の足音が響く。

王様が黙っちゃったか。……ここは、森の観察でもするか。

元々俺はインドア派だったので、森の植生を見ても元の世界との違いがわからない。

ふと、木洩れ日を受けて、キラキラ光る石を見つけた。石英混じりの石だろうか、とても綺麗だ。

スローライフのためには、まず、食べられるキノコと毒キノコを覚える……だろうか。さっきからリスやウサギっぽい動物をチラチラ見るけど、すばしっこそうだしあれを狩るのはハードルが高い。まずは、植物採取を基本にしよう。

「王様、食べられる植物と食べられない植物というのは、誰《だれ》に教えてもらえますか？」

「スローライフ、とやらの準備か？」

「はい。いつまでもお世話になるわけにもいかないですし」

王様の顔から、一瞬、微笑が消えた。すぐに微笑は戻ったが、ちょっと違和感がある。

「では、そなたの将来のために、必要な知識を与えよう。我が国の状況だ」

それから、王様が国内事情を教えてくれた。

国内は、ざっと五つの地域に分かれる。

国土を幅が広く、高さが短く、かつ上辺が短く底辺が長い台形とする。

北が急峻《きゅうしゅん》な山岳地帯、東が国がすっぽり入るほどの大きな湖、西が海、南にはシャール川という大河が流れており、それぞれが国境となっている。

それから、台形を水平に三つに分けて、縦に二分して六つの地域に分ける。

一番上——北部——のふたつ、つまり上の三分の一は、ひとつの領地だ。この領地はハイデリーといい、デュナン国の第二王家によって治められ、副王領とも呼ばれている。

「副王家は、初代国王ルオーク様の庶子に、ルオーク様の正妻の娘が嫁いだことではじまった」

「兄妹で結婚したんですか。この国では、それが許されるんですか？」

「母親が違えば、結婚も許される。国を治めるのに、より強い魔力を持つ者がふさわしいと考えられているためだ」

そういえば、王になるにはアルファであること……って決まりがあるんだっけ。

いろいろ事情があるんだろう。文化的な違いもあるだろうし、ここで現代日本の常識を振りかざし「信じられない！」と言い張る方が無粋だな。

「副王家からは、たびたび副王の娘が王家に嫁ぎ、副王家にアルファの子が生まれなかった場合は、王家からアルファの者が副王家の養子となり後を継いだこともある」

あぁ、江戸時代の御三家みたいなものか。

「つまり、王家と副王家はどちらもアルファでなければ後を継げないんですね？」

「そういうことだ」

ハイデリーでは、今でも結界付近では魔獣が多く生息し、たまに南下して住民を襲うため、退治のために騎士団が常駐している。

副王は、領主であると同時に騎士団長を兼任していて、国内最強の兵力——現役の魔獣退治集団——ハイデリー騎士団を統括するためにも、アルファであることが望ましいのだという。

「この副王領は、兵は強いがそれ以外に産業と呼べるものがない。多くが山岳地帯なので、魔獣の毛皮を売る以外には、細々とした畑や牧畜があるだけで、平民の腹を満たすのがやっとだ。ハイデリー騎士団の食糧は、徴税した穀物を王都より運んでいる」

「……なるほど」

「次は、台形の真ん中だ。東部が王領のミードで、王都アスロンもここにある。領地は一番広く、国土の四分の一ほどか。山岳地帯から続く高原地帯で、小麦の生産が主な産業だ。あとは、牧畜だ。牛や羊も育てているが、国内の名馬の産地はすべてミードにある。他には、東の大国イスファーンと西の大国トルケアを結ぶ交易路も通っているため、そこからの税収も見込めるが、微々たるものだ。東側の湖で鱒《ます》が取れるな。食うには困らず多少の贅沢《ぜいたく》もできるが、それ以上でもそれ以下でもない」

なんだか、ロシアを思い出す。確か、食糧生産と軍事力だけは絶対に自国でまかなうんだったっけ。

「次に西部のメイヨー。ここも高原地帯で小麦の生産と牧畜——こちらは牛や羊だ——が主だが、海に面しているので海からの恵みも得られる。そして、トルケアとの海洋貿易も盛んで、交易路と港からの税収も見込める。王領ミードよりは豊かな土地だ」

こっくりとうなずくと、王様が説明を続けた。

「台形の一番下、東部はレアリー領だ。ここは、ミードとの境が山脈で東側に大きな湖がある。山岳部は、ハイデリーほど急峻でもなく、ブドウの生産が盛んだ。他国にも聞こえたワインの産地でシャール川や湖を使って輸出している。大河に面した地域は低地で地味も豊かだ。気候も温暖で穀物の他、野菜も多く栽培しているし、鮭《さけ》や鱒の漁業も盛んだ。西部のリメリックも、だいたい同じだな。ワインの代わりにバラ園や果樹園があり、湖ではなく海に面しているので海産物が取れる。国内最大の港はリメリックにあり、イスファーンとトルケアを結ぶ交易路も、湖と海を結ぶシャール川と川沿いの街道がもっとも盛んだ。もっとも豊かな領地がリメリックで、次いでレアリーとなる」

「……つまり、南部二領がもっとも豊かで、北部の副王領は国の盾だけど金食い虫で……なんだか、もめそうな感じですね」

「わかるか」

「想像はつきます」

南部は、稼いだ金の上澄みを王領と副王領に吸われている――搾取されている――気がするだろうし、なんだったら、デュナン王国を支えているのは俺たちだ、くらいに思っているかもしれない。

北部の副王領は、結界の維持と魔獣退治で国を守っているが、いかんせん貧乏だ。国を守っているのだから、王領から食糧を与えられるのも――貧乏がコンプレックスだと――当然だろうとあえて思い込むことで、劣等感から目を背けようとするだろうし、無駄に気位が高い可能性もある。

王領は、とりあえず食うには困らないし、王様の直轄地なら、それなりに誇りもあるだろう。王様に対しての忠誠度は高いと思う。

メイヨーは……微妙だな。北は戦闘集団で東は王様、南は金持ちに囲まれて……なるべく他と関《かか》わらないようにして中立か、王様と強く結びつこうとするかもしれない。

これらのことを整理して王様に話したら、「驚いた」と言われた。

「ほぼ当たりだ。メイヨーは、今もまれに魔獣被害が出るから、副王領とも王領とも関係がよい。レアリーとリメリックは、互いに仲が悪く、レアリーはイスファーンと、リメリックはトルケアと結びつきが強く、定期的にイスファーンやトルケアの兵を引き入れて、独立しようとする企《たくら》みが露見する」

「……うわぁ」

「独立したいならすればいい、と言ってしまえれば楽なのだが、それでは国が回らない。特に、リメリックが独立してトルケアが大軍を派遣したら、隣接する領地との間には畑と森しかないから、デュナン王国の中部と南部はトルケアに一挙に占領されてしまう。北部が残っても、すぐに食糧がなくなるだろうから、一、二年で降伏するしかない」

「最悪ですね。……今まで、どうやって統治していたんですか？」

「そこで、出てくるのが金魔石だ」

王様が、いったん口を閉ざした。

「大雨などで、洪水が起こると予見される場合、王族のアルファが金魔石を持って転移陣で現地に向かう。必要とあれば、雨雲を蹴散らし、氾濫《はんらん》しそうな場所の地形を変えて洪水を防ぐ」

「地形を……変える？」

いきなり、規格外の発言が飛び出した。

王様は「見せた方が早いか」と言って、馬首を巡らせ進行方向を変えた。

ほどなくして、水音が聞こえ、木々の向こうに小川が見えた。

川幅は一メートルほどか。透きとおった水が流れ、苔《こけ》むした岩の下を魚影が走る。太陽の日差しが川面《かわも》に反射して、とても美しい光景だった。

王様が先に馬から降りて、俺が馬から降りるのに手を貸してくれた。

地面に立った途端、体に違和感を覚えた。

「尻が痛い……」

「馬に乗るのは、初めてだったな。ちょうどいい、ここで少し休んでいこう」

「助かります」

尻も痛いし、太腿や股関節もガクガクだ。生まれたての小鹿のように、覚つかない足取りの俺に、王様が腕を差し出す。

これは……腕に掴まれって合図だったっけ。

ありがたく王様の腕にすがりながら移動する。

鍛えた腕の力強さを頼もしく思いながら、川岸へふたりで並び立つ。

「あのあたりを見ていろ」

王様が指さしたのは、川が緩やかな弧を描く場所だ。こちら側が弧の内側で、向こう岸が外側になる。

王様が腰にさげた剣を抜き、切っ先で地面に触れた。刀身が日の光を受けて輝いたかと思うと、地面が揺れはじめた。

震度一か二といったところだろうか。平均的な日本人なら、驚きもしない揺れだ。

王様の剣から川の湾曲部に視線を戻す。すると、わずかずつではあったが、向こう岸の土が盛りあがってゆくのが見えた。

「……こんなものだな」

王様が終わりを告げる頃には、向こう岸の湾曲部に沿って、幅三十センチ、高さ五十センチほどの土の壁ができていた。

「すごい……」

「本気を出せば、高さはこの倍、長さは五十メートルくらいまで可能だ。そして、金魔石を使えば、その十倍まで高さも長さも伸ばせる」

長さの単位も自動翻訳だった。これは便利だ。

「……つまり、南部地域は大河に面しているわけだし、この力を使えば、洪水しそうな時に堤防を作って恩を売ることもできれば、もし反乱した時には川を決壊させて周囲を水浸しにするって脅すこともできるわけですね。だから、この国の王様はアルファでなきゃならないわけだ。国を守るにも、まとめるにも、魔力が必要だから」

俺の言葉に、王様がよくできました、という顔をして剣を鞘《さや》に戻す。

「……だが、それも金魔石があってこそ、だ」

王様が手近な大きな石に腰をおろした。

俺も、王様の近くにある石に腰をおろした。

全体が灰色で、ところどころキラキラ光る、さっき小道で見たのと同じ石だ。

「金魔石の有無には、国の存亡がかかっている。召喚においては、金魔石を作れる者、という条件付けをしていたから、ケイも金魔石を作れるはずだ」

「……そう言われても………。俺の魔力はゼロですし……」

「何か思い出したり、気づいたことがあったら、すぐに教えてほしい。帰れない一方通行の召喚をした立場で言えたものではないが、今は、ケイにすがる以外ない」

王様が手を伸ばし、俺の手を握った。

真剣なまなざしに、〝やっぱり顔がいい〟と思いながら、うなずいていた。

「おまえだけが頼みの綱だ。情報を得たらすぐに知らせてほしいから、ケイの望む〝スローライフ〟は、金魔石の作り方がわかるまで、許可できない」

つまり、金魔石の作り方がわかるまで、俺は、王宮暮らし確定か……。もう少し、考えてからうなずくべきだった。

とはいえ、さっきの王様の説明で、どれほど金魔石が必要なのかも理解できたので、前言撤回もできない。

「わかりました。たくさんの人の命がかかっているんだし、多少は我慢します。……でも、もし明日、俺が金魔石の作り方がわかったとして、その日のうちに放り出すなんてことは、しないでくださいね！」

そんなことになったら、即日日干しだ。トイレに入っても流さない、迷惑な存在になってしまう。

このチョーカーがあれば問題はないだろうけど……宝物庫にあったってことは、かなりの貴重品だろうから、くれと頼んで、もらえる可能性は低い。

必死の懇願に、王様が眉を寄せた。

「俺はケイを保護すると約束した。約束を破れば、先祖ルオークと神々から罰を受けることになる。決して放り出すことはないから安心しなさい」

「あれって、ただの口約束じゃなかったんですか……？　ご先祖と神様から罰を受けるって、どういうことですか？」

「まさか、わかっていなかったのか？　ケイを召喚したのは神殿で、約束したのは祭壇の前だ。あの場での約束は、神々への宣誓となる」

「だからあの時、困った顔をしてたんですね……。まさか、約束を破ったら、とんでもない罰が当たるんですか⁉」

「苦痛に満ちた死が訪れる、と言われている」

「すみませんでした！」

食い気味に勢いよく謝ると、俺はその場で土下座した。

ジャパニーズ土下座が、この世界においてどういう意味を持つかはわからないが、体が勝手に動いていた。

魔術が普通に存在する世界において、神様はかなりマジカルなパワーを持つと思われる。王様の口ぶりだと、現代日本の神様より、もっとやばい存在のようだ。

「知らないとはいえ、初対面の人になんてことを!!　王様を危険な目に遭わせるつもりはなかったんです。ごめんなさい。本当に、本当に、すみませんでした!!」

「もういいから、頭をあげろ。……これでも、俺は王だ。人ひとり抱えるくらい、どうということもない」

「でも……」

恐る恐る顔をあげると、王様の顔が歪《ゆが》んでいた。その上、なぜか息も荒い。

王様が俺の肩に手を置いたかと思うと、上半身が前のめりに倒れてくる。

慌てて俺は両手を伸ばし、王様の体を抱きとめた。

「どうしたんですか?」

「すまない。急に気分が……」

「まさか、俺のうかつな発言で、呪《のろ》いが発動したんじゃ……」

「そうではない」

オタオタする俺を安心させるように、王様が首を振った。

「横になりますか?」

「いや、王宮に戻る……」

よろける王様の腕を肩に回して立ちあがる。慣れない乗馬のせいで、太腿はまだプルプルしていたが、そこは気合で乗り切った。

ふと足元を見ると、俺が腰かけていた岩が目に入る。

キラキラしてない……。それに色も白っぽく変わってるような……？

水に濡《ぬ》れると色が変わる石ってのがあったけど……そういった類《たぐい》だろうか。

そんなことを考えつつ、王様が馬に乗るのに手を貸した。

俺はひとりで馬に乗れないので、手綱を持って馬と一緒に早足で歩く。

「王様、この状態で、誰かに助けてって、連絡できますか？」

王様が俺の言葉にうなずくと、左手で剣の柄《つか》に触れた。柄頭にはまった宝石から、白い光の柱が立つ。

よかった。あとは、護衛の騎士と合流するだけだ。

「王様、俺は、治癒魔術を習いたいです。ひとりで馬に乗れるようにもなりたいですし、今の信号も出せるようになりたいです」

今の俺は、あまりにも何もできない。

元の世界だったら、スマホも使えたし自動車も運転できたが、ここではなんの意味もないのだから。

護衛騎士と合流し、王宮に戻ると、俺はすぐにレッドとともに軍務省に呼び出され、軍務大臣セオバルトから事情聴取されることになった。

「怪しい人影を見た記憶はありません。変わったことも……なかったと思います。そもそも、この世界の普通がわからないですから、怪しい状態もわからないです。魔術も使えないから、隠蔽《いんぺい》系の魔術を使われても見破ることはできないですし……」

俺の魔術の使えなさ、魔力量の乏しさは、王宮勤めのエリートには、頭ではわかっても感覚では理解できないようだった。

うんざりするくらい「本当に何も感知しなかったのか」と聞かれた。

「感知魔術を教わってませんから、できません」

「感知魔術など使わなくても、魔術の気配がすればわかるはずだ」

「魔術の気配を知りませんし、わかりません！　何か光ったりすればわかりますけど」

「暗殺者がわざわざ光を出すようなやり方をするわけないだろう」

「だったら、俺にはわかりようもないですよ！」

とまあ、こんな具合で延々と不毛な会話を続けた末に、ようやくセオバルトから無罪と認められた。

魔術のエキスパートであろう王宮勤めの人たちと同じ感覚で俺に接しないでほしい。

「……王様は、今、どうされていますか？」

「医師の診断では、急激に魔力を失ったのがご不調の原因だそうだ。安静が必要ということで休んでおられる」

「寝ていれば治るのでしょうか？」

「治癒の魔術はかけているが、最終的に、魔力の回復を待つしかない」

「……魔力の回復というのは、体力や気力の回復のような感じでしょうか？」

「違うに決まっている」

うん。でも、俺はその違いがわかんないから聞いてるんだけど。

この人とは、全然嚙み合う気がしない。

王様のことが心配で余裕がないのはわかるんだけど……。それで、なんの役にも立たない俺に苛立《いらだ》っちゃうのも、わからないでもないけど。

「ハイデリー領の動きが怪しい時に、陛下がこんなことになるとは……」

「大臣、何があったのですか？」

今まで黙っていたレッドがセオバルトに尋ねた。

「密偵の知らせによると、ハイデリーでは陛下の許可を得ずして、領内の騎士を集めている。まさか、王家へ反乱するための準備ではなかろうが……」

ハイデリーっていうと、副王領か。貧乏だけど、兵力は最強っていう。

「騎士が集まると、問題なんですか？」

「ケイスケ殿、ハイデリー領の騎士は、普段は自分の領地で牧畜や農業を営み、年に三か月だけ副王の城があるスレインに出仕するんだ」

俺の疑問には、レッドが答えてくれた。

「一種の屯田制で、四交替で城で働いている……ってことですね。ただ単に、交替の時期だった……というのではなくて？」

「騎士の交替は、先月行われたばかりだ」

そんなことも知らないか、というセオバルトの口ぶりだが、知らないものは知らないのだからしょうがない。

「もういい、おまえたちはさがりなさい」

セオバルトの言葉に、俺たちは執務室から脱出できた。

「レッド、悪い。俺のせいで、おまえまで嫌な気分になったんじゃないか」

「気にしないでいいよ。あの方は、陛下以外にはあんな感じだから。ベータの王女がオニール家に嫁いで生まれたのがセオバルト様だよ。セオバルト様は三属性の持ち主で魔力量もベータの中ではかなり上。王族の血を濃く引いているから矜持《きょうじ》が高い」

「自分に自信があるのと、王様以外に偉そうなのは、違う話じゃないか？」

俺の言葉に、レッドが曖昧《あいまい》な笑みを浮かべた。

同意したいが、したのがばれるとまずいことになる……っていうところか。

「セオバルト様は、以前から副王に対して良い印象を持ってないんだよ」

「副王ってアルファしかなれないんだっけ。自分が王族の血を引くのにベータだから、やっかんでるんじゃないか？」

「……セオバルト様は軍務大臣だからね。副王領の兵力が王領を上回ることを、昔から危険視していた」

「副王領って、そんなに大人数なのか？」

「副王領の騎士団の騎士が百人、それ以外に騎士が二百人。騎士ひとりに従者――歩兵や弓兵――がふたりつくから、それで九百人。領地の領民を歩兵として徴収して三千ってところかな。王領の騎士は全員王宮直属、定員が五百人だけど、デュナン全土に赴任している分も合わせてだから、実質は三百ってところだ」

王領の騎士は、各地で江戸時代の代官のような仕事をする場合もあるそうだ。

「騎士数が実質同数なのか。でも、王領なら歩兵を万は動員できそうだけど」

「数ではね……。ただ、副王領の兵は、ものすごく強いんだよ。副王領の平民歩兵が馬なしの王領騎士と互角に打ち合えるくらいだから、騎士同士の一騎打ちだと、ほとんどの王領騎士に勝ち目がない」

「すごい実力差だな」

「元々、山岳民は強兵だからね。その上で、あの地域は頻繁に魔獣が出没するから、平民も騎士も魔獣相手に戦い慣れしている。王領の騎士も過酷な訓練はしていて、他の領地の騎士に比べれば精鋭だけど……」

「本番を経験してない兵と、毎日が戦場の兵の違いがある、ということか」

「まともにぶつかれば、まず、こっちが負ける。それでも、こっちには金魔石があるから、それを使えば負けはしなかったんだけど……」

つまり、ドーピングで優位を保っていたけど、そのドーピング剤がなくなりつつある、というのが、現在の状況か。

「だから、セオバルトさんは焦っているわけだ」

「そういうこと」

ふたりでぼそぼそ話すうちに、俺の部屋に到着した。

部屋に入ると、すぐにアートがやってきた。「大変でしたね」と言いながら、俺たちのためにエールを用意してくれた。

デュナン王国では、エールは水代わりの飲み物で、現代日本のお茶のような扱いだ。軽い食事としての役割もあるそうだ。

ぬるいエールを飲んで思い出した。

「レッド、俺に魔術を教えてくれないか？　今日みたいなことがあった時に、何かできる魔術。治癒でも連絡でもいい。あと、馬に乗れるようになりたい」

「手っ取り早いのは通話具だな。ケイスケ殿の通話具は、申請すれば国から支給されるはずだ。今日のようなことがあった場合を想定して、他の物もまとめて申請しよう」

レッドが通話具を取り出して、申請用紙を持ってくるよう指示を出す。

「治癒の魔術も使えるようになりたいんだけど」

「それは、やめておいた方がいいな。ケイスケ殿のオメガの魔術具は、日常生活用で出力が弱く設定されている。治癒の魔術は魔力消費が多いから、不発に終わることになる」

「治癒魔術は使えないのか……」

がっくりと肩を落とすと、アートが空になったジョッキにエールを注《つ》いだ。

「レッド様、平民用の魔石をはめた治癒の魔術具でしたら、ケイスケ様がお持ちになってもよろしいのでは？」

「あぁ、あれか……。確かにあれなら、いいかもしれない」

「どういうこと？」

レッドとアートの説明によると、魔術具には二種類あるのだそうだ。

ひとつ目は、いわばコンセントタイプ。基本は金属板に魔法陣を刻印しただけの魔術具で、使用者の魔力を消費して効力を発揮する。

ふたつ目は、乾電池タイプ。魔力を込めた魔石をつけた魔術具で、魔石の魔力を消費しながら効力を発揮する。魔石には魔力を再封入することでくり返し使用可能だそうだ。

「そういえば王様は、治癒魔術に道具を使わなくて、土を盛りあげる時は剣を使ってたけど、あれはどういう理屈なわけ？」

「陛下は……というか、王族は城の文官——魔術師——なみに魔術の技術を叩きこまれているんだ。だから、魔法陣なしで治癒魔術を使える。剣は、武官——騎士——が使う魔術具だね。ほら、戦いの場で魔術具をたくさん持っていても邪魔になるから、あらかじめ剣に様々な魔法陣が仕込んであって魔力を注げば任意の効果を発揮するようにしてるんだ」

「王様って、文官と武官、両方の魔術のエキスパートなのか。……すごいなぁ」

見るからに賢そうだもんな。それくらいできちゃうわけか。

そして、剣は所持者の魔力で覆うことで、力を増すそうだ。

効果は属性によって変わり、火属性は炎、そして熱でレーザーカッター。水はウォーターカッター。風はカマイタチで、土は腐食や剣自体の硬度を増す。

ふたつ以上の属性の遣い手の場合、属性を組み合わせて雷や炎の竜巻といった魔術攻撃もできるそうだ。

全属性の持ち主でないと使えない必殺技もあるそうで、王様のすごさを認識した。

「……そういえば、王様のお見舞いって、してもいいのかな？」

「陛下がお目覚めになって、許可を得られれば。侍従長には、僕から伝えておくよ」

王様は、まだ目覚めてないのか。心配だなぁ……。

「魔力は、睡眠時の方が回復が早いんだ。だから、ケイスケ殿が想像しているほど重態ではないよ」

そうするうちに、申請書が届いた。

ちなみに、文字はデュナン語の文章の上に、二重写しのように日本語の文章が浮かびあがってきたので、問題なく読める。

が、書くのはそうもいかず、この世界での佐々木圭輔のデュナン文字のつづりをレッドに書いてもらい、それをお手本にして、申請書にサインする。

サインを終えると、レッドが申請のために出て行った。

俺は、やることがないので部屋で黙々とトランクス作成にはげんだ。

ちまちました作業だが、何もしないよりよほどいい。

トランクスのウエスト部分は、この世界にはゴムがないので、スウェットパンツの要領で適当な紐《ひも》を穴に通して締めることにした。

そのうちに、夕食の時間になった。

今日のメニューは、赤身肉の香草焼きと、具だくさんスープに薄切りの硬いパン。それに酢漬けの野菜にチーズと干したオレンジっぽい果物で、リメリックの特産品だそうだ。

スープは、カブと説明された、紫色の野菜がベースで――こんなふうに日本語変換された食べ物が想像と違うことも多い――独特の苦みがあった。

食事を終えて、食休みをとって入浴し、再びトランクス作りに戻る。

明日の仕事は休みといわれているので、遅くまで縫い物を続けた。

作業を終えて、裁縫箱をテーブルに戻す時、オメガ用魔術具が入っていた箱に手が触れた。次の瞬間、魔術具に触れた時のように、箱が淡く光る。

レッドが持った時には、なんの反応もなかったのに。この箱も魔術具だったのか？

「まあいいや。とにかく、開けてみよう」

蓋を開けると、かつては白かったのであろう黄ばんだ布があった。

布を取ると、下には底板以外、何もない。箱を振ってみるが異常なしだ。

「蓋の方かな……？」

蓋を持ちあげ、振ってみる。小さくカタカタ音がした。

一枚板かと思ったが、よく見ると上板と側板の間に隙間《すきま》があった。

ハサミの先端を隙間に入れて、てこの原理で上板を外した。

蓋と上板の間には二センチほどの空間があって、B5くらいの紙の束が入っていた。

取り出してみると、小さな文字でぎっちりと文章らしきものが書かれている。

日本語じゃない。そして、さっき申請書で見たデュナン文字とも違う。

「アラビア数字と、アルファベットかな？　英語でもフランス語でもドイツ語でもないけど、たぶん、元の世界の文字だな……」

で、これはたぶん、俺の前にこの魔術具を使っていた人……異世界から来たオメガが書いたものじゃないだろうか。

俺が触った時だけ箱が光ったから、そんな気がした。

胸元のチョーカーに指先で触れると、紙束の文字が日本語との二重写しになった。

「読める！　……えっと……なになに、私がこの世界に来て、一週間が過ぎた……。やっぱり、異世界召喚された人が書いた文章だ！　俺と同じで魔力量がゼロで、やっぱり俺と同じようにがっかりされたんだろうなぁ」

がぜん、親近感が湧《わ》いてきた。読んでみたいと思ったが、二重写しは、やたらと目が疲れ、睡魔が襲ってきた。

「続きはまた明日にするか」

俺は、手記を箱にしまい、上から布を被《かぶ》せて蓋をした。


それから丸二日、王様は眠り続けた。

俺はその間に、パンツ作りを終え、ランニングシャツも作り終わっていた。

シャツは、布地に伸縮性がないので襟と脇を大きめにしたら、幼女のワンピースのようになってしまった。

だが、王様のおさがりのチュニックを着るよりマシだ。

上にシャツを着てしまえば、見えないのだから問題ない！

その間も、王様のことが気になっていて、廊下で人の気配がするたびに、そっと廊下を覗いてみた。

そして、何度か、ものすごく綺麗な女の人――だいたい二十代なかばくらいか――が、おともを連れて王様の部屋に入るのを見た。

王様のミニチュア版みたいな男の子と女の人に似た幼女も一緒だったので、きっとあれが王様の奥さんとこどもたちなんだろう。

四人並んだら、びっくりするくらい絵になる美形一家だな。

「王様とお妃様と王子様とお姫様は、仲が良いんだ」

「陛下の亡き義母《はは》上が決めた結婚相手ではございましたが、お妃様と陛下が喧嘩《けんか》をなさったという話を、一度も聞いたことがありません。陛下もお妃様やお子様方に頻繁に贈り物をなさったりして、仲睦《なかむつ》まじいご一家と評判なんですよ」

なるほど。王様は幸せ家族というわけか。

それはよかった。

俺は、他人の幸せを嫉《ねた》むほど落ちぶれてはいない。

とはいえ、その価値観を押しつけられるのは、断固としてお断りだが。

恋愛が怖いし、セックスは気持ち悪い。そもそも、女と生活できる自信がない。

幼馴染とは、家族のような関係だったのだ。

笑顔で俺といちゃつきながら、親友と浮気——あっちが本命彼氏か——された心の傷は、女性不信、いや、恐怖となって俺に根づいている。

アートとそんな話をするうちに、レッドが部屋にやってきた。

「陛下がお目覚めになったと連絡があった。面会も許されたが……夕食前くらいになるだろうということだ」

「今、昼飯を食べたばかりなのに？　どれだけ待たされるんだよ」

「ケイスケ殿の優先順位は低いから。まずは、お妃様とお子様方、大臣の方々、ついで王弟殿下に……」

「わかった。今日中に面会できるだけで、御の字ってことなんだな」

「そういうこと。大賢者だったら、大臣の前に面会できたろうけどねぇ」

「別にいいよ。王様の元気な顔が見たいだけだから。病みあがりなのにたくさんの人と面会するのも疲れるだろうし、俺は明日以降でもいいくらいだ」

「ケイスケ殿がそれでいいなら、そう侍従長に伝えておこう」

レッドが通話具を取り出したところで、廊下から賑《にぎ》やかな声が聞こえてきた。

「父上が元気そうでよかったです」

「エヴァン、嬉《うれ》しいのはわかりますが、そのようにはしゃいではいけませんよ。陛下には静養が必要なのですから」

優しい女性の声と、伸びやかな少年の声。

ふいにこどもの頃を思い出して、泣きたくなった。

俺だって、あのくらいの年の頃は幸せだったのだ。その後、母親が亡くなって、父親が亡くなって。だからこそ、早く幸せな家族を築きたかった。

そうして……手酷《てひど》い裏切りに遭って、全部、諦めてしまった。

誰かと幸せになりたいと思うたび、幼馴染と親友がセックスしている光景がよみがえって、どんどん傷が深くなるのだ。

俺はこんなに辛《つら》いのに、あいつらは……俺が就職した一年後に別れて、その後は、別の相手を見つけて結婚してるっていうのに。

なんで俺だけ、ひとりなんだろう？

どうして、裏切った奴らの方が、幸せになってるんだ？

この世は理不尽だ。

こみあげる怒りを必死で抑える。深呼吸して、心を鎮めた。

「ケイスケ殿、面会許可がおりた。すぐに陛下の寝室へ向かうように、とのことだ」

「……俺は最後じゃなかったのか？」

「陛下たってのご希望だそうだ。行こう」

王様の寝室に入ると、上半身を起こし、山盛りのクッションに背を預けた王様が俺たちを迎えた。三日ぶりに見る王様は、前より少し痩《や》せていて、少々痛々しい。

「久しぶりだな、ケイ。さあ、もっと近くへ」

言われるまま、のこのこ近づくと、侍従がイスを用意した。

イスに座るとすぐに、王様が「変わりないか？」と尋ねてきた。

「おかげさまで。レッドさんにも、アートにも、すごくよくしてもらってます。それより王様の方が……」

「あと二、三日もすれば、魔力は元に戻る。心配はいらない」

王様が労りに満ちた笑顔を俺に向けた。

ランベルト似の笑顔を見たら、元気が出てきた。

そうだ。生きるのに、萌《も》えは大事だ。推しは尊い。裏切者のことを考えてうだうだしているより、推しの尊さにひれ伏している方が絶対いい。

「以前から気になっていたのだが……ランベルト……というのは、何者だ？」

ふいに推しそっくりの王様から、推しの名前を口にされ、びっくりして息を呑む。

「ケイの、あちらの世界の恋人か？」

「まさか！　俺に恋人はいませんでしたし、なにより、ランベルトは現実にいないんです
　王様がけげんそうな顔で俺を見た。

「えっと……ランベルトっていうのは、元いた世界のゲーム――挿絵が動く絵物語――に出てくる人物です」

「物語の人物？」

「はい。大好きな登場人物だったんですが、外見が王様にそっくりだったんですよ。あまりにもそっくりで、最初見た時は驚きました」

「随分と好意的な声で呼ばれたので、てっきりそなたの恋人かと思った」

「いやいやいや！　男は恋愛対象外です」

　女性もだが、それを言う必要はない。

　俺の宣言に、なぜか背後でレッドが「はぁ」と大きなため息をついた。

「だが、もしランベルトが現実にいたら、恋人にしたいのではないか？」

「いいえ」

　即答すると、王様が半眼になり、レッドが「うわ……」と声をあげる。

「確かに俺は、ランベルトが大好きでしたが、恋愛感情じゃないんです。顔もよかったで

すが、それ以上に中身がとにかく最高だったんです」

中身っていうか、ステータスと必殺奥義がよかったんだけど。

ゲームについてもステータスについても、ゲーム知識がゼロの相手に説明するのは面倒なので、そこはあえて黙っておく。

「中身か……。ケイは、俺の中身をどう評価する？」

王様がゲームのキャラクターだったらってことか？

権力があって、魔力が高くて、特殊攻撃が山ほどあって、文武両道。

……ラスボスだな！

「絶対、敵には回したくないですね！」

ハキハキ答えると、王様がまた半眼になった。

「俺がおまえの敵になることはない。そう誓約していると伝えたはずだ」

あれ？　王様の機嫌が悪くなっちゃったぞ。

ゲームキャラに例えてほしいわけじゃなかったのか。だったら……。

「お妃様とお子様たちが幸せそうなので、俺の理想の父親は王様だ、と思いました」

「理想の父親……？」

「王様みたいに、家族を笑顔にできるお父さんになりたいです」

王という地位でもなく、アルファということでもなく、人格を評価した。

これで異論はなかろう。

内心、得意満面で王様を見返すと、なぜか王様は渋い顔をしている。

「もしかして、失礼なことを言いましたか？」

「いいや。……病みあがりで疲れたようだ。少し横になる」

王様の一言で、侍従たちが寝台に群がり、床を整える。

「それでは、失礼します。お大事に」

引き際と判断して、イスから立ちあがる。レッドが俺を見て、首を左右に振った。

……言いたいことがあるなら、はっきり言えばいいのに。

廊下では、王様の侍従に、軍務大臣のセオバルトが食ってかかっていた。

「またしても、私に待てと？　ハイデリーの動きが怪しいと、少しでも早く陛下に報告せねばならぬのだ」

うん。報連相は大事だよな。しかも、セオバルトは軍務担当なのだ。

森で国内の説明を受けた時、王様は内政に危機感を覚えていたと思う。なのに、どうして王様は、セオバルトより俺を優先したのか？　……謎だ。

セオバルトは廊下を移動する俺たちを見て、まなじりをつりあげた。

「なぜ、私より先にオメガが謁見を許される!?」

ごもっともです。俺もそう思います。苦情は王様にお願いします。

なにせ、わざわざ呼び出されたあげく、聞かれたのが「ランベルトとは誰だ？」と、きたものだ。

まったくもって意味がわからない。

それとも、高貴な人というのは、俺とは価値観が違うのだろうか。

わからない、と思いつつ俺は首を振り振り部屋に戻ったのだった。


その後は、時間が大量にあまったので、これ幸いと、チョーカーの魔術具の箱に入っていた手記を読むことにした。

気を利かせて、アートがお茶の用意をしてくれた。

このお茶は、紅茶でも緑茶でもなく、複数の植物の葉や茎を干したものを刻んで飲みやすいようにしたものである。

お洒落《しゃれ》じゃないハーブティー。もしくは、煎《せん》じ薬といった趣である。

でも、元の世界の十なんとか茶や爽やかで美しいお茶みたいで、結構旨い。

今日のお茶は、召喚初日から飲んでいたのと違って、薬っぽさが強かった。

そうして俺は、手記に目を通した。

『私がこの世界に来て、一週間が過ぎた。

馬にて故郷から王都への旅の途中、峠を越える際に、落石事故に巻き込まれた。あわや、というところで不思議な青い光に包まれ――聖ゲオルグのご加護により――一命を取り留めたものの、なぜか、峠ではなく高原地帯へと移動していた。

この地には、教会がない。カソリックもプロテスタントも、イスラームもユダヤも、およそ唯一神を称《たた》える習慣のない、悪魔の地であった。

その証拠に、牡牛ほどもある鷹《たか》が空を飛び、狂暴なウサギが馬を狩り、角の生えた犬が走り回っている。私は恐れ慄《おのの》きながら高原を歩き続けた。

革袋の食糧を少しずつ食べ、水を飲み、歩くうちに、とうとう食糧がなくなった。周囲の草木は見たことのないもので、毒の危険を考えれば、口にするのもためらわれる。

空腹に耐えかねて膝をついた私を、野蛮人どもが囲んだ。

魔風の中から現れた私を、彼らは魔獣の仲間ではないかと疑った。

しかし、私が魔力を持たぬ者とわかると、警戒を解いた。魔力なき者は魔風の影響を受けないと、野蛮人たちの間では言い伝えられているそうだ。

そして、私は世にも珍しい魔力なき者として、このあたり――アントリウムという名だそうだ――を根城にする一族の長のもとへ連れてゆかれることになった。

明日は、その族長に会う。私を生かすか殺すかは、族長が決めるそうだ。

魔風に怯《おび》え、魔獣の危険に常に襲われている土地で、余所者《よそもの》に与える食糧はないそうだ。

この身が少しでも生きながらえるよう、神に祈りを捧げよう。そして、再び私に加護があらんことを、聖ゲオルグに祈り続ける。』

ここで、いったん文章が途切れた。

どうやら、このチョーカーの持ち主は、俺に比べてかなり過酷な目に遭っていたらしい。食糧がほとんどない状態で異世界に放り出されて、周囲に助けてくれる人もいないなんて……。超ハードモードだ。

「アート、アントリウムって土地、知ってるか？」

「デュナン王国建国前に使われていた、王領ミードの東部地域の名称です。ここアスロンも、アントリウムに含まれます。アントリウムと呼ばれた当時は、人のほとんど住まない、荒れた土地であったそうです」

「つまり、この手記はデュナン王国建国前に書かれた……ってことか」

疑問を解消して、また、手記に視線を落とした。

『族長は、私の想像より若かった。名をルオークといった。ルオークは活力に溢《あふ》れ、知恵が豊かで、好奇心が旺盛《おうせい》で、人懐っこく、そして冷酷な人間であった。

彼は、魔風の影響を受けない私を面白がり、そして、魔風の吹く地に生える珍しい薬草や魔獣の死骸《しがい》から爪《つめ》や牙《きば》、骨といった素材を採ってくるよう命じた。

採ってくる草を間違えたら、容赦なく張り倒された。役立たずには食わせる飯はないと言われては、返す言葉もない。ルオークの態度が冷たくなると、一族の者らの私に向ける視線も冷ややかになる。とても、居心地が悪い。

ここで生きてゆくためには、ルオークに気に入られるようにするしかないようだ。

キリスト者でない者に媚《こ》びるなど、腸《はらわた》が煮えくり返りそうだ。

神よ、どうか私をお守りください。聖ゲオルグよ、あなたの強い意志が私に宿りますよう。どうか、私が私のままでいられるように。』

ここから先は、〝私〟の薬草採取の記述が続く。

もちろん、ルオークに張り倒されるのを防ぐためだ。薬草の特徴、毒草の見分け方など、図入りで書き込まれている。

そして、運よく希少な薬草を採取した時には、酒と肉が褒美に振る舞われたと、嬉しげに書くようになっていた。

ルオークという族長が、飴と鞭《むち》を使って――鞭の比率がかなり多めであったが――〝私〟を支配してゆく様が、生々しく描かれていた。

「なんか……やばめの純文学を読んでる気分になってきた……」

痴人の愛とか、孤島の鬼とか、そういう……歪んだ主従関係のマゾっぽい従者にどうやったらなるかの、実録調教日誌って感じだ。

「俺の保護者に、王様がなってくれてよかった……」

秋口なのに暖かな部屋で、衣食住に困らぬ生活ができる幸運が身に染みる。

王様の寝室に向かって両手を合わせて感謝していると、アートに呆《あき》れた顔で「何をしているんですか？」と聞かれてしまった。


王様は、目覚めた時に言った通り、三日目の朝には元通りの生活に戻った。

体内の魔力が枯渇しそうになる、というのは、死にかけるのと同じ意味だそうで、五日で元通りというのは、体力――魔力――オバケの証拠だそうだ。

朝食を食べた後、薬臭さにも慣れたお茶を飲む。

少々の食休みの後、身支度を整えて廊下に出た。

セバスチャンをはじめとした衣装係が寝室に入ると、王様はまだ朝食を食べている最中であった。

ビールのお粥《かゆ》という、まずいこと請け合いの栄養食を平然と口に運ぶ様は、高貴さに溢れている。

王様は、食べ物に文句をつけないところも、好感度が高い。

昨日、一昨日《おととい》と〝私〟の手記を読み、その壮絶な飢えとの闘いを知ったことで、今の俺は、食べ物に文句をつけてはいけない、という気分が濃厚なのだ。

ルオークっていう族長は、たぶん、デュナン王国の初代国王だ。あんな、ＳＭクラブの女王様みたいな奴が俺の保護者じゃなくて、本当によかった。

感謝の心のせいか、クローゼットで全裸になった王様を見ても、もう動じない。

王様の大事な場所から視線を逸らしつつ、ガーターベルトをつけ、靴下をはかせるイメトレも完璧《かんぺき》だ。

イメトレ通りに、スムーズに仕事を済ませると、王様が「おや」とつぶやいた。

「随分と上手くなったではないか」

「お褒めの言葉、ありがとうございます」

恭しく礼をして、一歩さがった場所へ退く。

王様は、チュニックを着せられながら、俺を横目で見ていた。

「甘い……そろそろ頃合いか……」

その声を、なぜか艶っぽく感じて、背筋がそそけ立った。

どくん。

心臓が大きく脈打つ。

運動でもしない限り、心臓の鼓動を意識することはない。なのに、ただ立っているだけでどくどくと鼓動を感じる。

――まさか、心筋梗塞《こうそく》の前兆⁉――

今年の健康診断では、問題なかったはず。

異世界に召喚されて、今日で八日目。まさか、ストレスマックスのせいで、体調が悪くなったのか⁉

いや、それは変だ。そこまでストレスのかかる生活をしてるか？　むしろ、日本にいた時より楽してるよなぁ。

なにせ、通勤時間は徒歩一分。仕事は今のところ実働五分弱。その上、八日のうち、まともに働いた日は、一日もない。料理も洗濯も掃除も、全部他人にお任せだ。

これでストレスマックスなんて言ったら、俺、罰が当たるんじゃないか？

「うーん……？」

うつむいて胸に手を当てる。

相変わらず、心臓はドキドキしている。全身が熱くなってきて、じんわりとこめかみに汗が滲《にじ》む。

それだけではない。熱が、下半身に集まってる。

ちょっと待て！　朝っぱらから、テント張ってる場合じゃないだろう、俺‼

鎮まれ、鎮まれ……。鎮まらない‼

やばい、まずい。俺が勃《た》ちかけてるの、他の奴らに気づかれてないよなぁ。

そっと周囲を見渡すと、なぜか王様をはじめ、この場にいた全員が、俺を見ていた。

すっごい見られてる。やっぱり、勃ってるのに気づかれた⁉

「すみません！　調子が悪いので、早退します」

早口で言うと、小走りでクローゼットを出て、前かがみで寝室を横切り廊下に出る。

扉を開けるための魔術具に手で触れるのももどかしく、ゆっくりと開きはじめた扉の隙間に、身をすべらすようにして中に入った。

背中を押しつけるように扉を閉じてほっとした途端、膝から力が抜けて、俺はその場に座りこんでしまった。

「アート……」

アートを呼ぶが、返事はない。アートはもう、ここを出て行ったのだ。

あぁ、クソ。体が熱い。呼吸が乱れる。

インフルエンザ……？　違う。それなら寒気や頭痛が先だ。

重い体を引きずりながら、ベッドまで移動して上半身だけあおむけに横たえる。

ブーツを脱がないとベッドに入れない。それに、このまま寝たら、上着が皺になる。

それはわかっているのに、どうにも体が動かない。

上着を脱ごうとして襟に手をかける。その弾みに乳首に指が当たった。

「あっ……っ」

胸元から甘い疼《うず》きが生じて、変な声が出た。

胸が、股間が、全身の肌がむず痒《がゆ》い。指で触れずにはいられないような、触れるともっとむず痒くなるような。

震える手でシャツと下着をめくる。肌に触れる空気の冷たさに身を竦《すく》めたのは一瞬で、すぐに手を胸元に差し入れていた。

乳首で感じる才能はないと思っていたのに……。

「クソ。どうせだったら、思春期からそういう体質だったらよかった!!」

ソロプレイのレパートリーが豊富になっただろうに。心底悔しい。

いや待て、そんな馬鹿な後悔をしている場合じゃない。

熱い息を吐きながら身を捩《よじ》り、なんとか上着を脱いだ。ズボンを脱ぐには、先にブーツを脱がねばならない。

股間に血が集まっている。ブーツより、ズボンの前ボタンを外すのが先だ。

指でボタンを外すと、その刺激にさえ昂《たかぶ》った。

「おかしい。こんな状態……サルだった高校生の時だって、ならなかった、のに……」

やっとボタンが外れてトランクスに右手を突っ込んで、慣れ親しんだ竿《さお》を握る。

あれ？　俺のエクスカリバーが、小さくなってる？

元《もと》より巨根じゃないけれど、勃起時《ぼっき》には日本人成人男子平均サイズのはずが、かなり心許《こころもと》なくなっている。

そして、ボリュームダウンしたにもかかわらず、感度はあがっている。

脈打つ表皮に触れるだけで、変な声が出るくらいに。

異世界召喚で、体質が変わった……ってことなんだろうか。

それとも、特殊能力〝感度上昇〟が備わったのか？　そんな能力、イヤすぎる!!

半泣きになりつつも、手を動かすうちに、背後で扉の開く気配がした。

「アート？」

この状態を健気《けなげ》な少年に見せるのは、俺の倫理規定でアウトであったが、背に腹は代えられない。

「靴を脱がして……。服を、脱ぐの、手伝って……」

アートは珍しく返事をしない。俺は、扉に背を向けた上、体を丸めていたので、アートがこの状況にどんな顔をしているのかわからなかった。

呆れて、立ちすくんでるのかも。

まずいなぁ、とぼんやり考えていると、大きな影が脇を通った。

アートではない、背の高い男――王様――が、なぜか俺の部屋にいた。

「お、王様……？　なんでっ、ここに」

「俺のことは、ブライアンと呼べ、と言ったはずだ」

なんでそんなことを、今になって持ち出すんだ？

いぶかしく思っていると、王様が窓の戸板をおろした。

「おまえの匂いは、毒のようだな。噂《うわさ》に聞いていたより、よほど強烈だ」

「えぇ……？」

王様が右手で剣の柄を握った。鞘から剣を抜くと、切っ先を俺に向けた。

刀身が淡く緑に光ったと思ったら、風の刃《やいば》が飛んできて、俺の衣服を――靴も含めて――切り裂いた。

枯葉のように服と下着の残骸《ざんがい》が落ちてゆく。靴も同様だ。けれど俺の肌には傷ひとつついておらず、チョーカーの他、ガーターベルトと靴下もつけたままだった。

やばい。この王様、変態だ。

同性の俺を裸にしたのも問題だが、それ以上にガーターベルトと靴下はそのままって、これ、絶対にそういう性癖だ。

「助けてぇえええ！」

「……この部屋には結界を張った。声も匂いも漏れない。俺たち以外に人の出入りもできない。そういう結界を、この俺が張ったのだ。どんなに泣き叫んでも助けはこない」

王様がすべらかな動きで剣を鞘に納めた。そうして、俺のすぐ横に腰をおろした。

「何をするつもりだ！」

王様の体が触れんばかりに近くにあると、それだけで喉が鳴るような快感が体の奥底から湧きあがった。

「もしかして、今の自分の状態を理解してないのか？」

「……」

「ケイ、おまえはオメガだ。オメガというのは魔力が低いだけではない。三か月に一度、二週間、ヒートと呼ばれる発情状態に陥る」

「発情……。まさか、体が異常に熱いのは……」

「おまえがヒートに入ったという証《あかし》だ」

王様がにやりと笑いながら、ガーターベルトを指先で持ちあげて、指を抜いた。パチンと音をたててガーターベルトが太腿に当たり、その衝撃に快感が生ずる。

「ヒートに入ったオメガが放つ匂いには、催淫効果があり、アルファやベータを狂わせる。つまり、性別関係なく欲情して、おまえを犯したくなるのだ」

王様が上半身を倒して、俺に顔を近づける。

相変わらず顔がいいわけだが、今は見惚れるより先に、その目に浮かぶ光が怖い。

……獣の瞳だ。俺に噛みついて嬲《なぶ》ろうとする強者の目だ。

心は恐怖に悲鳴をあげたが、体の熱はあがった。胸が切ないほどに締めつけられて、この体を食いちぎってほしいと切望する。

「ヒート状態のオメガは悲惨だぞ。まともに動けず、追い詰められ、犯される。相手がひとりならまだいいが、場合によっては複数。いや、複数が普通だな。この城の場合、成人全員——何百人いることか——が、おまえを犯しに群がってくる」

「……や、やだっ」

「喜べ。そんなことにはならない。俺が、おまえを番《つがい》にするのだから」

「…………番？」

おうむ返す俺の唇に、王様が軽く口づけた。

久しぶりのキスに、嫌悪を感じるはずなのに、唇はさらなるキスを欲した。

なんで？　ちっとも気分が悪くならないなんて。

「アルファが性交中にオメガのうなじに嚙みつくことで、ふたりは番となる。番を得たオメガは、ヒートが楽になるというな。フェロモンも弱まり、番のアルファ以外には効果がなくなるとも。その代わり、アルファに見えない鎖で縛られ、身も心もそのアルファだけに向かう。番以外の者と性交しても、満足できなくなる、ということだ」

「アルファは……？　アルファはどうなる……？」

「特に変わりはない。一度に複数のオメガと番になることもできるし、番でなければ満足できないということもない」

「なんだよ、それ……。オメガだけ酷い目に遭うんじゃないか」

酷いと言ったら、王様が俺の太腿に手を置いた。そうして、白くて長い指が、肌の上で淫靡《いんび》にうごめく。

「いくら酷かろうと、そういうものだ。ただし、それを望んだのは、おまえだ」

「馬鹿言う、な……。俺が、いつ、そんなことを……」

王様が俺にのしかかり、体重をかけてくる。

布越しに王様の体温と熱を感じると、なぜか、肛門が乳首のように疼きはじめた。

ちょっと待て、俺の体。俺にアナニー趣味はないはずだぞ⁉

「初めて会った時、神殿で。オメガがアルファに保護を求めるということは、番にしてほしいということだ。おまえの願いを、俺は叶えると言っただろう？」

なんてことだ。あの時の俺の言葉に、そんな意味があったなんて。

「じゃあ……俺を保護するっていうのは……」

「番にするという意味だ。俺だって、悪魔ではない。たとえ愛情がなくともヒートの間、肌身を交わすくらいのことはしてやるつもりだ」

「苦痛に満ちた死が訪れる……っていうのは……」

「嘘《うそ》だ……と言ったら、どうする？」

「俺の純情を返せ！」

あの時は、本気で心配したんだぞ。それが、嘘だったなんて！

王様の手が、太腿から尻に移動していた。むき出しの尻を撫でまわされて、下半身が勝手に動きはじめる。

尻の隙間を、指がたどった。すぼまりを、まるで性器のようにいじりはじめる。

「やめろ……」

「やめてください、だろう？」

楽しげな声に、俺は、王様は変態だ、という思いを強くする。

王様は変態の上、どS確定だ！　初代国王と同じ人種じゃないか。表面的なまともさに、すっかり騙されていた。この、ど変態!!

心の中で罵《ののし》りながらも、体は快感を覚えていた。

他人に触られて気持ち悪くないなんて、信じられない。

それどころか、ケツの穴をいじられるたび、エクスカリバーが歓喜に身を捩る。そして、なぜか後ろの方から、いやらしい音がしはじめた。

「な、なんで……。変な音が……」

「男のオメガは、ここで陽物を咥《くわ》えるのだ。だから、気持ちいいと濡れる。……ほら、いい感じにほぐれてきただろう」

「知らない。そんなの……聞いたことない」

ずぶり、と指が入ると、狭い穴がひくついた。異物を咥える快感に、肌が粟立《あわだ》つ。

「おまえだって、ランベルトにそっくりな男に犯されるなら、悪い気はしないだろう？

どのみちおまえはオメガなんだ。男の劣情を受け入れる、肉の器だ」

王様の息が荒くなっている。

そして、撫でまわされて敏感になった尻に、湿った肉を感じた。

まさか……。まさか、まさか。

必死になって身を捩ると、いつの間にかズボンの合わせから王様の王様が顔をのぞかせていた。

濡れた穴に、熱い肉が触れる。

ちょっと待て。王様の王様は、通常時でも結構なサイズだった。それが勃起したら……いったい、どれくらいになるんだ？

「無理。裂ける。裂けるから！」

「いい加減、その、色気のない口を閉じたらどうだ？　これほどまでに甘い匂いでなかったら、さすがにやる気が失せるところだぞ」

その言葉と同時に、亀頭を無理やりケツ穴にねじ込んできた。皮膚は大丈夫だが、骨盤の方が悲鳴をあげる。

「ん……。んっ。痛、痛い……っ」

「好きな男に犯されると思えば、痛みもいずれ快感に変わるだろう」

ミシミシと骨がきしむ音が聞こえたかと思うと、俺は、意識を失っていた。

次に目覚めた時、真っ先に目に入ったのは、見知らぬ天井であった。

全身は相変わらず熱く、そして、俺はガーターベルトと靴下をつけただけの姿でベッドに横たわっている。

股間には、強烈な違和感があった。身動きすると、ケツ穴からどろりと青臭い粘液が伝い落ちてきた。

「畜生……」

栗の花の臭《にお》いの正体は、男ならおなじみのアレだ。

あの変態どS王は、意識を失った俺の体を、しっかりもてあそんでくれたらしい。

「ケイスケ様！　起きられたのですね」

アートが俺の顔を覗き込む。

あぁ、アート。おまえにだけは、こんなハレンチな姿を見られたくなかった。

「ここは、王宮に近い離宮です。ケイスケ様の匂いが強すぎるので、王宮からこちらに移されたのです」

「おまえは、平気なのか……？」

「精通前や初潮前の者には、催淫効果はありません。陛下は最初から、ケイスケ様がヒート時でもお世話できるようにと、私をケイスケ様の従者としたのです」

クソ変態め。いたいけな少年に、なんて仕事をさせるのだ。

「さあ、お水を飲んで。お腹はすいていませんか？　簡単な食事を用意してあります」

アートが陶器製の吸い飲みを唇に当てた。ぬるい水が唇を濡らすと、俺は喉を鳴らして嚥下《えんか》した。

水分を摂《と》って人心地がつくと、今度は無性に唇が寂しくなった。

無意識にアートの肩に手を伸ばし、口づけようとしてしまう。

「いけません、ケイスケ様。そのようなことをしたら、私が陛下から死を賜ります」

突然のハードワードに、さすがに俺も我に返る。

こんなこどもにキスしようとした自分が信じられない。

いや、誰かとキスしたくなる自分に、なじめない。

「ごめん。……ごめん…………」

「オメガというのは、そういうものだと聞いています。さあ、こちらの薬湯を飲んでください。眠り薬です」

言われるままに、俺は吸い飲みから注がれる、えぐくて苦い液体を飲んだ。

「陛下が離宮においでになるのは、夕食後になります。まだ時間がありますから、お眠りになってお待ちください。その方が、ケイスケ様にとっても楽でしょうから」

上掛けの下で体を丸め、こみあげる欲望を必死で堪《こら》える。

しかし、手は股間や乳首をさ迷って、性的な快楽を求めていた。

目覚めた時間が長くなるほど、俺の脳みそはセックス一色に——しかも受け入れる方向へ——染まってゆくのだ。

「あぁ、あっ。ん、んん……」

感度が増した肉体は、自分の手指でも快感を覚える。けれども、一番欲しい悦楽は得られない。王様のアレを咥えた後孔は未《いま》だ熱を持っているようで、少しでも早く満たされたいと欲している。

早く、早く、睡眠薬が効きますように。ただそれだけを願いながら、俺は目を閉じた。


「……おい、起きろ。おまえの番が来てやったぞ」

眠っているところを、王様にぺちぺち頬《ほお》を叩かれて、俺は目を覚ました。

目を開けると、そこには王様の顔があった。全裸で俺にのしかかっている。

「や、やだ……」

「嫌だと言っても、仕方ないだろう？　性交せずにヒート期間を過ごすつもりか？」

「薬でずっと寝てるからいい」

「馬鹿か。飲み食いせねば、死ぬぞ」

王様が俺の脇腹を熱い手で撫であげた。

当然という顔で唇を重ねる。そして、舌を入れてきた。

肉厚の舌は、熱くて、甘くて、蕩《とろ》けそうでいて、欲望だけを刺激する。気持ちいいのに、けど、全然、足りない。

むしろ、気持ちよければ気持ちよいほど、飢えが加速してゆくようだ。

まるで、餓鬼だ。俺の体は、性欲に貪欲《どんよく》な餓鬼になってしまったんだ。

悲しみとも快感とも区別のつかない涙が溢れ、目尻を伝う。

「うう……」

王様の舌が、歯や歯茎、粘膜をなぞり、最後に舌に絡みつく。

背筋がぞくぞくして、肛門がきゅっとなる。そこを狙《ねら》い澄ましたように、王様が手を股間に入れた。

舌を絡めるキスをしながら、王様は俺のすぼまりを指で撫でる。

「二度目となると、おとなしいものだな。性交はそんなによかったか？」

「そんなこと……」

「取り繕う必要はない。俺も、一日中、おまえのことばかり考えていた。ここに……挿《い》れた感触を、忘れられなかった」

王様が指を襞《ひだ》にもぐらせ、穴を広げるようにうごめかす。

「まさか、おまえにこれほどハマるとは思わなかった」

俺の肩に顔を埋《うず》め、王様がひとりごちる。

「おまえは俺の、〝運命の番〟なのかもしれないな」

「運命の、番……？」

「神の導きにより、これ以上ない相性で結ばれたアルファとオメガ……だそうだ。魂が引き合うとも言われている。アルファもオメガも絶対数が少ないため、検証もできない。……夢物語のひとつだ」

王様が喋るたび、熱く湿った息が吹きかかる。肌がぞくぞく震え、背がしなった。

「どうだ。番になる気になったか？　今よりもっと性交がよくなるらしいぞ」

「あんたが……そうしたい……んっ。だけだろ……」

「それは否定しない。だが、楽しみをとっておくのも悪くない」

口ではそう言いつつ、王様が首を覆うチョーカーを指でもてあそぶ。

「今晩は、おまえの性感帯を探すとするか。朝は余裕がなくて挿れて終わりだったからな。おまえも、もっと楽しみたいだろう？」

甘い声で囁くと、王様が乳首に触れた。

そうして、朝方まで俺の体をいじっていた王様は、転移陣で城に戻った。

転移陣はこういう時に使うものじゃないだろう、と内心で突っ込みつつ、そのまま泥のような眠りにつけたのが、救いだった。

その後、うつらうつらした状態でアートに水とスープを飲まされて、湿った布で体を拭《ぬぐ》われる。

「ごめん……。んっ……っ……」

そんな刺激にさえ、勃ってしまう。自分が情けなくて、いたたまれない。

そして夜になり、マントで体を覆い、全裸で！　王様がやってきた。

変態だーーーー!!

俺の匂いを嗅《か》いだだけで、王様の股間の凶器がみるみるうちにそそりたつ。

それは、俺も同じで、王様の気配を感じるだけで、すぼまりから謎の粘液が溢れるようになっていた。

愛撫《あいぶ》もそこそこに、挿入がはじまる。

王様は俺に獣の姿勢を取らせると、尻を押し広げ、濡れた肉に切っ先を添えた。

すぼまりはたやすく広がり、いやらしい音をたてながら楔《くさび》を受け入れてゆく。

「あぁ……。昨日より、だいぶこなれてきたな」

「んん……。あ、あぁ……っ」

「わかるか？　おまえのココの形が変わってきたことを。俺の形に合わせているんだ」

背後から王様が覆い被さって、右手を俺の竿へ添えた。

穿《うが》たれながら、前をいじられる。すぐに目尻から涙が溢れ、シーツに汗が滴る。

「まるで、吸いついてくるようだ。熱くて……柔らかくて……。昨日とは全然違う」

王様は、俺の穴に大変満足したようだった。

さすがに寝不足とやらで、王様は三回ほどいたした後で、城に戻った。

俺の方は、欲求不満だ。足りない。全然、し足りない。仕方なく、王様の匂いの残るシーツに顔を埋めて目を閉じた。

三日目。

昨日とだいたい同じように一日が過ぎて、王様がやってきた。

眠り薬が抜けず、昨晩のシーツを抱いたままの俺に、王様が股間を突き出した。

「今日は、口でしてみろ」

無茶なことを言う。

絶対に吐く。と、思ったのは一瞬で、俺は躊躇《ちゅうちょ》なく目の前に突き出された先端に唇で触れていた。口に含むと、王様はすぐに大きくなった。

茎が育つと、そこにまたがるよう言われた。騎乗位で貫かれながらキスを重ね、太腿や脇腹を撫でる手に感じて腰を振る。

そんなこんなで、昨日よりは遅くまでやった。

四日目。

「今日は、土産《みやげ》がある」

王様が謎の魔術具を取り出した。

これは、あれだ。この世界の大人の玩具《おもちゃ》というヤツだ。

無駄にいやらしい形をした、いかがわしい魔術具がシーツの上に置かれた。

王様が魔力を注ぐと、勃起した王様の王様そっくりな形になった。それを、尻穴に挿れられ、その状態で王様に口で奉仕させられる。

「……おまえが俺以外のモノを突っ込んでる姿は、不愉快だ」

こうして、いかがわしい玩具は、即座にお蔵入りとなった。

「おまえは、俺じゃなくてもよがり狂うか」

まったくもって理不尽な苦情を言いながら、王様は俺の尻を犯し、激しく抜き差しする。

俺にとっては、どっちでも同じことだ。気持ちよくて、し足りない。してもしても満たされず、奥に飛沫《ひまつ》を感じた時だけ、わずかに渇きが癒《いや》される。

いかがわしい玩具より王様の方がいい。

貫かれながら言うと、王様は満足そうな顔をして、俺の涙を唇で吸いあげた。

このあたりから、記憶が曖昧になってきた。

どうやら、ウィークエンドになっていたようで、王様が離宮にこもりきりになったのだ。

王様は、セックスして、寝て、起きたらアートが用意した軽食を食べて、俺を犯す。そのくり返しだ。

たまに、手ずから吸い飲みを手にして、俺に水を飲ませてくれた。

「旨いか？」

優しげなほほ笑みに、ランベルトを思い出して、俺も同じようにほほ笑み返す。

したいと思った時には王様がいる。なんて幸せなんだろう。

「少しは食え」

王様が小さく切った果物——桃のシロップ漬けに似ていた——を摘《つ》まんで俺の口に入れた。

正直、食欲はないが、王様がくれたものだからと、頑張って咀嚼《そしゃく》して飲み込んだ。

甘い汁がついた王様の指を舐《な》め、手のひらも舐めていると、王様が俺の顔を股間に導く。

こっちの方が、果物より旨かった。

「おまえがヒートの間、執務など放り出して離宮にこもっていられれば……」

金色の草むらに隠れた肉にむしゃぶりつくと、そんな声が聞こえた。

「そろそろ、妃が俺の行動を怪しんでいる。今まで一週間以上閨《ねや》をともにしなかったことなどなかったからな」

王様は、俺の体をまさぐりながら、ため息をついた。

そうして朝までして、王様は城に戻った。

眠り、焼けつくような渇望に目が覚め、水と回復薬と睡眠薬を飲んで寝た。これを何度かくり返す。

きっと、丸二日は経っていたと思う。

そのうちに、俺は、二度と王様が離宮に来ないと思いはじめた。

続く四日ばかりは、眠ってばかりで昼夜の区別がなくなった。目が覚めたら、アートが用意していた水と薬を飲んでまた寝る。

体の熱を持て余し、眠る前のひと時に自分で自分を慰めるが、全然、足りない。

「あぁ、あぁ、あぁ……」

オメガであることの辛さを、この時に痛感した。

眠りだけが救いで、しかし、夢でも飢えに襲われた。

寝ても覚めても、考えるのは王様のことばかりだ。

王様、王様、王様……。それだけを、胸の中でくり返す。

枕を涙で濡らしながら目覚めると、全裸の王様が俺のすぐ横に座っていた。

夢の続きかと思ったが、俺の肩を撫でる手は、本物だった。

「……王様………？」

急いで起きあがろうとしたが、もう、体に力が入らない。

体を起こそうとしたが、そのまま崩れるように王様の太腿に倒れこんだ。

「もう……来ない……思った……」

「泣くほど俺に、会いたかったか？」

太腿にすがりつくと、王様がゆっくりと俺の頭を撫ではじめた。

「うん。……待ってた……。待ってた……」

王様の匂いを嗅いで、胸が、穴が熱くなる。

目の前に、待ち焦がれたソレがあるのだ。俺は股間を謎液で濡らしながら王様の竿に手を伸ばした。

撫でるだけじゃ全然満足できなくて、両手で王様を支えながら亀頭を口に含んだ。

「だいぶ匂いが弱まってきたな……。ヒートも、そろそろ終わりか」

王様の手が背中に回り、なだめるような、慈しむような手つきで撫ではじめた。

「……この国では、国王は五人まで妃を娶《めと》れる。俺の母上は、王宮で働く文官の娘で、父上と結ばれたのは二番目であったが、序列はもっとも低い妃であった」

王様がぽつり、ぽつりと言葉を紡ぎはじめる。

「父上は十人以上子をなしたが、アルファとして生まれたのは俺と、八つ下の弟だけだ。弟は序列は二番目、最後に娶られた妃の子だ。俺が王太子となったのは今から十四年前、俺が十六歳の時だ。弟の魔力量が、俺より劣ると判明したからだ」

衣擦《きぬず》れの音がして、俺はベッドに仰向けにされた。王様が覆い被さってきて、俺の目を見据えた。

「王様……？」

「王様ではなく、ブライアンだ。何度言ったらおまえは覚えるんだ？」

困った奴だという顔で、王様が俺の唇を手で摘まんだ。

「ブライアン……」

「そうだ。ブライアンだ。ちゃんと覚えておけ」

「わかった、王様」

こっくりとうなずくと、王様は「まったく……」と、愛《いと》しげにつぶやいて、俺の唇をまた摘まんだ。

他愛《たわい》ない仕草が嬉しくて笑うと、王様が目を細めて俺を見る。

「まあいい。……王太子に内定した頃、母上が亡くなった。表向きの死因は、食中毒。真相は毒殺だ。父上の正妃が俺の養母となり、後見人になった」

王様が、俺の手を握った。指と指を絡めて握る、恋人つなぎで。

「母上を毒殺するよう命じたのは、正妃だった。……それからは、毎日が恐ろしくてしょうがなかったよ。いくら魔力量が多くとも、味方は少なく、毒殺や暗殺を警戒し続けるには限度がある。俺は何も知らぬふりをしながら、正妃に逆らわず、おとなしくて出来のよい――けれど賢すぎない――王太子として振る舞わなければ、殺されていた。二年前、正妃が亡くなった時には、心底ほっとしたものだ」

王様の瞳の色が濃くなった。深い、深いエメラルドに、妖《あや》しい光が宿る。

「さて、王太子位に就くと同時に俺は婚約した。相手は養母の姪《めい》で、リメリック領主の娘だ。……婚約者は、伯母《おば》が俺の母上を毒殺したとは知らぬようで、ただ無邪気に俺の妻となることを喜び、慕ってくれた」

俺の手を握る王様の手に、力がこもった。

「俺は、母上を殺した女の姪を――妃を――愛してはいない。それを憐《あわ》れに思い気遣いはしている。立場にふさわしい扱いもしている。妃としてアルファの息子を与えてくれたことに感謝もしている。……ケイ、おまえは、俺を理想の父親と言ったな。息子の母を愛せぬ俺を、それでもおまえは、理想の父親と言えるのか？」

まっすぐに王様が俺を見据えていた。

嘘をつくことを許さない、という目をしている。

深い緑の瞳に浮かぶのは、怒りか。悲しみか。

「泣かないで」

「泣いてなどいない」

右手をつないだまま左腕を伸ばして、王様の体を抱いた。

「王様、生きてる。いいお父さん」

「……極端な見解だな」

「生きてるお父さん、いいお父さん」

これだけは、絶対だ。むっとして頬を膨らますと、王様が大きく息を吐いた。

「……ヒート時のオメガに、何を言っても無駄か」

そうして、話は終わりだというように、握った手を離す。

王様が、俺の胸の突起に舌で触れた。

「んっ。……あぁ……っ」

「ちょっと舐めただけでこれか。随分と佳き体となったものだ」

言葉で責めながら、王様がそろりと股間に手を差し入れて、俺の口を唇でふさいだ。

舌が絡まると、肉の壺《つぼ》から謎液が滲み出た。早く王様が欲しくて、王様の王様に手を伸ばす。

口づけながら、互いに性器を愛撫するうちに、二本の棒が密着する。

「あぁ……、あっ。いい……っ」

「久しぶりだが、やり方を忘れていなかったようだな。では、こちらはどうだ」

股《また》のたいらな部分を指がたどり、そしてすぼまりに触れた。

熱い指の感触に、粘液が襞を濡らす。王様はにやりと笑うと、肉の筒に指を入れ、いやらしげにかき回したのだった。


明けて翌日。

俺は、やたらすっきりした気分で目を覚ました。

時刻は昼に近い頃合いだろうか。窓が開き、冷たくて涼やかな風が吹き込んでいる。

「ケイスケ様、目を覚まされましたか」

「うん。おはよう……」

「その様子ですと、本当にヒートが終わったようですね。ご無事で何よりでした」

ご無事……というには、随分と王様からご無体な目に遭った記憶がうすらぼんやりあるのだが。

ヒートになってからの記憶が、かなり曖昧だ。やたらと辛かった気がするが、それ以外のことは、あまり覚えてない。

いや、王様の王様そっくりの玩具などの記憶はあるが、忘れることにした。

「陛下より、ヒート明けで体が辛いだろうから、今日、明日はゆっくり休むように、とのことです。お仕事は明後日《あさって》からとのことでした」

俺が伸びをして起きあがると、アートが風呂の用意をはじめた。

湯船に浸《つ》かる俺の背を、アートが甲斐甲斐しく布で擦《こす》る。

「えっと……ヒートの間、ものすごく世話になった。ありがとう」

「気になさらないでください」

「でも……キスしようとしたりしたし……。それに、王様と俺の……アレも見た……よな。本当にごめん」

「その分のお給金をちゃんといただいております。それに、私の身分ですと、家族で寝室はひとつですから、両親がしているところを見聞きしています。ケイスケ様が気になさることはないですよ」

なかなかハードな住宅環境だ。いや、日本もちょっと前……戦後すぐくらいまでは、そんなもんか。

だからといって、男同士のセックスは、こどもに見せていいものではないのだが。

湯浴みを終えて身支度――俺用にと、王様が新しく用意した服だ――を整えた。

「腹減ったけど、このまま飯?」

「いいえ。今日は王宮に戻って、そこでお食事となります。迎えの馬車が来ています」

俺の移動は、転移陣ではなく、馬車だった。

シーツやらなにやら大量の汚れ物とともに、俺とアートは馬車で王宮に戻る。

馬車はかなり乗り心地が悪く、腹が空っぽで助かった。でなかったら、きっと盛大にリバースしただろう。

　王宮の部屋に戻り、ベッドで馬車酔いをさますうちに、アートが俺の食事を運んできた。

「ケイスケ様は、しばらく水分しか摂っていませんでしたから、柔らかい食べ物にしてもらいました」

　いわゆるミルクスープにパンを浸して煮たものが器に入っている。

　他に、桃のシロップ煮のような皿と、魔石のついた銅製のカップが並ぶ。

「こちらのカップは、陛下よりケイスケ様への贈り物です。エールを注いで魔石に触れると、底に刻まれた魔法陣が発動して、エールが冷えるそうです」

「森で、俺が頼んだヤツだ…………」

　なんだよ、こんな贈り物……最高じゃないか！

　カップにエールを注いで魔石に触れる。みるみるうちにカップの表面に水滴がついて、冷え冷えになる。

　カップを掴んで口をつけると、待望の冷えたエールが喉を潤した。

「旨い！　発泡酒はこうでないと!!　アート、おまえも飲んでみろよ」

「陛下からケイスケ様への贈り物を私が使うわけには参りません」

　アートがにっこりとほほ笑んだ。

　そうこうするうちに、魔術具を抱えてレッドがやってきた。

「前に申請した魔術具が届いたよ。これが、緊急時に使う魔術具、こっちが通話具。治癒用の魔術具は、平民用の魔石を使ったものだ」

おお！　ようやく異世界っぽくなってきた。

この世界に来て、俺が異世界っぽい体験をしたのは、オメガになってヒートしたくらいだからな。

あれ、なんかひっかかる。オメガって、投稿サイトのタグで見た覚えが……。

そうだ！　女子が好きな男同士で……っていう……。

「チートじゃなくて、オメガバースかよ!!」

思わずマットを拳で叩く。とはいえ、オメガバースの詳細な知識はない。

男が「男の娘《こ》」とか「ふたなり」が好きなように、「女子は、こういうのが好きなのかー」くらいの認識だ。

俺の異世界召喚は、ＢＬだった。

あ、ラノベのタイトルになりそう。

なんてメタいことを考えていたら、一瞬、気分が浮上したが、反動でよけいに悲しくなってしまった。

いや待て。まだそうと決まったわけじゃない。ちょっと二週間ばかり爛《ただ》れた生活はしたが、半分は放置プレイだったし。

「まだ、俺は汚れてない。まだ大丈夫。まだ汚染されていない」

「ケイスケ殿、急にどうしたんだ？」

「まだお加減が悪いのですか？」

ぶつぶつと自己暗示をかけていると、レッドとアートが心配そうに声をかけてきた。

食事を終えたら、レッドから魔術具の使い方を教わったのだが、レッドが帰ると、夕食までやることがなくなってしまった。

「アート、俺は部屋にこもってるから、おまえも少し休んでくれ。疲れてるだろう？」

「では、お言葉に甘えて、お休みさせていただきます」

本当は疲れていたのだろう、ぺこりと頭をさげると、アートが部屋を出て行った。

俺は、チョーカーの入っていた魔術具の箱を開けた。

二週間前と変わりなく、手記はそこにあった。

初代国王ルオークのもとで、オメガだった〝私〟が、ヒートを迎えどうなったか。それに興味があった。

手記の続きを読むと、一週間ほどは、いつもの採取日記と、ルオークに褒められただの、叱《しか》られただのが、赤裸々に書いてあった。

だいぶ、調教が進んでるなぁ……。気の毒に。

内心で手を合わせたところで、手記の日付が飛んだ。

何があったか――たぶん、ヒートだ――予想しつつ、手記を読む。

『なんということだ！　私の身に、なんとおぞましいことが起きたのか！』

これだけ書いて、その日の日記は終わっていた。

そして手記の日付が変わった。

『私の身に起こったことが、信じられない。

いつものように採取を終え、帰る途中で雲母《うんも》が混じったような輝きを放つ石を見つけたことが、すべてのはじまりだった。ルオークから採取を命じられたものではなかったが、初めて見る石だったので、私は手頃な大きさの石を採取袋に入れて集落に戻った。

私が集落に戻ってほどなくして、バタバタと私の周囲にいた者が倒れた。原因は、私ではないかと疑われた。

魔風を受けて薬草となった草も、さらなる変化をして、毒草となるのだという。ルオークにより、採取袋ごと私は集落の外れに連れていかれた。

魔術で防御したルオークに採取袋を渡す。ルオークは、採取袋から透明で中が虹色に輝く不思議な石を取り出した。

これに見覚えはあるかと尋ねられたが、私は首を振った。私が採取してきた石と同じだと思うが、拾った時は虹色に輝いてはいなかったと説明する。

その時であった、私の体に変化が起こったのは。あぁ、神よ！　そこで何が起こったかは、あまりのおぞましさに、書くこともできない。

ルオークをはじめ、族の者が次々とやってきて、私は……。』

ここまで読んで、俺は手記から目を逸らし、目を瞑《つぶ》った。

〝私〟が何をされたか、そして、その恐怖が生々しく身に迫る。

犯されても地獄。犯されなくても地獄。あれは、そういう状態だ。

一度大きく深呼吸してから、手記の続きを読む。

『不可解な熱が去ると、ルオークがやってきた。あの虹の石が、高値で売れたのだという。今後は、あれを重点的に拾ってこいと言われた。

そうするならば、またあの状態――ヒート――になった時、相手をするのは俺だけにしてやると言われた。いっそ、その期間は放っておいてほしいと懇願すると殴られた。そして、命令に従えないのなら、リメリックの娼館《しょうかん》に私を売ると言った。

私のように魔力を持たない者をオメガといい、ヒートと呼ばれる期間に発する匂いは、アルファやベータに強い催淫効果をもたらすのだという。老いて役立たなくなった者の相手や、とても言葉にできない堕落した行為をさせられると言われ、私は震えあがった。ルオークの提案を私は受け入れるしかない。

あぁ、神よ。なぜ私にこのような、おぞましい試練を与えたのか。主の教えに背くので、私は自死することもできない。どうか、聖ゲオルグよ、私の身を守り給え。』

『立って歩けるようになり、私は、不思議な石を拾った場所へ採取に出かけた。

いくら探しても虹の石はなく、手頃な大きさの雲母の石を拾い、薬草を採取した。

集落に戻る前に採取袋を開けてみると、採取した薬草がすべて枯れていた。そして、雲母の石が、虹の石に変わっていた。首尾よく虹の石を持ち帰った私をルオークは褒め、酒と肉を与えた。その後、酔ったルオークに戯れに口づけをされた。』

『昨日と同じ場所へ採取に向かう。昨日、採取するかどうか迷い、手で触れた石が、虹の石へと変わっていた。

周囲の草木が枯れ、弱い魔獣が死んでいた。光を受けて浮かぶ虹の七色が、ひどく禍々《まがまが》しいものに感じる。

気分が悪くなったので、虹の石だけを採取袋に入れて集落に持ち帰る。ルオークは私の報告を興味深そうに聞いていた。明日は、ルオークと採取へ行くことになった。』

『今日も採取場へ向かい、私はルオークに雲母混じりの石を示した。しかし、ルオークには他の石と区別がつかないと言う。そうして、私が大きな雲母混じりの石に触れると、みるみるうちに石が白く変わってゆく。

突然、ルオークの気分が悪くなったので、急いでその場を離れる。ルオークに川の水を飲ませ、私は薬草を採取し、ルオークに渡す。

日が落ちる頃に、あの白い石のあった場所に戻ると、白い石は虹の石へと変わっていた。

虹の石の周囲は、前と同じように草木が枯れて、大型の魔獣も倒れていた。

重すぎて虹の石を持ち帰ることはできず、魔獣の死骸の一部だけを採取して集落へ帰る。

その晩、上機嫌のルオークが私を抱き寄せ、行為に至った。』

ヒート期間外で、されちゃったのか……。しかも、この書きっぷり、あんまり嫌じゃなかったみたいだけど……。

絆されちゃったのか！　まさか、調教完了なのか⁉

ううう……と、うめきながら手記を閉じて、いったん読書を終了させたのだった。


夕食は昼と同じメニューで、それにソーセージがついていた。

この太さ、長さはフランクフルト用だろうか。白っぽいソーセージに、封じたはずの記憶が刺激される。

「ケイスケ様、ちゃんと食べないと、元気になりませんよ」

ソーセージとにらめっこをしていたら、アートに声をかけられた。ソーセージを口に入れ、思い切り食いちぎる。

おお、なんかすっきりした。

そうしたら、アートに「食べ方が怖い」と言われた。解せぬ。

ソーセージは、ハーブが利いていて、大変旨い。冷たいエールにぴったりだ。

「そのカップ、すっかりお気に入りですね」

「あぁ。王様に、ありがとうって礼を言わなきゃな。そういえば、ずっと王様の顔を見てないけど、元気なんだよな？」

「陛下は、昼からレアリー領へ転移陣で向かわれました。戻るのは、明日の夜遅くとのことです」

「レアリーって、南部の領地だっけ？」

「はい。今年のワインができたそうで。領主の館でできたてを飲んで祝うのですよ」

「そういうのって、普通、王宮へ献上されるもんじゃないのか？」

「……新しいワインを飲む、という名目で、領地の視察と領主との会談です。ケイスケ様が離宮にいる間に、ハイデリー領の動きがますます怪しくなったと報告があったのです。なんでも、魔獣を操り、王領ミードやメイヨーを襲いはじめたとか。実際に、魔獣被害の報告が出はじめています」

「そんなキナ臭いことになっていたのか？」

「はい。王宮の者は、陛下が大規模な魔獣退治を行うため、レアリー領主へ物資や兵の供出を命ずるのでは……と、噂しております」

かなりまずい状態じゃないか。

なのに、昨日は俺のところへ来てくれたのか。ヒート最終日だから、いっそのこと、放っておいてもよかっただろうに……。

いいや、違う！　放っておかれた方がよかったんだ!!　黒歴史は、少ない方がいいに決まっている。

しかし、なんで王様との行為は、リバースしなかったんだろう……。

基本的に王様の顔と自分の体ばかり見ていたからか？　それともヒートミラクルか？

異世界に来て、体質が変わったのかもしれない。

首を傾げつつ、冷えたエールを飲む。

六対四で、王様はいい奴だと思う。忙しいのに、俺のわがままを聞いて、こんな便利な魔術具を用意してくれたんだから。

欠点は、俺を相手にしてセックスすること。そして、変態なところか。

嫌い！　と言ってしまえればいいんだけど、なにせ国一番の権力者だし、俺の保護者の役割はきちんと果たしている。

おまけに、顔が推しそっくりだから、どうしても嫌えないいんだよなぁ。

食事を終えると、俺は早々に湯浴みを済ませてアートを解放する。

それから、調教日誌からピンク小説に変わった手記を手に、ベッドに寝転んだ。

手記は、しばらく、〝私〟が雲母混じりの石に触り、前日に仕込んでおいた虹の石を回収して、その後セックスする、のくり返しだった。

　正直、自分が王様にされたことをぼんやり思い出すので、読むのが辛い。

『なぜ、毎日私を閨に招くのか、ルオークに尋ねた。ルオークは、ふざけた顔で俺以外の奴に抱かれたいのか、と聞いてきたが、目が笑っていなかった。それでもなお、理由を問うと、私がルオークのものと見せつけるためだ、と言う。

　虹の石のおかげで、にわかに族は富みはじめ、以前のように飢えに苦しむことも減った。虹の石をもたらす唯一の者の私を手に入れれば、ルオークに代わって族長に収まることも、南部に移動して贅を尽くした生活を送ることも可能になる。

　そういった目的で、今後、私を甘言でもって誘うか、強引に連れ去る者が出るとルオークは予想していたのだ。』

『翌日から、昼の採取にルオークの幼馴染で腹心のアレンが同行することになった。

　魔風に耐える結界の魔術を使えるというのがその理由であった。

　アレンは、飢えで倒れそうになっていた私を、ルオークのもとに連れていった族人だ。いわば恩人だが、アレンは無口で無表情で、何を考えているのかわからない。アレンが隣にいて採取をするのは、とても気が重い。』

『今日、アレンの提案で、虹の石を使って結界を張り、集落を拡大することになった。

　虹の石は魔力を増大し、強い結界が張れるのだという。

まず、白い石――呪魔石《じゅませき》と名づけた――の時の、周囲から魔力を吸う性質を利用して、周辺の魔獣を駆逐する。虹色になった時、安全な地に結界を張れば、集落の内部で畑を耕すこともできる、というのだ。

アレンらが雲母の石を集落の近くまで運び、私が石に触れる。その後、アレンが結界を張った。』

『今日、ルオークは小さな一族を、新たな同胞として迎えた。ルオークにより、私は神秘の力で富をもたらす賢者だと新たな一族の者に紹介された。

そんな力はないと抗議をしたが、聞き入れてもらえない。こうすることで、私に手出しする者が減ると考えているようだ。』

賢者……。賢者？　オメガなのに、賢者……。

それに、この雲母混じりの石っていうのが気になってたけど、もしかして、森で、王様が気分を悪くした時に見た、キラキラ石のことだろうか？

いやいや、そんな都合のいい話はない。そう思い返して手記の続きを読む。

『また、あの変化が起こった。ルオークは約束を守り、集落の外れに小屋を建て、私をそこに閉じ込めた。行為の最中、ルオークが私のうなじを噛んだ。その後、ヒートの苦しみが減った。どういうことかと尋ねたが、ルオークは何も答えなかった。

その後も、毎晩ルオークと閨をともにしていたが、ヒート時のルオークは、ことさら激しく私を苛《さいな》んだ。私もまた、肉欲に溺《おぼ》れ、歓喜した。

認めよう。私は、ルオークを愛している。神のいぬ地で、オメガという男とも女ともつかぬ身になったのだ。私が、ルオークを愛しても罰する者はいない。

私は、私の心の真実に従うのだ。』

おお……。とうとう、言い切ったよ。それに、このうなじを噛むって、番にされたってことだよな。番にされると、こんなふうに変わるのか。

俺も、王様に番にされたら、頭の中が王様でいっぱいになっちゃうんだろうか？ なんだか、洗脳みたいだ。自分が自分でなくなるようで、すごく怖い。想像するだけで、全身がぞわぞわしてきた。

呼吸を整えて、俺は、再び手記に目を通した。

どうやら、その後、順調に族は拡大していったらしい。テントでの仮集落から魔術で建物を建てて村となってゆく様子が書かれている。

『いつもと同じように虹の石の採取に向かう。アレンの他、幼いこどもや女たちも一緒だ。魔獣がいなくなった地は、女こどもでも、安全に薬草や魔獣の素材を採取できるからだ。

しかし、急に私の気分が悪くなった。ヒートではない。吐き気が止まらない。アレンに担がれ、ルオークの屋敷に帰る。ルオークはそこで、妻を迎える話をしていた。私は気分が悪くなったと言って部屋にこもった。

今日も朝から気分が悪い。私の具合を危ぶんだアレンが、医師を連れてきた。医師は、私が妊娠していると言った。

時期からして、ルオークとの子だ。男の身で子を孕《はら》むのはなんとも不思議な気分だが、とても嬉しい。私は、幸せだ。』

ちょっと待て！

男が妊娠だと!?　オメガバースでは、男が妊娠するのか!?

「ありえない、ありえない、ありえない、ありえない……」

うわごとのようにつぶやきながら、俺は、自分の腹を見た。二週間の水分生活で、だいぶ腹が凹んでいる。

大丈夫。俺は、孕んでない。王様の子など、ここにはいないのだ。

でも、もしできてたら……どうなるんだろう？

妊夫生活までは想像できる。しかし、赤ちゃんを産んで、育てるのか？　この俺が!?

なんだか、気分が悪くなってきた。酸っぱいものは……、うん、食べたくない！

深呼吸をして、冷たい水を飲む。銅のカップは優秀で、水も冷たくなるのだ。

それからしばらく、手記は、〝私〟の、幸せ妊夫生活がつづられていた。

愛する人のこどもなら、男でも孕んで幸せになれるんだと、ちょっと羨《うらや》ましくなった。

俺の場合……どうなんだろう？

いやいや、相手がどうこう以前に、そもそも妊娠したくない。考えるのは、やめだ。

『私は罪人だ。』

それだけ書いて、その日の手記は終わっていた。その後、少々日付が飛ぶ。

『部屋に閉じこもり、泣いてばかりの私は、ルオークに愛想をつかされたようだ。このところ、ルオークは私の顔を見ることさえ避けている。

アレンが来て、私を外に連れ出した。小さな土饅頭《つちまんじゅう》の上に、小さな石が置いてあり、私の子の墓だと言った。

ルオークはリメリックの豪商の娘を娶ることになっている。私と私の子は邪魔なのだ。そう真実を告げ、その場で腹の子を堕ろしたアレンが、私は恐ろしい。しかし、こうして生まれることのなかった我が子の墓を作り、弔ってくれたのもアレンなのだ。

アレンが無言で私に花を渡し、私はそれを我が子の墓に手向けた。

私の罪は雪《すす》がれることはないだろう。だが、神よ、どうか罪のない子が天国に迎えられますよう。天使となり、み使いとして働けますよう導き給え。』

……え、これって……つまり、強制堕胎!?

あんなに、幸せそうだったのに……？

さっき食べた夕食を戻しそうになって、ダッシュで便器に向かってげえげえ吐いた。

頭の芯《しん》が痺《しび》れて、指先が冷たくなっている。

……きっと、あれは、俺の未来の姿だ。だって、王様にはお妃様がいるし、アルファの息子もいるし。俺とのこどもなんて、百パーセント邪魔者だ。

なんだってんだよ、畜生！　王様の都合で異世界に召喚されて、オメガになって、あげく王様にやられまくって、妊娠したら、はい堕胎って……。そんなの、嫌だ。俺の人生、あまりにも虚《むな》しすぎる。

「逃げよう」

そうだ。ここから逃げるんだ。とにかく、ここではないどこかに行って、妊娠の危機を回避しないと！

どうやったら、逃げおおせるか。

孕んでいた場合のことも考えなければいけないが、そこに至ると頭が真っ白になる。

まず逃げる。他のことは、後で考える。

あぁ、王様に番にされる前でよかった。もし、〝私〟のように王様を好きになった後だったら……………。

うん、考えるのは、やめよう。

そうして、頭から掛布団に潜り込んで、ぎゅっと目を閉じたのだった。

翌朝。よくよく考えた末、逃亡は本日午前中、朝食後に決行、と決めた。

朝食から昼食までの約五時間。これで、行けるところまで、逃げるんだ。

俺には、逃げおおせる算段があった。

ヒントは、〝私〟の手記だ。あの中にあった呪魔石をうまく使えば、逃げられる。

森に行って、キラキラ石を触らずに拾って、ひとつずつ布か何かでくるむ。

とりあえず、自作のトランクスとランニングシャツでいいだろう。追手が来たら、呪魔石に変えて投げつけるのだ。

王様だって、あれだけ気分が悪くなったんだ。他の人間なら、まず確実にその場でぶっ倒れるだろう。そして、とんずら、という計画だ。

ずさんな気もするが、これ以外に道がない。

希望の光が見えたところで睡魔に襲われ、うつらうつらしていたところでアートがやってきた。

「おはようございます、ケイスケ様。どうしましたか、お顔の色が優れませんが」

「なんか、吐き気がして眠れなくってさ。……朝食を食べたら、夕食まで寝るつもりだから、今日の昼飯はなしでいいよ」

「吐き気、ですか……。お医者様に診《み》ていただくのはどうでしょう？」

アートのこの返事……。俺が妊娠したと思ってる気がする。

「医者なんて大げさだなぁ。たぶん、昨日のソーセージが胃もたれしたんだよ。前々からこういうことはあったし、寝てれば治るから心配いらないよ」

「そうですか？　何かあったら、すぐに通話具で連絡してください」

アートの優しさが身に染みる。

だが、ここでアートに絆されている場合ではない。

寝間着のまま食事をして、具だくさんスープのパン浸しを半分ほど食べた。

チーズと干しブドウもついていたが、これは非常食にと枕の下に忍ばせる。

「着替えはどうなさいますか？」

「えっと……。一応、着替えておくかな。もしかして、午後になったら気分がよくなるかもしれないし」

着替えを終えると、アートが食べ終えた食器の皿と寝間着を持って出て行った。

さあ、逃亡の準備だ！

張り切ってチョーカーの魔術具を包んでいた布を広げ、手記と下着を詰め込んだ。裁縫道具からハサミとナイフも入れる。チーズと干しブドウは、紙に包んだ。

もらった魔術具をどうしようかと考えて、銅のカップと治癒の魔術具を持っていくことにする。チョーカーは、相変わらず外せないので、持ち出すしかない。

そっと扉を開けて、廊下を見る。今日は王様がいないせいか、廊下を歩く人は少ない。

今は人影もなく、これ幸いと部屋を出て、小走りで王宮を出た。

向かうは、北側の出口だ。

「離宮に忘れ物をしてしまって、今から取りに行きます」

王宮と内壁の門番――衛兵――に笑顔で言うと、「では、馬でご案内します」と言われてしまった。

……さて、どうするか……。

「散歩がてら、歩いていきたいんです。少々運動不足なもので。大丈夫です。通話具もありますから、何かあったらすぐに従者に連絡します」

心配そうな顔をしながらも、衛兵は俺を通してくれた。

次に外壁の門へ向かい、同じようなやりとりをする。こちらは、さっきの門番より責任感が強いのか、レッドに確認を取ると言い出した。

「……レッドには、知られたくないんだ。その……忘れ物っていうのは、王様のアレの形をした、エッチな玩具だから」

つい、うねうね動く王様の王様そっくりの玩具を思い出して赤面すると、衛兵が神妙な顔で「お早くお戻りください」と言って、俺を通してくれた。

……よし！　王様がど変態で助かった。

足早に外壁を抜け、牧場沿いの小道を、例の森へ向かって延々と歩いた。

「すまないが、王宮で働く方だろうか」

突然、上の方から声がした。日差しが大きなものに遮られ、影がかかる。

おや、と上を向くと、大きな大きな鳥――鷹だろうか――が、空を飛んでいた。

そして、巨大な――馬より大きい――鳥がふわりと俺の目の前に着地した。

「……うわっ！」

驚きのあまり腰が抜け、その場にしゃがみ込むと、鳥の背から軽やかに男が降り立った。

男はフードつきのマントを着て、顔を隠すようにフードを目深におろしている。

背は高く、すらりとした体格で、着ている服は飾りはなくとも上等だった。

「すまない。驚かせるつもりはなかったのだ。まさか、グリフォンを見るのが初めてだったのか？」

「グリフォン。これが……」

神話に出てくる怪鳥の名を持つ魔獣を見あげる。グリフォンは、鋭い嘴《くちばし》と、がっちりとした爪を持っていて、いかにも猛禽類《もうきんるい》といった風情で少し怖い。

しかし、俺をつつくようすもなく、おとなしくしている。

「私は、オーウェンという。陛下に面会すべく王都を訪れたのだが、取り次いでもらえず、難儀していたところだ」

「王様は、今、レアリーへ行って留守です。帰りは今日の遅くの予定ですよ」

なんの気なしに答えると、オーウェンが小さく息を呑んだ。

「君は、陛下の側近《そば》くに仕える者なのか？」

「衣装係です。ガーターベルトと靴下担当の」

「なんだって⁉」

そう叫ぶやいなや、オーウェンの大きな手が俺の肩を摑んだ。それから、胸元のチョーカーを覗き込み、そのまま背後に回った。

「これは……。与太話だと思っていたが、まさか事実だったとは……」

「えぇ……っと？　オーウェンさん、俺のチョーカーがどうかしましたか？」

とまどいつつ尋ねると、オーウェンが「これもやむなしか……」とつぶやいた。そして、腰にさげた袋からロープを取り出し、あっという間に俺をぐるぐる巻きにしてしまった。

「いきなり何するんですか！」

「あなたは、ケイスケ・ササキ……陛下が寵愛《ちょうあい》するオメガですね」

「確かにケイスケ・ササキですが、王様に寵愛されてはいません」

「何を愚かなことを……。陛下の衣装係は下賤《げせん》な者には任されない。王宮でも信任厚い高位の者がガーターベルトと靴下の衣装係となるというのに」

なんとびっくり異世界事情！

「ガーターベルトと靴下をつける際、神聖なる陛下の御身に触れるのです。任命された時点で、ケイスケ殿は叙爵され高い位階を与えられているのです」

どうやら、俺は、知らない間にお貴族様になっていたようだ。

「確かに、寵愛されてる……って勘違いされてもしょうがない状況だ……」

「自分のお立場を、ご理解されたようでよかったです」

「今まで、ただの王様の嫌がらせか、変態趣味で任命されたのだと思ってました。教えてくれて、ありがとうございます」

ぐるぐる巻きのままお辞儀をすると、オーウェンもつられて頭をさげた。

「しかし、陛下が変態趣味というのは……。お言葉を控えた方がよいのでは？」

「あの人、正真正銘、変態です。俺がされたことを公言したら、みんな、王様のことを変態と呼ぶこと間違いなしですから」

「陛下は、我々では計り知れない重荷を背負っておられます。それによって、多少性癖が歪んだところで、変態と貶《おとし》める理由にはなりません」

すごい。この人、全力で王様の変態趣味を庇《かば》ってるよ。

「どんな理由をつけても、変態は変態だ！　……ところで、どうして俺は、あなたに縛られないといけないんですか？」

「ケイスケ殿には、人質になってもらいたいからです」

「……はい？」

そして、オーウェンがフードを脱いだ。

赤味がかった金髪と、若草のような瞳。そしてその顔は……ランベルトに、それ以上に王様に、とてもよく似ていた。

「王様……？」

「陛下と私は従兄《いとこ》同士です。私の方が、陛下より二歳年上ですが」

オーウェンがひざまずいて、俺の顔を見あげた。

「ケイスケ殿には、陛下に我が領へお越し願うための、交渉材料となってもらいたい。私は、オーウェン・オグ・グリフィス。ハイデリー領の領主の息子にして次期領主、ハイデリー騎士団の副団長です」

爽やかな口調、そして清々しくも騎士らしい立ち居振る舞い。

俺のランベルト!!　ランベルトがここにいますよ！

心の中で絶叫する。いついかなる時でも、オタクは萌えを忘れないのだ。

「わかりました。あなたの人質になりましょう」

「よろしいのですか？」

「実は俺、王宮を出たくて黙って部屋から抜け出してきたんです。逃げたのがばれると、追手がかかります。人質にしたいなら、早く俺を遠くに連れていってください」

早口の説明に、オーウェンがわけがわからないという顔で「はぁ」とうなずいた。

俺をグリフォンの背に乗せてから、オーウェンがグリフォンに乗った。

体勢は、王様と白馬に二人乗りした時と同じだ。……解せぬ。

「……縄を結び直した方がよさそうですね」

オーウェンはロープの一方の端を俺の胴体に巻いて、残りをグリフォンの馬具――正式名称は魔獣具だそうだ――に縛りつけた。

「これで、万が一グリフォンの背から落ちても大丈夫ですよ」

「……そうならないよう、お願いします」

そうして、グリフォンが二度、三度と翼をはばたかせると、ふわりと巨体が宙に浮き、空高く舞いあがった。

「うわぁ……」

グリフォンは王都の外壁を避けるように旋回し、北へ向かった。

振り返ると、豆粒のように小さく王宮が見えた。

この建物のどこかに、レッドがいてアートがいる。

「さよなら」

小さく別れを告げて、俺は正面を見た。遙《はる》か彼方に雪で白く染まった山脈が見える。あれが、俺の新天地なのだ。

オーウェンとの旅は、一気に空を駆け抜けて、副王領に到着した……。

なんてことはなかった。

十分ほど飛行したところで、あまりの寒さに俺が音をあげたのだ。

「上空って寒い！　風が強くて凍える。顔が痛い‼」

オーウェンは、若干西に進路を変えて、大きめの街の近くに降り立った。

外壁の外で、俺はグリフォンとお留守番だ。その間に、街でオーウェンが飛行用の防寒具――手袋とマスク――と、フードつきのマントを入手してきた。

ついでに、と、熱々の焼栗――見た目はドングリだ――と、食料を買ってきた。

「焼栗を懐に入れて、温石《おんじゃく》の代わりにしてください」

そうして、オーウェンが買ってきたマントを羽織る。

真っ白で滑らかな手触りの毛皮を縫い合わせたマントは、驚くほど軽くて暖かい。

「これ、高かったんじゃないですか？」

「ウサギ魔獣の毛皮ですから、古着とはいえ、安くはないですね。しかし、これくらいの品でなければ、この季節に空の旅はできませんよ」

ハイデリー領に住む魔獣は、極寒に耐える毛皮に変化しているそうだ。中でも、雪の保護色である白を冬毛とする魔獣は、雪中で活動するので、特に暖かいとのことである。

マスクをし、手袋をはめて、低空飛行で逃避行が続く。スピードはあげたいが、そうすると俺の体に負担がかかるので、ゆっくり北へ進んでゆく。

夜になり、副王領に入ったあたりで野宿となった。

「私ひとりなら、飲まず食わずの半日で領都のスレインに到着しますが……。陛下の大事な方をお連れして強行軍というわけには参りませんから」

あぁ、ランベルト！

そうそうこれだよ。これ。この気遣いがランベルトだよ。

昼間、街で買ったパンとベーコン、飲み物は革の水筒に入ったワインで、デザートに冷えた焼栗という夕食を摂る。

グリフォンは、その間に野生動物を狩り、食事をするのだという。

たき火を挟んで向かい合って座ると、俺はベーコンを齧《かじ》りつつ口を開いた。

「……いまさらなんですが、どうして、俺を人質にしたんですか？」

「そうですね、長い話になりますが……。初代国王ルオーク様と大賢者シアンにより張られた魔界との結界が破られました。それが、そもそもの原因です」

「それって、かなりまずい状況ですよね？」

「結界の破れ目から、魔獣が次々とやってきては、人や家畜を襲っています。緊急事態を王都に連絡しましたが、どうにも反応が鈍い。せめて金魔石を転移陣で送ってもらえれば、魔獣退治も順調に進むのですが、それさえも〝できない〟の、一点張りで」

……あれ、なんか聞いてた話と違うというか、情報がすっぽ抜けてないか……？

「もしかして、魔獣退治のために、騎士を集めたりしてませんか？」

「しています。……本来ならば、陛下の許しを経てからの召集となりますが、陛下の裁可が下りず、仕方なく、私の名で騎士を集めました」

「王宮では、魔獣退治の部分が抜けて、勝手に副王領で騎士を集めてる……って話になってますけど……」

「なんですって⁉」

オーウェンの顔色が変わった。

「時系列に沿って、話をすり合わせてみませんか？　まず、俺が異世界召喚されたのは、今から……三週間前のことですので、そこからにしましょう」

「異世界召喚……。まさか、ケイスケ殿は、大賢者でいらっしゃるのですか⁉」

「魔力量ゼロのオメガだから、大賢者ではないです。だから、王様に保護してもらって、衣装係に命じられたんですよ」

そういえば、手記によれば、俺と同じオメガの〝私〟が、ルオークに賢者に仕立てあげられてたなぁ……。まさか、〝私〟が、大賢者シアンなのだろうか。

「三週間前といえば、私の名で集めた騎士がスレインにやってきはじめた頃ですね」

「召喚翌日は、俺が王様と出かけて、王様が魔力不足でぶっ倒れました。その後、三日間、王様は昏睡《こんすい》状態だったようです」

「……そんなことが……。陛下は、ご無事でしたでしょうか」

「ちゃんと、元気になりました。で、王様が倒れた日に、俺は軍務大臣のセオバルトから、ハイデリーで副王が勝手に騎士を集めはじめたという話を聞きました。その後二日経って、三日目から体調を崩して二週間ほど離宮にこもってたので、その間のハイデリーの続報は聞いてないです」

「ヒートですね」

「……どうしてわかるんですか」

「オメガが離宮にこもるとなれば、それしかありません。実は、王宮で働く知り合いに、王宮の情報収集を頼んでいたのですよ。しかし、私の血縁や知人は、ここ数年、要職から退けられ、得られた情報は、〝陛下が出自不明のオメガを召し上げ、寵愛している〟と、〝陛下はヒート状態のオメガを離宮に隔離し、ずっと閨をともにしている〟くらいでした」

なんとも中途半端な情報だ。大事なところが抜けているし、嘘も半分混ざっている。

「訂正させてください。王様が離宮に来たのは、最初の一週間だけで、後半の一週間は、俺、放置されていました」

オーウェンが生暖かい目で俺を見た。

可哀そうって思ってるんだろうが、むしろ、前半一週間が黒歴史なんだからな。

「たぶん、その頃から、ハイデリー領が魔獣を操って、王領ミードやメイヨー領を襲いはじめた……って話が出たんだと思います。実際に魔獣の被害があったらしいし」

伝聞の伝聞だが、オーウェンがこくりとうなずいた。

「確かに、その頃から王領やメイヨー領にも魔獣被害が出ているはずです。元々我が領地に住んでいた野生の魔獣が、魔界からの大型魔獣に追われて南下したこと、騎士団では退治しきれなかった魔獣が南下し、領境を越えはじめていました」

「王宮に報告はしたんですよね？」

「もちろん。同時期に魔力の強い者を集めて部隊を結成し、結界に沿って探索をしました。そして、結界が破られたこと、その地点を特定したのです。それらも併せて王宮に報告し、早急に金魔石を送る手配と、再度結界を張るべく陛下か王弟殿下にスレイン城へのお越しを願いましたが……」

それでも、王宮からの返答はなかったのか。

いい加減、腹が立ってきた。オーウェンはきちんとやることをやっているのに。

「どうして、王様や王様の弟が結界を張らなきゃいけないんですか？」

「魔界を封ずる結界は、王家のアルファのみに口頭で伝えられる秘術なのです」

あぁ……。ルオークって、いかにもそういうことをしそうだよなあ。

「近いうちにハイデリーは限界を迎えます。備蓄していた魔石や回復薬も残りわずか。領民一丸となって魔獣と戦い、薬草や素材を採取し回復薬を作ってはいますが、いかんせん魔界からの魔獣は強く、被害は甚大です」

オーウェンは眉を寄せ、深く皺が刻まれた。

領民を守れない自分を、いや、自分の無力さを責めている顔だ。

「ハイデリー領の現状を直訴するため、私は三日前にスレインを出ました。しかし、王宮はおろか、王都内へも入れなかったのです。王宮の知人に陛下に謁見できるよう頼んでみましたが、難しいと。そもそも陛下は王宮におられないという噂もありました」

「王様は、この一週間、とても忙しかったらしいです。あくまでも噂ですが、魔獣退治のため、大規模な出兵計画もあるようで、その打ち合わせのために昨日からレアリー領へ転移陣で向かった……。そう、俺の従者が言ってました」

「出兵の対象が魔獣ならばいいのですが……」

オーウェンが悩ましげな顔でつぶやいた。

「今いる魔獣を倒しても、また、魔獣はやってきます。原因を元から絶たねば、真の平和は訪れません。そして原因は、魔獣を送り込むハイデリー領主とその領民、とされているのでは、十中八九、兵の討伐対象は、魔獣ではなく我が領地になりましょう。……私が陛下のお立場であれば、そうします」

「諦めるのは、まだ早いですよ。ちゃんと説明すれば、王様ならわかってくれます。そのために、俺を人質にしようとしたんでしょう？」

「ここまで悪意に満ちた情報操作がなされているのならば、逆に、悪手であったかも」

オーウェンが悲しげに眉を寄せた。自分がしたことを後悔しているのかも。

「じゃあ、俺は人質じゃなくて、オーウェンさんと偶然出会って意気投合。友達になった。そして、正しい情報を王様に伝えるため、実際に自分の目でハイデリーを見ることにした……ってことにすればいいんじゃないですか」

この辺のつじつま合わせは、営業で慣れているので問題ない。

「ケイスケ殿は、それでいいのですか？」

「俺は、王様から逃げられれば、それでいいです。むしろ、これを機会に、オーウェンさんに保護してもらえたらと思っているので、恩を売っておきたいですね」

オーウェンが目を見開いて息を呑む。これは、誤解されたかも。

「性交したいってんじゃないですよ。むしろ、ヒート時に性交しなくて済む環境を整えてもらいたいんです」

「……ケイスケ殿は、陛下の番なのに、それでいいのですか？」

番になれ、と誘われた記憶はうすらぼんやりあるが、「番にされた」記憶はない。

「どうして俺が、王様の番だと思うんですか？」

「そのチョーカーの革の後ろ側、ちょうど番になる際に噛む場所に、陛下個人の紋章が刻まれています。これは、このオメガは自分の番だと、他の者に知らしめるものです」

「あぁ、つまり、王様の紋章入りのチョーカーをしている俺は、王様と番ですー、セックスやりまくりですーと、宣伝しながら歩いている……ってことですね」

あのクソ変態野郎！　会った当日に、なんてものをよこしやがったんだ!!

今、ここに王様がいたら全力で殴りたい。

「保護者がはっきりしていれば、オメガが人さらいにさらわれたり暴力に晒されることが減ります。番持ちのオメガに危害を加えることは、番のアルファに危害を加えることと同じ。アルファを敵に回そうとする者は少ないですから」

「権力者の所有物になれば、身の安全を保障されるってことですか……」

そうなると、この恥ずかしい紋章も悪くないのかも。

「ひとつだけ訂正させてください。俺はまだ、王様の番にされてません」

「そうなのですか」

驚いた顔で言うと、オーウェンがなんともいえない表情で俺を見た。

俺が番にしてもらえなくて可哀そうって思ってるな。でも俺は、番になんかなりたくないのだ。

「……今日はもう休みましょうか。慣れない空の旅で、ケイスケ殿もお疲れでしょう」

気まずそうな顔をしたオーウェンの言葉に従い、俺は食事から戻ってきたグリフォンの翼の下に潜り込み、マントを体に巻いて横になった。

「ふふふふふふ」

これまた、異世界っぽい体験だ。ちょっと爪と嘴が生臭いけど、グリフォンの翼のテントは暖かいし恰好の風よけでもある。

オーウェンは火の始末をして、俺とは反対側のグリフォンの翼の下に向かった。

グリフォンがいるのと、防御の結界を張ったので、寝ずの番は不要とのことだ。

昨晩は眠っていないし、今日も疲れているはずなのに、なかなか寝つけない。

「なんか……足りないんだよなぁ……」

地面に直接寝ているから？　ここが外だから？

そうじゃない。空気のような、何かが足りない。

グリフォンの翼から抜け出て、ブーツを小脇にオーウェンのいる方の翼へ潜り込む。

「ケイスケ殿⁉」

「ひとりだと落ち着かないんです。こっちで寝させてください」

飛び起きたオーウェンの隣に、問答無用で寝転がった。

うーん……、やっぱり何かが足りないなぁ。

息を吸うと、オーウェンから、わずかにハーブのような匂いがした。

あぁ、そうか。王様の匂いが足りないのか。

ヒートで王様がいない時も、無意識に王様の汗が染みたシーツを抱えて寝ていた。

あの匂いがないと、落ち着かない。安心できないんだ。

王様と一日中、ベッドでだらだら過ごした時は、すごく嬉しかった……気がする。

あの変態のことを、こんなに恋しく思うなんて想定外だ。

今頃、王様はどうしているかな。王宮に戻った頃だろうか。

そんなことを考えるうちに、しんしんと夜が更けていった。


パンとチーズと干しブドウで朝食を終えて、空の旅を再開する。

朝の光に照らされて、前方に雪を被った山々がくっきりと姿を現す。

「うーん……？」

「どうしましたか、ケイスケ殿」

「チョーカーがたまに光る気がして……」

その途端、オーウェンが顔色を変えた。

グリフォンの手綱を引き、左——この場合、西だ——に、進行方向を変えた。

「予定を変えます。このまままっすぐ行くと、支城があります。転移陣で移動した、陛下どこにケイスケ殿がいようとも、居場所がわかります」

「陛下があらかじめ、チョーカーにケイスケ殿の居場所を知らせる魔術を刻んでおけば、

「どうして？　俺がハイデリーに向かってることは、誰も知らないはずなのに」

の追手が待ち構えているかもしれません」


「……発信機つきのチョーカーってことですか？」

ゾクゾクと肌が粟立つ。王様がそれほど俺に執着してるなんて考えてもいなかった。

「そのチョーカーを外していただきたいのですが」

「何度も試したけど、外れなかったんです。外してもらえますか？」

オーウェンがチョーカーの革に触れた時、周囲が真っ白になった。

前も後ろも、右も左も、上も下も、すべてが白、白、白の真っ白だ。

わずかに遅れて、バリバリっと大きな音がして、目の前に稲妻が走る。

「ケイスケ殿、これは、魔術による雷の攻撃です。防御の盾で防ぎます」

すかさずグリフォンを囲むように、上下左右に巨大な魔法陣が四つ生じた。

稲妻が、俺たちに向かって走っては、魔法陣に弾《はじ》かれ、消えてゆく。

しかし、二度、三度と稲妻を受けるうち、魔法陣がひとつまたひとつと消滅した。

「なんという、リアル魔術大戦！」

「ケイスケ殿、速度をあげます。しっかり魔獣具に掴まってください」

オーウェンが言い終わる前に、グリフォンのスピードがあがった。体ががくんと大きく揺れて、グリフォンから落ちそうになる。

「危ない！」

オーウェンが俺の胴をしっかり抱え、なんとか落ちずに済んだ。

ほっとしたのもつかの間、今度はグリフォンが空中で急停止する。

いつの間にか、数えきれないほど多くの魔法陣が、視界いっぱいに壁のように展開していた。魔法陣は赤く燃えている。まるで、炎の壁が行く手をふさいでいるように。

「……随分と、仲が良いようだな」

上方から声がした。聞き覚えのある声に、嫌な予感がする。

禍々しい炎の魔法陣を背に、四枚羽根のペガサスが降りてきた。その背に乗るのは王様だ。すでに殺《や》る気まんまんなのか、抜き身の剣を手にしている。

「なんで、王様がここにいるんですか！」

王様の圧が強すぎる。あまりの怖さに、俺はオーウェンに抱きついた。

「愚問だな。ケイ、おまえがここにいるからだ」

「普通、こういう時は部下を追手に差し向けるものでしょう！　なんで王様自らやってきちゃうんですか！」

「俺より速く移動できる者が、この国にいないからだ」

王様が、剣をつい、と肩の高さにあげた。

剣の先に、見るからにやばげな青白い光が集まりはじめる。

これは、さっき俺たちを襲った雷と同じ光だ。この距離で雷を放たれたら、まず逃げられない。直撃を食らう。

「やばい、殺される……」

俺のつぶやきに、オーウェンが「そうか！」と、短く声をあげた。

「ケイスケ殿、あれは脅しです。陛下があなたを殺すはずがない。そして、これは絶好の機会です。陛下と私が、余人を交えず会話するのは、今しかありません」

「この状況を利用して、王様と話し合いをしたいんですね」

「策はお任せできますか。私は、時間稼ぎに集中します」

「俺が⁉」

びっくりして振り返ると、オーウェンがこっくりとうなずいた。

「ケイスケ殿にも、考えていただきたい。ひとりより、ふたりで考えた方がいい案が浮かびます」

そう言う間に、オーウェンが魔法陣を五つ展開させていた。

王様の背後は炎の魔法陣がある。それ以外の上下左右と正面を魔法陣で囲んで、王様の動きを封じたのだ。

王様の身動きが取れない間に、俺は必死で策を考える。

「オーウェンさん、この辺に、大型魔獣がいませんか？」

「なぜ、今、大型魔獣を探すのですか？」

尋ねながらも、オーウェンは剣の柄を握っていた。緑の小さな光が六つ生じて、地上へ降りながら方々に散ってゆく。

「昨日話した、嘘作戦を決行します。王様がいくら頭に血がのぼっていても、大型魔獣を見れば、異常事態に気づいて、冷静になると思うんですよね」

「私とケイスケ殿が意気投合して……という話ですか？　しかし、陛下がそれを信じるかどうか……」

「それはどうとでも言い訳できます。まずは、地上に向かって魔獣を探しましょう」

ホバリングしていたグリフォンが羽ばたきを弱める。

その途端、俺たちはグリフォンごと地上へ落下した。

「うわぁっ！」

針葉樹のてっぺんに刺さりそうになった寸前、グリフォンがぐるんと旋回し、梢《こずえ》を掠《かす》めながら木々の間を縫うように飛んだ。

やがて、緑の光がひとつ戻ってきて、オーウェンの肩にとまる。

「あちらの方に、大型魔獣がいます」

移動をはじめたグリフォンめがけて、どっかんどっかん雷が落ちてきた。

立ち込める黒雲に止《や》まない閃光《せんこう》。禍々しく雷鳴がとどろき、稲妻の直撃を受けた木がバリバリ音をたてながら次々と倒れてゆく。

「化け物です……。いったい、陛下は何発雷を撃てるのでしょう」

「何発でしょうねぇ……。うっかり当たる前に、大型魔獣を発見したいんですけど」

「いました！　右斜め、一時の方向です」

木々の隙間から、象ほどもある、巨大な虎《とら》が歩いていた。毛皮は白地に黒で、ゲームなら白虎《びゃっこ》と呼ばれるアレだ。

しかし、ゲームの世界の白虎と違って、口からマンモスのような牙が生えている。

「異世界だなぁ……。オーウェンさん、魔獣発見の信号弾を出せますか？」

オーウェンが「わかりました」と返すと同時に、剣の柄からまっすぐ上空へ向かって、赤い光の柱が立った。

「ケイスケ殿、この後はどうします？」

「まずは魔獣退治ですね。王様が追いついた時、魔獣を倒していればベストです」

「了解しました」

笑いながら言うと、オーウェンがグリフォンを白虎に向かわせた。

オーウェンは白虎の背後に回ると、空気の鋭い刃を白虎の後ろ足めがけて放つ。

これって、戦闘機の戦い方だな。敵の上、かつ背後を取れば、圧倒的な優位になる。

この場合、武装ヘリと戦車の戦いか？　だとしたら、制空権を取った方の勝ちか。

あれ？　さっき王様は俺たちの上から正面に降りてきたよな……。

こっちへの雷攻撃も上空から、しかも背後を取ってたし……。

やばい。王様って、マジでラスボスかも。やり口が理に適《かな》ってる‼

今になって、全身に冷や汗が滲む。

雷が当たらなかったのは、絶対に王様が手加減したからだ。

オーウェンが巧みに位置取りしつつ白虎を攻撃する間、俺はカタカタ震えていた。

背後から足ばかりを集中的に狙われ、最後に、どう、と地面に倒れた白虎に自分が重なる。すかさずオーウェンが白虎の正面に回って、額に剣を突き立てた。

白虎の全身が痙攣《けいれん》し、瞳から光が消えた。

気づけば雷は止んでいて、あたりはシンと静まり返っていた。

「……いったいこれは、どういうことだ」

俺たちの背後から、不機嫌そのものといった王様の声がした。

振り返ると、ペガサスに乗った王様がいた。

ラスボスの、おでましだ。

「魔獣退治です。魔界を封じる三番結界が破れ、現在、ハイデリー領は大型魔獣が跋扈《ばっこ》し、全滅の危機に晒されています」

オーウェンがグリフォンからひらりと降り、その場に膝をついて頭《こうべ》を垂れた。

俺は急いで縄を外して、オーウェンの後ろに回って膝をつく。

「王様、どうかハイデリー領を助けてください。オーウェンは、俺の友達なんです。友人の危機を、俺は見過ごすことができません」

すかさず、「オーウェンは友人」アピールをしつつ、王様の出方をうかがった。

「……込み入った事情があるようだな。わかった。話を聞こう」

不機嫌そうな顔のまま、王様が手にした剣を鞘に納めた。

しばらくすると、飛行魔獣に乗った王領の騎士が六人と、ハイデリー領の騎士ふたりがやってきた。

全員、オーウェンの発した緊急信号に気づいてやってきたのだ。

王領の騎士は、近くの支城まで王様とともに転移陣で移動したそうだ。

その後、俺の気配を捕らえた王様が単騎で突っ走り、あまりの速さに騎士たちはついていけず、王様を見失い、互いに連絡を取りながら王様を探していたそうだ。

うわぁ。なんて迷惑な人だ。

俺は、頑《かたく》なにオーウェンにひっつきながら、王様と対峙《たいじ》していた。

「……それで？　いつの間にオーウェンとケイは友人となったのだ？」

「昨日、初めて会ったんですが、その瞬間、びびっときました。オーウェンさんは、顔も性格もランベルトそのものなんですよ！　友人になるしかないじゃないですか」

王様が半眼になり、オーウェンたちが首を傾げる。

「……オーウェンに惚《ほ》れたのか？」

「あくまでも、友人です。俺は、同性に恋愛する嗜好《しこう》はありません！」

「おまえは、オメガだ。オーウェンと同性ではない」

「俺の認識では、俺はまだ男なんですよ！　二十八年間、男として生きてきたのに、すぐにオメガって言われて、受け入れられるわけないじゃないですか」

王様が「それもそうか……」とつぶやくと、俺をひたと見据える。

「では、オーウェンにくっついてないで、今すぐこちらに来るのだ」

「王様が、オーウェンさんを罰しないでちゃんと話をする、と約束するなら、オーウェンさんから離れます」

絶対に、これは譲れない。俺がオーウェンを守るのだ。

気力をふるって見返すと、王様がほう、と、息を吐いた。

「今回の件につき、騎士オーウェンを罰せず、話し合いの場を持つ。この剣に誓おう」

王様の言葉と同時に剣が光った。

「王命に従い、玉座に剣を向けず、忠誠を捧げることを、この剣に誓います」

オーウェンが応じ、同じく剣が光った。

「誓いは成立した。さあ、ケイ。こっちへ来るんだ」

「オーウェンさんから離れると言いましたけど、そっちに行くとは言ってません」

屁理屈《へりくつ》をこねると、オーウェンが俺の背を押して王様の前まで移動した。

どうぞ、と言わんばかりにオーウェンが俺の両肩を持ち、笑顔で王様に突き出す。

くそ。オーウェンに裏切られた！

王様は満足そうな表情で、俺の耳元に顔を寄せた。

「俺は、オーウェンを罰しないと誓ったが、おまえを罰しないとは誓っていない。……後で、覚えておけよ」

しまった！　自分の身を守ることを忘れていた‼

あまりのうかつさに呆然とする俺を、王様がさっさとペガサスに乗せた。

「話はスレイン城で聞く。オーウェン、それでよいな？」

そんなわけで、総勢十一人となった一行は、領都スイレンに向かった。途中で見かけた大型魔獣を退治しながらの移動である。

ほとんどの魔獣は、王様が雷を落として瞬殺していた。まさしく、歩く人間兵器。

そのうちに、倒しても倒しても現れる大型魔獣に、王様と王領の騎士たちの顔が強張《こわば》っていった。

「結界が破れたと聞いたが、これほどまでとは……」

王様の苦々しげなつぶやきが、風とともに舞いあがり、空に吸い込まれる。

副王が統治する——統治というのは、徴税権と裁判権を持つことだそうな——ハイデリー領の中心地は領都スレインで、そのスレインは、魔界との結界を張る際に、あのアレンが本拠として築いた山城が元になっているそうだ。

スレイン城がそのまま領都となったので、どちらもスレイン。

ちなみに、王宮の正式名称はブルーナ・ボーニャというそうだ。初めて知った。

あらかじめオーウェンが通話具で連絡をしていたため、副王のガレット・オグ・グリフィス自らが王様を迎えた。

ガレットは、ゲームでいえばパワー系。男性人気の高いマッチョな老戦士タイプだ。

「これはこれで尊い……」

いつでも萌えを忘れずにガレットを拝んでいると、王様に頭をはたかれる。

初対面の時と比べて、王様の俺の扱いが、どんどん雑になっている。なんでだ？

王様と騎士たちはガレットたちと会議をするというので、俺はいち早く王様用の客室の隣、従者用の部屋へ移動させられた。

温かい飲み物と軽食でもてなされたところで、会議室に呼ばれた。

「オーウェンから事情を聴いた。……今回のことは、おまえのお手柄だった」

ものすごく不機嫌な顔で王様が、開口一番そう言った。

「ただし、それでおまえが黙って王宮を抜け出したことが不問になったわけではない。アートはおまえが行方不明になったことで投獄された。城の門番らも同様だ」

「！　どうして彼らが罪に問われるんですか！　早く牢から出してください」

「おまえは、自分の立場をわきまえていないようだな」

「俺の立場？　王様の庇護者《ひご》……ですよね？」

「馬鹿者、俺の寵妾《ちょうしょう》だ。寵妾が行方不明になったのだ。投獄でも生ぬるい」

「………はい？」

ちょうしょうって、嘲笑《ちょうしょう》……？　他に何か意味があったっけ？

小首を傾げていると、王様がため息をついた。

「俺の寵愛を得ている妾《めかけ》、それがおまえの公式の立場だ。だいたい、ヒート期間に何回やったと思ってる。どれだけ子種を注がれたか、覚えてないのか？」

生々しく王様の王様の感触がよみがえり、恥ずかしさに全身が熱くなる。

「……なんで、こんな他人がたくさんいるところで、エロい話をするんだよ！　信じられない!!」

「俺が誰と性交して、何回中で出したかは、国の公のことだ。性交相手が妊娠した時、正しく王の子であると認めるために、必要なことだからな」

非常識な反論に、その場で卒倒したくなった。

けれど、王様の両脇に控えるガレットや王領の騎士も、当然という顔をしている。

俺が非常識なのか!?　これがこの世界の常識なのか？

「認めたくない……っ」

「認めたくなくとも、これが現実だ。……さて、話を続けようか」

そうして、オーウェンが司会進行役となって会議がはじまった。

王宮のどこで情報が遮断されたのかは、これから調査することにして、まずは魔獣退治と再び結界を張るための準備を進めることになった。

作戦本部は、ここ、スレイン城。

しばらく王様が王宮とスレイン城を往復しつつ、直接指揮を取る。移動は転移陣を使えばあっという間だから、問題ないそうだ。

王領とメイヨー領の騎士で両領地の防衛ラインを引き、魔獣を倒しながら、前線をハイデリー領へと押しあげてゆく。

ハイデリー領は、領民を支城や外壁のある大きな街、そして領都に集めることで人的被害を減らす。必要な物資は、王都から転移陣と荷馬車の両方を使って運ぶと同時に、治癒魔術に長《た》けた官吏を転移陣で支城に派遣して怪我《けが》人の治療にあたらせる。

王領とハイデリー領の飛行騎士――騎士でも一割ほどのエリートだ――は、壊れた結界へ向かい、結界を張る儀式を行えるよう結界周辺の安全を確保する。

「金魔石に頼らず、すべてのことを行わねばならない」

そう、最後に王様が苦渋に満ちた声で言った。

「金魔石は、すでにない。あっても小粒の石ばかりなのだ。苦しい戦いになるが、みな、心してかかってほしい」

そうして、会議は終わり、俺以外の人たちが慌ただしく動きはじめた。

やることはやり終えたという顔で王様が俺を見た。

「さて、ケイ。おまえはどうする？　俺としては王宮とスレイン城、どちらにいても構わないが」

「……その前に、お話があります。人払いをお願いします」

「それは、急ぎの話か？」

「金魔石についての話です」

王様が、俺の顔を見ながら、ついと眉をあげ、ふたりで王様用の客室に向かう。

「さて、いったいどういう風の吹き回しだ？」

王様が寝台に腰をおろして、楽しげに言った。

「その前に、金魔石について教えてください。俺は、実物を見たことがないので、名前からして金色ということしかわかりませんので」

王様がベルトにさげた小袋から小さな石を取り出し、正面に立つ俺に「これが金魔石だ」と言って渡した。

金魔石は、透明の石の中にオーロラを入れ、そこに金粉をまぶしたような石だった。

やっぱり、あの手記にあった虹の石が金魔石だった。

虹に注目するか金粉に注目するかで、名前が違ったんだな。

王様に金魔石を返すと、俺は覚悟を決めた。

「金魔石のありかを知っています。教える代わりに、俺の願いを聞いてください」

「……ここにきて取引か？　おまえを妾から外すという願いなら、聞く気はない」

おおっと。その手があったか。

そうしておけばよかったなぁ。でも、俺にはそれより優先することがある。

「違います。金魔石のありかを教える代わりに、アートと衛兵たちの罪を免じて、牢から出してください」

「いいだろう。ただし、金魔石を見つけてからだ。それでいいな」

王様が、腕を組み〝さあ、俺を楽しませろ〟という顔で俺を見やる。

「金魔石は、王様が倒れたあの森にあります。川の近くに木や草が枯れた場所があるはず。その中心で、金魔石は見つかるでしょう」

王様がその場で通話具でレッドに連絡した。

金魔石を探し、見つかったら連絡するよう伝えて通話を終える。

王様は、通話具を寝台に置くと、俺の手首を掴んで膝の間に座らせた。

「いつ、金魔石を見つけたんだ？」

「見つけてはいません。そこにあるのを、知っていただけです」

「含みのある答えだな」

王様が俺のうなじに唇を寄せ、息を吹きかけた。

「なぜ、金魔石のありかを知っていた？」

「……もし、教えたら……。王様は、二度と俺に手を出さないと誓いますか？」

金魔石を作れるのは、俺だけだ。そのことを知れば、王様は、絶対に俺を手元から離さないだろう。

とはいえ、手元に置く、と、セックスするのは別の話だ。

問題は、切り分ければ単純になる。

目標は、金魔石を作る代わりに、性交・妊娠・堕胎・出産、全ルートの回避だ。

「そんな漠然とした言葉と引き換えに、誓いはできない」

王様の左手が、俺の太腿を撫でる。膝からつけねに向かってねっとりと、そして親指に力をこめて内腿を刺激しながら膝の方へじりじり動く。

右手を俺の胴に回し、胴着の中に入れて下腹に触れた。

シャツ越しに、王様の体温を感じる。息を吸えば王様の匂いがした。

不自然に息があがって、体の芯が熱くなる。

「じゃあ、情報をひとつ教えます。初代国王ルオークの、大賢者シアンとともに金魔石を作ったという伝承、それは嘘です。金魔石は、シアンひとりで作っていました」

太腿を撫でる王様の手が止まった。

「……俺の先祖を、貶めるつもりか？」

「貶めてなんかいません。これは事実です。そして、もうひとつ。大賢者シアンには、魔力なんてなかった。俺と同じ、オメガだったんですよ」

「……ふん。それは、おまえが大賢者と同じように金魔石を作れるということか」

王様は理解が早いなぁ。賢くてなによりだ。

「で？　その知識はどこで得た？　誰がおまえに教えたのだ？」

「大賢者シアンです」

さて、これからどう話を続けるか。

あの手記には、たぶん賢者の石の作り方も書いてある。交渉材料をひとつでも多くするためにも、手記の存在は、秘密にしたい。手記の存在を隠して説明し、王様を納得させ、交渉を成立させる。これがベストの筋書きだろう。

俺は深く息を吸い、意味ありげにチョーカーに手をやった。

「このチョーカーには、オメガ――異世界から来た者――だけに反応する魔術が組み込まれています。その魔術により、俺は眠っている間にシアンの記憶を夢に見ました」

イエス！　異世界ファンタジー!!

夢オチは、ネタとしてありふれているが、こういう時にはすこぶる便利だ。

「そんなこと、今まで一言も言ってはいなかったが？」

「夢だと思っていました。あくまでも、シアンの記憶、なんです。お腹が減ったとか、今日は肉と酒が夕食に出たとか、そういう日常のことが大半で、金魔石の作り方がわかったのは昨日の朝です」

「……なるほど」

下腹に触れていた王様の手に力が入る。

「それで、おまえはさっそく手にした金魔石の製法と引き換えに、俺を拒絶しようというわけか。……俺も嫌われたものだな」

「別に、王様を嫌いじゃないですよ。顔は大好きですし、頼もしく思ってます。匂いも好きですね。……でも、それとセックスするのは別問題なんです。俺は、王様も含めて男とはしたくない。まともな生活ができて、ヒートの時に死なないていどに世話してくれる人をつけてくれれば、できる協力はすべてします」

「今後一生、ヒートをひとりで過ごすと？　どれほど辛いかわかっているのか？」

「いくら辛くても、ひとりで耐える方を選びます」

セックスはまだいい……かもしれないけど、その後のルートが問題なんだよ。

鬱々《うつうつ》としていると、王様の手が下腹からさらに下に移動した。

そこは、俺のデリケートゾーン！

「どこ触ってるんですか！」

「いずれできなくなるなら、今のうちにしておくことにした」

王様が俺に体重をかけると同時に左手が胴に回って、動きを封じられてしまった。

「人の話を聞いてないな！」

「聞いていたから、こうするんだろう」

熱い吐息が耳に吹きかかると、下肢から力が抜けた。

ヒートじゃないのに、なんだってこんなふうになるんだよ。

そんなことを考えていると、顎《あご》クイされた。ため息を吸い込むように唇が重なる。

「うっ。……ん……」

唇を舐められ、舌が口の中に入ると、もうダメだった。

吐き気は微塵《みじん》も起きず、それどころか体がぐずぐずになってゆく。

またしても魔術で服が破かれ、ガーターベルトと靴下は残して裸にされ、ベッドにうつぶせに寝かされた。

こだわってるなぁ……。やっぱり、性癖なんだろうな。

王様は上着を脱ぐと、俺に覆い被さった。口づけながら俺の体に手を這《は》わす。くり返し口を吸われるうちに、謎の粘液が滲みはじめる。同時に前も昂って、触られてもいないのに、震えながら勃ってゆく。

「んあ……っ、あっ」

王様の手が尻に触れ、指先が割れ目をたどり、そのまま下りていった。そり返った竿の裏筋を撫でられると、謎液がすぼまりから溢れた。穴が緩んで、陰茎を握られるたびに、きゅうきゅうと肉の壁が締まる。

「あ、あ、あぁ……っ」

衣擦れの音がして、体の向きが変えられる。

情欲に濡れた瞳をした王様がのしかかり、股間に手をやった。ほころびかけたすぼまりに触れると、そのまま指を入れた。

くちゅくちゅといやらしい音をたてながら、王様が俺を馴《な》らしてゆく。

「あっ。……んん……っ」

王様が顔を俺の胸元に伏せ、胸の突起を嬲りはじめる。

舌でつつかれ尖《とが》ったそこを軽く噛まれると、声があがった。

胸の刺激に、ぎゅうぎゅう指を締めつけると、王様が楽しそうに目を細めた。

「こんなに俺を欲しがっているというのに……意地を張るのもいい加減にしたらどうだ？」

「これは、生理現象……っ」

「その減らず口、いつまで持つかな」

いつの間にか王様はズボンの前を外していて、王様の王様がチュニックを持ちあげていた。そこへ俺の右手が導かれる。

布越しにもわかる。そこは、とても元気になっていた。

熱を感じて、喉が鳴った。満たされる期待に胸が焦がれる。

挿れてほしい。むしろ、挿れてくれ、と心で叫ぶ。

「あ……。早く、挿れ……、っ……」

とっさに左手で口をふさぐ。右手は、未だに王様の王様に触れたままだ。

いや、布の上から亀頭を握り、茎との継ぎ目を探っていた。

「おまえは、これも生理現象と言うのか？」

王様が耳元で囁く。甘くて、毒をたっぷり含んだ声だ。

王様って、本当に、人の弱みをつくのが上手いよな！

煽《あお》って、欲しがらせて。欲しがると、からかう。

いっそ黙って突っ込まれた方がマシだ。恥ずかしくて、泣きたくなる。

「王様なんて……大嫌いだ……。あんた、最低……」

ぐずぐず泣きながら身を捩ると、なぜか手の中の王様が大きくなった。

俺が半泣きで罵ったら元気になるって……。この人、本当に変態だ！

「うう……。もうヤダ。あんたには、つきあいきれない」

「そんな言葉で、俺が、やめると思うのか？」

王様の手がチョーカーに伸びた。銀色の魔術具を指で撫で、そのまま下へと動かす。胸の中心から、みぞおち、臍《へそ》。そしてそり返った陰茎へ指が至る。

「随分と舐められたものだ。困難が大きければ大きいほど、手に入れた時の喜びが増すのを知らないのか？」

王様が腰を引き、手の中から茎が逃げてゆく。それから俺の腰を掴むと、切っ先を濡れたそこに当てた。

あぁ……。入ってくる。俺は、男に犯される。

下肢に力が入ると、「深呼吸しろ」と、王様の声がした。言われたままに息を吸うと、王様の匂いが鼻腔《びこう》に広がった。

そのとたん、なぜか力が抜けた。王様の匂いで、体が蕩けたみたいに。

すぼまりが開いて、くちゅり、といやらしい音をたてて先端を呑み込む。

指で馴らされた筒が、太くて硬い肉にまとわりつく。

「これほどの体を、手放せるものか……」

「俺は、あんたに、つきあいきれない」

「そう言われると、一層やる気になる」

ゆるゆると王様が腰を進めるうちに、俺の陰茎に血が集まってくる。

王様の王様が全部入った。後ろで得られた快感が、そのまま性器に流れてゆくようだ。

俺の先端は、先走りですっかり濡れていた。

「あ、あぁ……っ。イく……」

「イくというのは、どちらでだ？　前か？　後ろか？」

意地の悪い声で言いながら、王様がゆっくりと抜き差しをはじめる。

粘膜が擦れて、全身が粟立つ。腰を引かれると、先端が抜けそうになる。が、ぎりぎりでカリが襞にひっかかって、それがなんともいえない快感だった。

そして今度は、内壁を抉《えぐ》るように擦りながら挿れられて、とうとう限界が来た。

「っ……。ん……っ」

腰を突き出し、射精の快楽に身を委《ゆだ》ねる。

精液を吐き出すと、ぎゅっと後ろの穴が締まる。その弾みで先端が抜けた。

「んっ。んっ。んん……っ」

目を閉じて、声をあげながら精を吐くと、目尻を涙が伝う。

浅く呼吸をしていると、王様が俺をうつぶせにした。

「イく顔も見たことだし、次は、おまえの一番好きな体位でしてやろう」

一番好き……？　体位に一番好きも何もあるか。全部最悪だ！

「後ろからされるのが好きだろう？」

腰がふわりと宙に浮いた。謎液で濡れたそこに熱い肉が触れた。

獣の姿勢での挿入で、さっきより奥まで王様が入ってきた。

「あ、あぁ……っ」

王様が抜き差しをはじめた。肉と肉のぶつかる音が寝室に響く。

内から体が蕩けてゆく。与えられる快感に、粘膜が王様にキスするようにまとわりついてわなないた。

王様がイって、昼下がりの性交は、はじまった時と同じように突然に終わった。

王様は自分で身支度をすると、ぐんにゃりベッドに横たわった俺の体にベッドカバーをかけて寝室から出て行った。

追いたくとも、ガーターベルトと靴下姿では、追うこともできない。

……ヒートじゃないのに、セックスしてしまった……。

ちゃんと気持ちよかった。前でも後ろでもイってしまった。

禁断の扉を、開けてしまった。

　セックスに対して、今までの人生と異世界召喚されてからのふり幅が大きすぎて、感情がついていかない。

　あぁもう、変態大魔王め、なんてことをしてくれたんだ！

　のたうち回っているうちに、バタバタと足音がして寝室の扉が開く。

「ケイスケ様！」

　真っ赤な目をしたアートが、寝室に飛び込んできた。

「私を牢から出してくださいまして、ありがとうございました」

「アート、おまえ、どうしてここに？」

「陛下がケイスケ様のお世話をするよう、転移陣で送ってくださったのです。新しい服もお持ちしました。さあ、湯浴みをして服を着ましょう」

　アートの言葉を待っていたかのように、ふたりの騎士が櫃を運んできた。

「陛下が、ケイスケ様はしばらくスレイン城でお過ごしになるように、と」

　大きなたらいが運び込まれ、風呂でいろんな液を流すとさっぱりした。隣の部屋から俺の荷物を持ってきてもらい、残り三枚に減った下着セットを身に着ける。

「おまえには、本当、世話かけるよなぁ……」

「そんなことより、私に黙って二度と王宮を抜け出したりしないでください。本当に、本当に、心配したのですよ」

牢に入れられたことを責めず、俺を心配するアートは、本当によくできた子だった。

「わかった。もう、しない。約束する」

着替えを終えた途端、アートがくしゃみした。

アートは王宮の服装のままだ。北部の山間部にあるスレイン城では寒いだろう。

「オーウェンさんに頼んで、アートのマントを用意してもらおうか」

そんなわけで俺たちは、オーウェンを探して城を移動する。

「しかし、寒いな……」

俺のひとりごとを聞き、アートが憂いを帯びた顔になる。

「きっと、魔力を温存しているのでしょう」

「どういうこと？」

「城を温めるには、火の魔術具を使います。けれども、今は大がかりな魔獣退治の最中です。騎士は戦いのために魔力を温存し、他の者は治癒のために魔力を温存し、それ以外のことに魔力をさく余力がないのでしょう」

災害で、インフラが供給不能になったみたいだ。

「でも、俺が見つけた金魔石があれば、問題ないだろう？」

「あの金魔石は、王宮に留めおかれることになりました」

「そんな馬鹿な！」

「これがなければ、王宮の安全が維持できない、という軍務大臣の主張に他の方々も賛成されたそうです。……皆様、金魔石がなくなったことに怯えていらしたのです。ようやく手に入った、大きな金魔石を手放す気はないでしょう」

「……」

「陛下は、ケイスケ様をスレイン城に留める決断をなさいました。高官の方々がケイスケ様に金魔石を作るよう無理強いするのではないかと懸念してのことです」

無理強いってのは、拉致《らち》監禁の上、拷問したりもありうる……ってことか。

それはそれとして、この状況なら、王様は俺との取引をのむだろう。魔獣を討伐するには、金魔石が必要なんだから。

喜ぶべきなんだろうが、嬉しくない。王宮の強欲なバカどものわがままが通ったことで、王様が困って、そこにつけこんで願いを叶えるっていうのは……、単純に喜べない。

それより、少しでも早く金魔石を調達するのが先か。うまくやらないと、必要なところに金魔石が届かないで、また、取りあげられるかもしれないんだよなぁ。

いっそのこと、こっそりひとりであの森に戻って、金魔石をいくつか作ってから、何食わぬ顔で戻ってオーウェンに渡してみるのはどうだろう。

いや、それは無理か。俺はひとりであの森に行けないし、なにより、さっきアートに黙って行方をくらまさないと約束したばかりだ。

……王様と話し合わなきゃいけないな。金魔石の調達が遅れたら、その分だけ、誰かが怪我したり、最悪、死んだりするんだ。俺の責任は重大だ。

「王様は今、どこにいる？」

「憂さ晴らしをするとおっしゃって、飛行魔獣に乗り、魔獣退治に行かれたそうです」

「おいおい……。何やってんだよ」

そして、オーウェンの居所を尋ねつつ移動するうちに、一階の大広間に着いた。

「うわぁ……」

一階の大広間には、怪我人がずらりと横たわっていた。

兵士らしき成人男性が多いが、女性やこどももいる。

ここには、ストーブと思《おぼ》しき暖房用の魔術具が置かれていた。そのせいか、濃く血の匂いが漂い、おまけにうめき声やすすり泣きがそこかしこから聞こえていた。

「自分で自分に治癒魔術をかける力がないか、残っていない者ばかりなのでしょう」

アートがこの世界のことには無知な俺に、状況を説明してくれる。

つまり、重傷の人だけがここに集められてるってことか……。

陰鬱《いんうつ》な気分で、二十歳《はたち》くらいの文官っぽい青年と話しているオーウェンに声をかける。

「忙しいところすみません。王宮から俺の従者が来たんですが、急なことで防寒具がなくて困っているんです」

「すぐに手配しましょう」

こんな時なのに、オーウェンは俺の頼みを快諾してくれた。

「それで、これを……。俺のマントの分と合わせてのお礼です。もらってください」

俺は、持参していた治癒魔術具をオーウェンに渡した。

「庶民用の、魔石を使った治癒魔術具です。少しでもお役に立てばいいのですが」

「これは……。この魔術具に使われている魔石は、金魔石ですよ。これをいただくわけには参りません。お返しします」

なんと。王様は、金魔石が枯渇している状況で、俺のための治癒魔術具に金魔石を使っていたのだ。ただの被保護者に与える物としては、限度を超えている。

俺は、もしかしたら、ものすごく王様に大切にされているのかもしれない……。

オーウェンから返された魔術具を見る。はめられた魔石は、はじっこに、よく見ないとわからないほど小さな虹と金粉が二粒入っていた。間違いない。金魔石だ。

「やっぱりこれは、ここで使ってください。……金魔石は、俺と王様で、いくらでも作れますので」

俺の言葉に、その場にいたオーウェンとアート、そして文官が息を呑んだ。

近くにいた怪我人にも聞こえたのか、驚きの声が小さくあがった。

あーあ、これで王様との取引は中止だな。だけど、気分は爽快だ。

俺は、たくさんの人の命がかかっている状況で、他人の弱みにつけ込むような真似《まね》はしたくないんだ。

「ケイスケ殿、ありがとうございます。では、金魔石だけいただきます」

オーウェンが魔術具から金魔石を外して、金属板を俺に返した。

「オーウェン様、ケイスケ様がご所望の品は、私が用意いたします。こちらで少々お待ちください」

文官が興奮した様子で言うと、大広間から小走りで去った。

「オーウェンさん。あの人、仕事中ですけど……よかったんですか？」

「デクランは、きっと、思いがけず金魔石が手に入って嬉しかったのでしょう。ケイスケ殿のために何かしたくて、居ても立っても居られないのです。私も同じ気持ちです」

「……なんだか、気恥ずかしいですね」

いや、むしろ、ものすごく居たたまれない。

俺は、俺のことだけを考えて、金魔石の作り方を取引の材料にしたんだから。

「心清く生きよう……」

こういうモヤモヤは、俺の精神衛生上よろしくない。

俺は、できる限り、胸を張って生きたいのだ。

デクランが戻るまでの間、俺は大広間でオーウェンが魔術で一度に大人数を治癒する様子を見学し、ついでに、自分にできることがないかを探すことにした。

「無難なところでは、洗濯か。そうだ、包帯を洗った後、沸騰させたお湯に浸けて、煮沸消毒した方がいいかな……」

「煮沸消毒……とは、前におっしゃっていた衛生に関係する言葉でしょうか？」

「そうだよ。よく覚えていたな、アート」

治療の前には手洗いをすること。できればアルコール消毒が望ましい。

マスクも布に余裕があればつける。外科手術に使う道具も、できる方法で消毒する。

「あとは、薬か……。今は、魔術で回復薬を作ってるみたいだけど、ただ薬草をすり潰《つぶ》すとか、酒に浸けて薬になるものがあるから、それも利用するとか。二百年前、ルオーク王がまだ族長だった時代は、回復薬が入手しづらかったせいで、そういった治療法も併用していたそうです。そういえば、大型魔獣から入手できる回復薬の素材もあったはず」

シアンの手記を思い出しながら言うと、オーウェンがうなずいた。

「失われた回復薬ですね。魔界との間に結界を張ることで、素材の入手が困難になり、作成不能となった回復薬がいくつもあると聞いています」

「余裕ができたら素材回収ですね。平和になったら、高値で売れます」

「それはいい話です。未来に希望が持てます」

オーウェンと笑顔で話す間に、デクランが防寒具を抱えて戻ってきた。

俺と同じウサギ魔獣の毛皮のマントで、古着にしてはかなり状態がいい上に、サイズもアートにぴったりだった。

「ケイスケ様、とても暖かいです」

マントを着たアートの笑顔に、俺も笑顔になった。

「これで、私もケイスケ様と一緒に、みなのお手伝いができますね」

健気な言葉に、思わずアートを抱き締めてしまう。

「アートのお父さんに生まれたかった人生だった！」

「……ケイ、おまえという奴は……。なぜ、俺が少し目を離した隙に、従者をくどいているのだ？」

王様が、魔獣退治から戻ってきた。

「鬱憤《うっぷん》は晴れましたか？」

「多少すっきりしたな。こういう時は、雷撃に限る」

なるほど。先ほど俺たちを雷で襲ったのは、ストレス解消だったのか。

オーウェンと俺が顔を見合わせる。本当に、お互い無事でよかったよ！

そうして俺は、王様の耳元で囁いた。

「取引は中止です。今すぐ、金魔石を作りに行きましょう」

王様がびっくりした顔で俺を見て、「本当にいいのか？」と尋ねた。

「金魔石を取りあげられたんですよね。男だったら、この状況で姑息《こそく》な真似はできませんから」

男、の部分をあえて強調して言ってみると、王様が苦笑した。

それから後は早かった。

まずは転移陣で離宮に移動し、そこで王様に金魔石の作り方を全部伝えた。

「素材の石は、ケイにしかわからず、ケイが触れることによって周囲の魔力を吸い込む呪魔石となり、その後、魔力が充分に溜まったら金魔石となる、か。まさか、あの時……」

「はい。王様が倒れた時に、俺が座っていた石が、素材となる石でした」

「凄《すさ》まじい勢いで魔力が削られていった……。なるほど、王宮の金魔石は、俺の魔力の塊なんだな」

もったいない、と渋い顔で王様がつぶやく。

「今度は、王様が倒れない方法でやらないといけませんね」

「言ったな。とはいえ、魔力の吸収中に、下手に何者かが近づけば、呪魔石の餌食《えじき》となる。王族専用の狩猟地で幸いだった」

「ルオーク王は、たぶん、あそこに素材の石があるから、あの森を王族専用にしたんです。そうすれば、偶然にも金魔石が他者の手に渡ることがありません。ルオーク王は、その辺、かなり狡猾《こうかつ》な人です」

「まるで、ルオーク王その人を知っているかのような口ぶりだ」

「知ってるんですよ、俺は。……シアンの記憶によって」

そうして、俺と王様は森へ向かった。離宮と森の入り口は目と鼻の先だ。離宮の庭先で、シアンのこどもの墓らしき小塚を見かけ、切なさに胸が痛んだ。

「今日は手はじめ、ってことで、目についたキラキラ石をかたっぱしから触ります。小さい石は、いったん回収してからひとまとめにして金魔石にした方がよさそうですね」

「そうだな……。俺が小石を拾い集めよう」

まずは、小道沿いを歩きながら、キラキラ石を探す。

手記の記述通り、王様にはキラキラ石と他の石の区別がつかなかった。

キラキラ石を見つけたら、小さい石は王様がその場で拾って、大きめの石は後ですぐに見つかるように、王様が魔術で光らせ小道に移動させた。

「こういうこともできるんですねぇ……」

「土魔術の応用だ。土属性の操作は得意じゃないから、結構疲れるが」

「あぁ……。王様って、火とか雷とか、ど派手なのが得意そうですもんねぇ」

「失礼な。水の治癒魔術も得意だぞ」

こんな時ではあるが、王様と他愛ない会話をして歩くのは、楽しかった。

十五分も歩くと、かなり大きめの石が三つと、ひとりでなんとか抱えられる石が五つ、片手で持てる大きさの石が四つ見つかった。その他に、小石が十余り。

「大きい石は、今日は触れないでおけ」

「どうしてですか？」

「あまりにも大きい金魔石だと、王宮の馬鹿どもが抱え込む」

「……こんな時なのに、世知辛いですねぇ」

人助けくらい、全力でした方がいいだろうに。

ため息をつく俺に、王様が小馬鹿にしたような目を向けた。

「大盤振る舞いは結構だが、俺との交渉材料くらい残しておけ。俺とは、もう、したくないんだろう？」

「……しなくても、いいんですか？」

「よくはないな」

あっさり言うと、王様は目の前にあった大きなキラキラ石を蹴飛ばした。

「魔術を使った印は、馬鹿どもに見つかるかもしれないな……。ここは、木の枝でも目印にしておくか。残りふたつも忘れずに目印を変えなければ」

ぶつぶつ言いながら、王様がしゃがんで地面に枯れ枝をぶすぶす突き刺す。

そうして、王様が俺に小石を渡すと、先に森の入り口まで戻り、通話具で連絡してきた。

俺の分の通話具は、先ほどアートが服と一緒に持ってきている。

ゆっくり森の入り口に戻りながら、淡く光る石に触れ、最後に森の一番入り口に近い中くらいの石の上に小石を置いた。

小石は、移動中に触っていたので、すでに色が変わりはじめている。中には金魔石になったものさえあった。

これは、念のため、一晩放置しておくことにする。

それから、キク科に近い見た目の花を摘んで王様のもとへ戻る。

「終わりましたよ。これで後は、明日まで熟成させるだけです」

「熟成……。まるで金魔石がハムのようだな」

話しながら離宮に戻ると、俺は、離宮の小塚に花を供えて手を合わせた。

しゃがんで瞑目《めいもく》する俺の隣に、いぶかしげな顔で王様が立つ。

「何をしている？」

「……ここは、シアンのこどものお墓なんです」

「ここにそんな墓があるなんて、初耳だぞ」

「アレンとシアンしか知らなかったと思います」

ご先祖大好きな王様に、ルオークの悪行を話す気はなく、黙ってお参りを終えた。

いつの間にか、空が真っ赤に染まっている。夕陽に照らされながら離宮に入ると、王様は、俺だけを転移陣に入れた。

「スレイン城には、おまえひとりで戻れ。俺は、今晩は王宮で休む。いや……今後も夜は王宮で過ごす」

王様との別れが少し名残惜しい気もするが、仕方のないことだろう。

「ケイ。ふたりだけの時は、王様じゃなくて、ブライアンと呼んでくれないか？」

「……どうしてですか？」

「いや、いい。……戯言《たわごと》だ。流してくれ」

王様が転移陣で俺をスレイン城に移動させた。

最後に見た王様は、元気がないように見えた。

それが気になりつつも、俺は、あえて何も聞かなかった。


その日の晩、俺はスレイン城の王様用にと用意された客室で寝ることになった。

俺の部屋は、そのままアートが使うことになっている。

王様の匂《にお》いがほんのり残るベッドカバーを抱いて寝たので、安眠できた。

ベッドカバーは洗濯しないでそのまま置いておくようアートに頼んだら、「かしこまりました」と、ほほえましげな顔で返された。……解せない。

翌日、王様が大量の回復薬とともに、転移陣でやってきた、王様は荷馬車と麻袋を用意させると、俺とオーウェンを連れて離宮に転移陣で移動する。

それから、オーウェンが荷馬車を御し、俺たちふたりは徒歩で森に移動した。

オーウェンに入り口を見張らせて、俺たちだけが荷馬車に乗って森に入る。

小道を歩きがてら荷馬車に金魔石を回収し終えたら、次は、キラキラ石を探す。

森は、キラキラ石以外にもシアンの手記で見た薬草がそこかしこに生えていた。

血止めの薬草を摘み取り、採取袋にしまおうとすると、王様がひょいと横から薬草を取りあげた。

「……これと同じ薬草か。それなら、あっちにもあるぞ」

「王様、目ざといですね」

「素材の石探しはできないからな。その間、薬草探しを手伝ってやる」

「ありがとうございます！」

そんなわけで、王様が薬草採取をしてくれることになった。

王様は回復薬用の薬草もたくさん知っていて、ザクザク薬草を摘《つ》んでゆく。

「ここはまるで薬草の宝庫ですね」

「この森には、初代ルオーク王が、いざという時のために、薬草を植えさせていたんだ。今は王宮に薬草園があるから、誰《だれ》も採りに来ないが。……王族のアルファにのみ伝わる秘術の素材の中には、ここでしか採れない物もある」

それがどれかは秘密だ、と言って、王様がこどものような笑顔を浮かべた。

採取袋がいっぱいになる頃にはキラキラ石もいい感じに探し終えていた。

あとは昨日と同じ手順のくり返しだ。王様が先に戻って、後から俺が石に触れてゆく。

オーウェンと合流して離宮へ、そしてスレイン城へ移動する。

「金魔石の半分は、王宮の取り分だ。残り半分を、ハイデリー領の物とする」

そう言って、王様が大きめの石ばかりを三個選んだ。

オーウェンがその場に文官たちを呼び、残りの金魔石を分配しはじめた。

大きめの石は、オーウェンが剣で豆腐でも切るように小分けにしている。

「王様、せっかく作った金魔石を、王宮に随分たくさん持っていくんですね」

「王領とメイヨー領で魔獣退治中の騎士の中にも、慣れない魔獣退治で重傷者が出ている。また、今回のことで、魔獣の被害に遭った国民の治療は、国が一括して行うことに決まった。そのために使うんだ」

なるほど。そういうことか。

「……というのは建前で、商人どもが回復薬や材料を売り渋り価格が高騰している。国庫も無限ではないから、抑えられるところは少しでも抑えたい」

「金魔石は、無料で作れますからね」

「だが、素材をすべて使い尽くせば、後の世に災いの種を残すことになるだろう」

王様が遠い目をしてつぶやいた。

それから、ハイデリーの騎士に取り分けていた金魔石をひとつ持たせて、メイヨー領に転送した。

「王宮を経由すると、なんやかんや文句を言われて、王宮以外の場所に金魔石が届かないからな。こうして、直接転移させるしかない」

「……大変ですね」

「配分を公正にするのが、王《おれ》の仕事ということだ」

ままならないことも多いが、と、王様が少し疲れた顔で言う。

「これで終わりだ。ケイスケ、おまえは部屋に戻って休むといい」

「王様はこれからどうするんですか？」

「国境まで行き、壊れた結界を検分する。昨日の報告では、正確な状況がわからなかったからな」

「わざわざ王様が行くんですか？」

「結界を張り直せるのが、アルファの王族以外にいないのだ。ルオーク王の定めた掟《おきて》だが、いざという時、もっとも危険な場所へ赴く勇気のない者には、国を治める資格なし、という遺訓であると思っている」

王様は、ルオークの期待に応《こた》えてみせる、という顔をしていた。

凛々《りり》しくて、精悍《せいかん》で。男の俺でも惚《ほ》れてしまいそうだ。

そこへ、オーウェンが純白の槍《やり》の束を抱えた騎士とともにやってきた。

「陛下、白虎《びゃっこ》の魔獣より作りました槍を献上いたします」

オーウェンが槍を王様に渡す。

槍は柄が短くて軽い投槍だった。王様は右手で槍を摑《つか》んで投げる仕草をする。

「短期間で作ったにしては、よい出来だ。ハイデリーの武器職人は、腕が良い」

王様が、嬉《うれ》しそうに投槍の柄を撫《な》でている。

これはアレだ。新しいオモチャを買ってもらったこどもと同じだ。

「柄が牙《きば》で先端が歯か……。属性は風……。火の魔術も使えるようにしておくか」

ウキウキ顔の王様が指で柄をなぞり、呪文《じゅもん》を唱える。

ぱぁっと投槍が赤い光に包まれたかと思うと、白い柄に炎を思わせる装飾的な書体のデユナン文字が赤く浮かびあがった。

それを見たオーウェンが「鮮やかなものです」と感心していた。

「他に、素材が使えそうな魔獣はいたか？」

「山犬とコカトリス、サラマンダーです。魔獣の肉を飛行魔獣の餌《えさ》にすると、疲労回復が早まります。このことを、王領やメイヨー領にも連絡いたしましょうか？」

「あちらの方が余力があるし、干し肉にでもして保存させるか。これまで家畜化した魔獣の肉はどうしていた？　それにも回復効果があるなら、今後は王宮で買いあげよう」

オーウェンの表情が明るくなった。

王様って、本当、賢いなぁ。魔獣をただの討伐対象ではなく、資源と考えたからだろうけど、やっぱりすごい。

感心しているうちに、結界へ出発する準備が整ったと騎士が知らせに来た。

「俺たちは出陣だ。ケイスケ、おまえはその薬草をしかるべき場所に届けに行くがいい」

王様は新しい槍をくるくる回しながら、転移陣の間から出て行った。

金魔石を小袋に入れる作業をしていた文官の中に、あの、マントを取ってきた青年――デクラン――がいた。

顔なじみの気安さで近づいて声をかけ、採取袋の中を見せると、大喜びした。

なんでも、上級回復薬の材料の中でも、希少な薬草ばかりだそうだ。

それから、デクランに誘われ、アートとともに回復薬作りを見学することになった。デクランが運んだ薬草と金魔石の小石を見て、文官たちが歓声をあげた。

「これで、いっきに上級回復薬を作れます。ケイスケ様、ありがとうございます」

「……たいしたことはしてないですよ」

なにせ、俺がしたのは、キラキラ石を探して触るだけだ。

金魔石の移動も、薬草の採取も、やったのは王様だ。

「ケイスケ様がいらっしゃるからこそ、こうして金魔石や希少な薬草が手に入ったのです。陛下もケイスケ様のとりなしがなければ、ここまでハイデリーに肩入れをしてくださらなかったでしょう」

いるだけで特別な存在だ、と言われた気がした。

不思議な気分だ。この世界に来てよかったと、心の底から思えた。

それから、「俺の魔術具は魔力は弱いけど、永久機関ですから！」と主張して、水道で薬草を洗う作業に従事した。アートも濡《ぬ》れた薬草を布で包み、水気を取る作業を手伝ってくれた。心なしか、アートがいつもより興奮しているようだ。とても楽しそうでもある。

「アートは、回復薬作りが好きなのか？」

そう尋ねると、アートが「はい」と言って恥ずかしそうにうつむいた。

「私の家は、元々は文官を輩出する家柄でした。しかし、祖父の代で一族から罪を犯した者が出て一族郎党が処分を受け、私の祖父は王宮の下働きとなったのです」

「……じゃあ、今でも文官希望？　属性は足りてるのか？」

「属性は三属性です。水と土が強く、風が少々……」

「三属性って、すごいんだよな。文官にならなきゃもったいない」

「陛下もそうおっしゃって、私をケイスケ様づきの従者に取り立ててくださったのです。ケイスケ様の従者ができなくなりましたら、文官見習いとして身分を引きあげるとお約束してくださいました」

なんと。王様っていい上司じゃないか。

「身分を元に戻すにも、名分が必要です。下働きの中には、私と同じような立場の者がたくさんおります。私たち幼い者に、陛下に認めていただけるようしっかり務めていれば、ケイスケ様の従者になって、元の身分に戻れるという希望が生まれたのです」

アートの顔がキラキラしている。夢と希望がいっぱいの顔だ。

俺、そんなアートが牢《ろう》にぶち込まれる原因を作ったんだよなあ……。結果オーライだったからよかったけど、これからは気をつけないと。

「アートが王様の目に留まって本当によかった」

「はい。陛下にはとても感謝しています」

こくりとうなずくアートは、とても愛らしい。

衝動のままに手を伸ばし、頭を撫でる。

「俺も、アートが最初の従者でよかったと思ってる。これからも、よろしく頼む」

「今後も精いっぱい、務めさせていただきます」

アートの言葉に、俺たちの会話に耳をそばだてていた文官たちが笑顔になる。

薬草をすべて洗い終えた頃には、すっかり手が凍えてしまった。

アートは文官たちから薬草の見分け方を教わり、嬉々《きき》として分別している。

「暖房具をお使いになりますか？」

かじかんだ手を擦《こす》っていたら、デクランが灯油缶のような物を持ってきた。

魔石つきの暖房具だったので、俺はしばらく魔石に手を置き、充電ならぬ魔力供給にいそしむ。

「他に魔石を使った道具があったら持ってきてくれ。できる限り魔力供給するから」

文官たちからわっと歓声があがった。魔術具が次々と運ばれて、渡されるままに魔石に手を置く。

そのうち夕食の時間になって、俺はいくつか魔石を預かり、領主一家の食堂へ向かった。途中で客室に寄って、銅のカップも持ち込むのを忘れない。

ガレットと俺、そして高官たちが揃《そろ》っての食事だ。非常事態ということで、なんと、退治した魔獣の肉が食卓にあがった。

鹿の魔獣とのことで、あっさりした味だ。こってりしたソースがかかってちょうどいい塩梅《あんばい》になっている。うん。これは、冷たいエールが進む。

鹿の魔獣はガレットが討ち取ったもので、自然とガレットの武勇伝が話題となった。

「魔獣の中には、魔法を使うものがいる」

「魔法？　魔術ではなく？」

「魔術は人の身にそなわった魔力を使うもの、魔法は自然の魔力を元にしたものだ」

ガレットの説明を総合すると、魔術は元いた世界の太極拳などでいわれる、天地人の気のうち、人の気に該当するらしい。魔法は天地の方で、自然の気そのもののようだ。

人は土魔術で剣を硬くさせたり物を腐らせたりできる。

魔獣は身を守るために表皮を硬化できるが、何かを腐らせたりはできない。腐らせる力のある魔獣は硬化はできない。そういう違いがある。

あるがままの魔力の行使が魔法、人が目的をもって加工した魔力や、加工する技術が魔術、そういう区分らしかった。

「では、鹿の魔獣はどのような魔法を使ったのですか？」

「角が巨大化して、鋭利な刃物になるのだ。動きも速く、ぼやぼやしていると細切れにされてしまう。普段なら雷撃を食らわしてやるところだが、鹿肉が食べたくなったので、土魔術で作った大穴に落とし、とどめを刺してやった。そのせいか、少々物足りぬ」

あ、この人、間違いなく王様の親戚《しんせき》だ。言ってることが一緒だよ。

「魔力が足りなくて雷が撃てなかったり、大穴を掘れない場合はどうするんですか？」

「大魔術が使えぬなら、時間はかかるが、風魔術か土魔術で足を止めつつ、遠くから矢で射る。しかし、森の中では充分な間合いが取れないことも多い。危険を承知で近づき、剣で切り続け消耗させ、最後は槍で急所を貫く」

「魔力量って重要なんですね」

「その通り。魔力が少ない者は、魔獣の特性と有効な攻撃を知っておかねばならん」

まあ、儂《わし》には必要ないが、と豪快にガレットが笑ったが、本当は魔獣についての知識が豊富に違いない。そういう枠の人だ、絶対。

王様は、大丈夫かな……。そろそろ戻ってくる頃のはずだけど。

別の騎士の魔獣退治の話を聞きながら心配していると、食堂に伝令がやってきて、ガレットに王様たちの帰還を報告した。

ややあって、王様とオーウェンが食堂にやってきた。

ふたりの席が用意され、着席して挨拶《あいさつ》も早々に、ガレットが「結界は、いかがでしたかな？」と王様に尋ねた。

「……蟻《あり》に一杯食わされた」

王様が苦虫を嚙《か》み潰《つぶ》したような顔で答えた。そうして、腹立たしさを呑《の》み込むように給仕係が運んだワインの杯をあおる。

蟻？　蟻って、ありんこのこと？

ぽかんとする俺に対して、他の人たちは一様に深刻そうな顔になった。

事情がわからないのは俺だけのようだ。

隣に座る王様が、俺を見て「あぁ」とつぶやいた。

ガレットの隣に座り、話しかけたオーウェンを手で制して、王様が口を開く。

「みなも知っての通り、結界は国境沿いに十基、ほぼ五十キロ間隔で並んで配置してある。このたび倒れたのは西側から数えて三番目、通称三番結界だ」

この説明は、俺のためにされたものだ。

「ありがとうございます」と小声で言うと、王様が目を細めてうなずいた。

「結界は、魔法陣を刻んだ石の台に賢者の石を置き、風雨から魔法陣を守るため、金属の覆いを被《かぶ》せている。……こんなふうに」

王様が、空になった酒杯を逆さにして皿に置いた。

なんとなく結界の構造がイメージできた。王様は、説明が上手いなぁ。

「その覆いは、かなりの重さがあるが、なんらかの理由で倒れた。原因の調査は、再度結界を張った後に行う。そして、覆いが倒れた際に賢者の石も倒れ、台から外れた。これが、結界が消えた理由だ。これにより、二番結界、四番結界の間、百キロで大型魔獣が国土に侵入するようになった。……ここまではいいな」

給仕係が王様に新しい酒杯を渡し、ホットワインを注《つ》いだ。

「このたびの調査で、まず地面をならした後、新たに覆いと土台、そして賢者の石を作らねばならないとわかった。要は、結界をひとつ、一から作り直しだ」

作り直しという言葉に、周囲がどよめいた。そして、なぜか俺に視線が集まる。

「土台は、真っ二つに割れていた。そして、賢者の石は、魔界より侵入した蟻により、食い散らかされていた。オーウェン、アレを」

オーウェンがうなずいて、革製の小袋を出し、口を開けて傾ける。

握り拳《こぶし》ほどの大きさの綺麗《きれい》な赤い石が、食卓に音をたてて落ちた。

三度、食堂にどよめきが生じた。

「賢者の石の半分が、このような状態になっていた。残り半分は無事だったので回収した。これはいずれ王宮に運ぶが、しばらくはスレイン城で保管してくれ。俺からの話は以上だ」

王様は大きく息を吐き、そして給仕係が運んできたスープを飲み、取り皿パンにソースをたっぷりからめた鹿肉を載せて食べはじめた。

「ケイスケ、後で話がある。食事を終えたら客室に行くぞ」

「はい」

話題が何かはわかっている。賢者の石の作り方についてだ。

俺はまだ、賢者の石の作り方を知らない。あの手記を読まなければならないと思うと、非常に重苦しい気分になった。

あの後、シアンはどうなったんだろう……。そういえば、シアンについて、ほとんど聞いたことがないな。

シアンは金魔石と賢者の石を作った異世界から来た大賢者、以外の情報はほとんどない。

オメガなのに、すごい魔力の持ち主ってことになってたし……。

本当のシアンがどんな人で、どんな辛《つら》い目に遭っていたかは、あの手記からしかわからない。

あの手記を俺は読みたくない。読めば、辛くなる。二百年も前の出来事だとわかっていても、感情移入してしまう。

チョーカーの金属部分に指で触れると、王様が「辛気臭い顔をするな」と言った。

「賢者の石を作り直すのは大変だが、同時に、蟻どもにばらばらにされたことで、大量の――永久に使える――魔石ができたのだ。悪い話ではないだろう？」

「……また、王宮の高官たちが抱え込むんじゃないですか？」

「塊をくれてやるのだ、小石の使い道は俺が決める。……それで、ケイスケ、何か面白い案はないか？　おまえが作れといったそのカップのようなものだ」

冷却機能つきのカップを王様が指さす。

「それを作るのは、なかなか楽しかった。冷却具合を調整するのに苦労したがな」

「あっ。これ、王様が作ったんですか!?」

「そうだ。とはいっても魔法陣の設計だけで、カップは王宮の鋳物師《いもの》が作った」

「ありがとうございます。すごく重宝してます」

「愛用しているようでなによりだ。俺にも冷えたエールを飲ませてもらえるか？」

王様にカップを渡すと、一口飲んで「悪くない」と言った。

「少し薄味になるが、喉越《のど》しはいいな。ただ、この季節に飲むものじゃない」

「みんなそう言いますね。真夏になったら、また試してください」

王様はカップの中身を飲み干すと、ふちをナプキンで拭《ふ》いて返してきた。

細かい。いや、そういうルールなのか？

小首を傾《かし》げていると、また「何か考えはないか？」と聞かれた。

「えーっと、冷凍庫はどうでしょう。食糧を凍らせて保存しておくものです」

「そんなもの、多少裕福な家にならどこにでもあるぞ」

やっぱり、あったか。侮りがたし、異世界！

「倉庫……えーっと、この城の大広間くらいの大きさで作って、今回討伐した魔獣を凍らせて保存しておくんです。そうすれば、手が空いた時に解凍して売れます」

「それは、なかなか面白いな。確かに、賢者の石の欠片《かけら》が大量にある今なら、そういう物もできるだろう。だが、魔獣をすべて出荷した後はどうするつもりだ？」

「安いうちに魚や野菜や果物といった腐りやすいものを大量に買って保存します。例えば、食糧を大量購入して、経費……この場合は労働費とかを上乗せして、ちょっと利益を乗せたくらいの価格で秋から春の間に国民に販売すれば、国民は安価に冬でも安全な食べ物が買えますし、王様も少しだけ儲《もう》かります。魔力の消費量を考えなくていいので、悪くないと思います」

商売をやる上で、負担になるのが固定費だ。国王主導の商売なら、土地代は安いし建物は二十年の減価償却で問題ない。その上で光熱費がゼロ。

現代日本なら、経済特区で光熱費なしで卸売りをやるようなものか。

どう考えてもおいしい話だ。

利益になる話をしたら、領主親子が、がぜん前のめりになった。

「ケイスケ殿、わが領地でも、利益を得られる考えはありますか？」

そう聞いてきたのはオーウェンだ。王様は、自分の仕事は終わったとばかりに、食事を再開している。

「えぇ……っと……。ハイデリーの特産品といえば、魔獣以外に何がありますか？」

「ケイスケ殿、魔獣は特産品ではありませんよ」

「でも、ウサギ魔獣の毛皮は、王領でも扱ってましたし、他領でもひきあいのある商品ですよね？」

そう言うと、領主親子が顔を見合わせた。

「俺の知識だと、こういう山岳地帯って、植生が特化して絶対に他にないものがあるはずなんですよ。例えば、精力増強効果の高い植物の根とか、ネギとかニラとか」

朝鮮人参に行者ニンニクをイメージして言ってみた。

「確か、この辺に人が住めるようになったのって、二百年前からですよね。だったら、まだ知られてない有用な何かがあるかもしれません。あと、ハイデリーから他領に物を売るなら、輸送費のことも考えないといけないから、小さくて作るのに特殊な技術が必要で、かつ、高価な物がいいと思います。例をあげるなら、腕時計とか眼鏡《めがね》とか」

スイスとか鯖江《さばえ》市の商法だ。

「腕につける時計だと？」

そんなバカなという顔でガレットが言った。

「はい。腕に時計をつければ、いつでもどこにいても時間がわかって便利ですよね」

「うーむ。だが、そんな話、儂は聞いたこともない」

「例えば、飛行魔獣で空を飛んでる時に、正確な時間がわかったら便利じゃないですか？」

「……そう言われれば、そうですね」

うなずいたのは、息子の方だ。

「ないところに需要を見つけて、それを広めれば、先行者利益が得られますよ。他が真似《まね》して同じような商品を作るまでの間は、利益を独占できます。……でも、やっぱりいずれは真似されちゃいますから、最初の話に戻って、ハイデリーの特産品を売り出すのが確実だと思います」

そう結論を出すと、領主親子が腕組みをして考えはじめた。

「ケイスケ。食事が終わった。おまえの寝室に行くぞ」

いつの間にかデザートまで食べ終えていた王様が席を立つ。

急いでエールを飲み干して、カップをしっかり握って立ちあがる。酔いが回って足元がふらつくと、王様が俺を支えてくれた。

「飲みすぎだぞ。しっかり立って、ちゃんと歩け」

そう言うと、王様が支えていた手を外して、俺は寂しくなった。

「王様、ちょっと態度がおかしくないですか？」

俺の知ってる王様は〝距離が近い！〟だったのに、今は俺が酔っ払ってふらふらしていても、決して触れない距離を保っている。

「おかしくはない。これが普通だ」

「……えー。そんなことないですよ。前は、すごいひっついてましたよ」

王様の腕を掴んで「こんなふうに」と言ったら、腕を振り払われてしまった。

「これは、普通の態度じゃない」

「……じゃあ、今までのはなんだったんです？」

「妾《めかけ》に対するものだ。今のおまえは、俺の臣下ではあるが、妾ではない。それがわかったら、おまえも臣下としての節度を保つように」

「はぁ？」

ちょっと待て。いつの間に、俺は妾を首になっていた？

「そんなの聞いてませんよ！」

「言ってなかったか。……ケイスケ、おまえが金魔石の製法を教えたのだから、俺はおまえを妾から外す。喜べ、取引は履行された」

「……ありがとうございます」

ほっとして礼を言った。王様は小さくうなずき返すと、また歩き出した。

よろけてもぶつからない距離を開けて、俺は王様の後ろを歩く。

びっくりしすぎて、酔いが醒《さ》めてしまった。頭が冷えて、指先まで冷たい。

客室に戻ると、王様が結界を張った。人の出入りを禁じ、話し声も漏れないものだ。

王様がひとりがけのイスに座って、俺は長イスにひとりで腰をおろす。

「話の見当はついているだろうが、賢者の石についてだ。作り方はわかったか？」

「いいえ」

「……いつ頃になればわかりそうだ？」

「それは……俺にもわかりません」

手記の残りは三分の一ほどか。

これからすぐに読みはじめれば、明日の夜には読み終わるだろう。

だからといって、賢者の石の作り方が書いてあるとは限らない。

いや、チョーカーに賢者の石が使われているのだ。箱の上蓋《うわぶた》に手記を隠した時には、作り方はわかっていたんだ。手記に記述されている可能性が高い。

王様は、煮え切らない答えをした俺を、じっと見ていた。

「取引が必要か？　今度は何が欲しいのだ？」

まるで、俺が今まで物目当てでしか行動していなかったような言い方だな。

思わずむっとして王様を睨《にら》みつけてしまう。

「……ああ、わかった。スローライフだったな。では、ハイデリー領に土地を用意して小さな家を建て、従者をひとりつける。これでいいな」

念願のスローライフの許可を出され、嬉しいはずなのに、素直に喜べなかった。

「どうして、ハイデリー領なんですか？」

「大賢者であるおまえに、ふさわしい土地だからだ。おまえのことは、領民に知られつつある。苦難にあったハイデリーの救世主としてな。きっと、みながおまえに優しくしてくれるだろう」

王様はそれがいいという顔をしているが、俺は納得していなかった。

「そんなに、なんでもかんでも勝手に全部決めないでください」

「おまえはこの世界について何も知らないんだ。俺が、おまえにもっとも良いように取り許らうのは当然だろう？　俺は、おまえの保護者なのだから」

「……それはそうですけど。でも、いつの間にか妾扱いされた上に、無断で妾を首にされたんですよ。何か決める前に、俺に相談してください」

「おまえの意見を聞かず妾としたのは、俺の過ちだった。心から謝罪する」

王様が座ったままで頭をさげた。

「しかし、妾でなくなったのは、取引の結果だ。そして、賢者の石の作成方法と引き換えの条件については、今、おまえに相談している。この二点について、俺に責められるいわれはないと思うが？」

「俺は、そもそも取引したいと言ってませんし、取引するならするで、何を引き換えにするかは、自分で考えてから決めさせてほしいですね」

「それもそうだな。……では、決まり次第……いや、賢者の石の作り方がわかり次第、通話具で連絡してくれ。俺は、しばらくこちらには来られないからな」

「……なんで来られないんですか」

どうせなら、直接会って話がしたいのに。

俺は未《いま》だ手にしていた銅のカップを両手で握り締めた。

「結界用の石台の作成、今日作った分の金魔石の運搬、分配、その他諸々《もろもろ》だ。なにより婚礼の準備もある。新しい妃はレアリー領主の姪《めい》だ。おまえじゃないから安心しろ」

ひらひらと王様が手を振った。

心配するなと言いたいんだろうが、俺は、〝おまえは用なしだ〟と言われた気分だった。めでたいことなのに、祝う気にはなれない。祝ってもいいけど、すっきりしない。

「奥さんを増やすんですか」

あぁ、嫌だ。声が厭味《いやみ》ったらしくなってる。

「前にも話したろう？　俺は、妃を五人まで持てるのだ。今までひとりだったことを責められていたくらいだ。この婚姻は、高官たちも賛成している」

「いっぱい、アルファのこどもを作らなきゃいけないですもんね」

「あぁ、そうだ。だが、それは、おまえには関係のない話だ。……もし、おまえに子ができていたら、教えてくれ。時期が合えば、俺の子として認めてやろう」

何言ってやがるんだ、こいつは。

俺が王様以外の誰かとセックスすると決めつけやがった。

やばい。頭に血が昇った。怒りを抑えられない。

「時期が合えばってどういう意味だよ。俺が、あんた以外の誰とやるっていうんだ！」

「ヒートになれば、よりどりみどりだ。向こうから群がってくるぞ。むしろ、父親を特定できるよう先に手を打っておけ。俺は、そこまで面倒をみる義務はない」

「ここにきて、俺をほっぽり出すのか？　そんなの無責任じゃないか！」

「それを望んだのは、おまえだ！」

今まで一番大きな声で王様が怒鳴った。目の色が変わっている。

空気がびりびり震えて、胸が痛くなる。

王様は、うつむいて深呼吸をすると、イスに座り直した。

顔をあげた時には、平静に戻っていた。表情も、声音も、目の色も、いつも通りだ。

「……おまえが、俺から離れたいと望んだんだ。俺の妾であれば、どんな手段を使ってでもおまえを守る。だが、妾という立場がなくなれば、俺に打つ手は限られる。森の中にひとり暮らし？　笑わせるな。いずれ、オメガがいるとわかった奴らに、ヒートを狙《ねら》って襲われるぞ。結界を張り続けるか？　大賢者となったおまえをわざわざ狙ってくる奴らだ、どんな手を使ってでも結界を破ってくる。おまえには、もう、それだけの価値があるんだ。それを理解しろ」

「だったら、俺をあんたの目の届く範囲に置けばいいじゃないか。あの離宮でいいから。王様がそばにいて守ってくれよ！」

「……妾でもない者に、離宮は与えられない。それが決まりだ」

静かな声だった。そんな言い方をされると、俺は離宮暮らしを諦《あきら》めるしかない。

「じゃあ、王様は……俺がどうしたら一番いいと思うんだ」

「だからこそそのハイデリーだ。ガレットに保護を求めろ。幸い、ハイデリーにはかつてオメガの領主夫人がいたこともある。当時、どう対処していたか調べればわかるはずだ。番《つがい》にはオーウェンを選べ。次期領主の夫人となれば、ガレットもやりやすいだろう」

……なんで番まで、あんたが決めるんだよ。

「オーウェンさんを、そういう意味で好きじゃない」

「そうか。では、そこも含めておまえがガレットと交渉しろ。ちゃんと恩を売るのを忘れるな。大賢者を抱える有利さも説いておけ。悪いようにはならないだろう」

王様がひたと俺を見据えた。部屋がシンと静まり返る。

話は終わった。そうわかるような静けさだ。

「……新しい奥さんと、幸せになってください」

「今回の件での、物資の提供と引き換えの政略結婚だがな。しかし、十六歳の花嫁だ。俺も誠意をもって妃として遇するつもりだ。婚礼には、おまえの席も用意しよう。その際に、改めて祝いの言葉をくれ」

王様が、イスから立ちあがる。

きびすを返した王様の背に、俺は厭味を浴びせかける。

「どうも、ご親切に」

「保護者としての義務だ。……あぁ、ハイデリーに住むなら、年金を支給しなくてはな。生涯年金にしておくから、安心しろ」

本当に、至れり尽くせりだ。

感心しているうちに、寝室から王様が出て行った。

ベッドのある場所でふたりきりになって、しなかったのは初めてだな。

これが、妾でなくなったってことか。望んでいた状況なんだから、喜ばないと。

ブーツを履いたまま、ベッドにうつぶせになる。ベッドカバーに顔を埋《うず》めたが、王様の匂いはほとんど残っていなかった。

胸がざわついて落ち着かない。

そういえば、今日、王様に触ったのって、よろめいた時と、自分から腕に摑まった時だけだったな。

あの触りたがりが、一度も触れてこなかった。

呼び方も、ケイからケイスケに変わっていた。あれは、王様が、寵妾《ちょうしょう》だけにする呼びかけだったのかもしれない。

「ケイスケって、呼ばれた時点で気がつけばよかった」

気がついたら、何かが変わっていたのかもしれないが、たぶん、何も変わらないだろう。変えるための方法が、俺にはわからないから。

変えた方がよかったのか？　でも、変えない方が、俺の望む結果に近い。

「俺は……、普段は王様のそばで働いて、ヒートの時だけ離宮にこもれれば、それが一番よかったな」

これが、俺の望むベストの未来だ。

しかし、諸般の事情を勘案すると、ハイデリー暮らしとなる、らしい。

王様が俺を手放すなんて、思ってもみなかった。

追われたから逃げる。逃げるのをやめたら、手を放された。

まるで、セックスの時と同じだ。俺は、王様に翻弄《ほんろう》されっぱなしだ。

セックスの時は、俺をイかせるためだった。

では、今は？　王様は、何が目的で、俺を手放そうとしている？　そうすることで、王様になんの得があるんだろう？

「婚姻、かな……。新しく嫁を迎えるのに、先にお妃様がいる。その上で妾までいたら、もめる元だ。ルオークも、そうやってシアンをいないことにして、堕胎させたし」

思わず眉間《みけん》に皺《しわ》が寄る。

王様は、酷《ひど》い奴だ。

そう心の中でつぶやいて、幼馴染《おさななじみ》と親友の現場を見た瞬間を思い出していた。

あれよりは、ショックが少ないな。あれと似たような状況だけど……、王様は結婚する前に妾を首にしたわけだし、筋が通っているのが違うんだ。

いや待て、その前に既婚者なのに俺に手を出したんだ。でも、法律で一夫多妻が許されていて……ルールが違うんだから、そこは王様に非はないな。

つまり、王様は酷くない。酷いと責められない。

そもそも、俺がもちかけた取引なんだ。条件をつけていなかった部分に関して、思っていたのと違うとは、とても言えない。

契約前には、ちゃんと条件の確認を。

営業時代に、上司や先輩にくり返し言われたことを、いまさらながらに思い出していた。

……そもそも、なんで俺は王様から離れてハイデリーに住むのが嫌なんだ？

答えは簡単だ。王様の匂いを嗅《か》げなくなるから。

もう二度と王様の匂いを嗅げないと想像するだけで、胸が苦しくなった。

ヒートの時より、この問題の方が切実かもしれない。ヒートの時は、最悪、二週間薬漬けで眠り続けるという手が使える。しかし、匂いはそうじゃない。

今、この瞬間にも息が詰まりそうなのだ。これから俺が生きてる間、ずっとこんな状態でいなければならないなんて、考えるだけでおかしくなりそうだ。

「……どうすりゃいいんだ？」

情けない声でつぶやいた時、ノックの音がしてアートがやってきた。

「王様は、どうした？」

「王宮へお戻りになりました」

アートが湯浴みの用意をはじめた。

「アート、眠り薬って、持ってきてる？」

「いいえ。どうなさいましたか？」

「今晩は……今晩だけじゃなくて、ずっと眠れなそうだから」

「そろそろ、ベッドカバーの匂いも薄まる頃でしょうしね。陛下から、何かお受け取りになっていませんか？」

訳知り顔でアートがうなずく。しかし、俺には何を言ってるのかわからない。

「どうして、王様が俺に何か渡すんだ？」

「オメガは、愛《いと》しい方の匂いがないと落ち着かなくなると説明を受けています。愛しい方の匂いのする品を集めて、鳥の巣のように形を整え、その中で丸まって心安らかに過ごすそうです。小鳥のようでかわいらしいですよね」

アートが屈託なくほほ笑んだ。天使のような笑顔から、善意百パーセントの発言であることは理解できる。だがしかし。

いや待て。なんだ、その習性は。全然かわいくなんかないぞ。

俺が王様の使用済みチュニックを大量に集めて、匂いを嗅いでうっとりするって、それ、どんな変態だよ⁉

シリアスな気分が一挙にふっ飛んだ。

いつの間にか、自分が変態の仲間入りをしていたことに、びっくりだ。

「ですから、陛下はケイスケ様の服が仕立てあがるまで、陛下が以前着られていた服をケイスケ様に用意されたのです。陛下の服が下賜されるなど、よほどのことがなければありません。反対する侍従長に、陛下は、異界から来たばかりのケイスケ様が、少しでも心安らぐようにしたいから、と、説明なさったそうです」

「そんな……最初から……？」

会ったその日のうちに、そこまで考えて、王様は手を打っていたと？

いや違う、ここで突っ込むべきは、初対面の俺が、王様を好きになっていると確信しているところだ。

さすがロイヤル。自己評価がめちゃくちゃ高いな。

愛されて当然って、どういう心境なんだ？　いっぺん俺も、味わってみたいぞ‼

俺の百面相を見ていたアートが、小首を傾げている。

「陛下は、この国で一番のアルファですから……。オメガであるケイスケ様が無条件にお慕いするのは、当然のことです」

「ちょっと待て。オメガって、そういう生態なのか？　そういう生き物なのか⁉」

アルファに会ったらひとめぼれしてしまうとは、どんな因果な体質だ？

「番になりたいから、ケイスケ様は陛下に保護を願ったのですよね？」

「あぁ……。そうだった。あれは、そういうことになってたんだよな……」

忘れていた。俺は、この世界の常識では、初対面の人間にプロポーズするような、非常識な人間だったんだ。しかも、この国の王様に！　どんな鉄の心臓の持ち主だよ。王様も断れよ。そんな失礼な奴と約束する必要なんてないじゃないか！

あと、さっきロイヤルって小馬鹿にして、すみませんでした!!

「王様にしてみたら、俺って……とんでもない奴だなぁ……」

会ってすぐさまプロポーズ。なりゆき上了解したら、今度は森で「そんなつもりはなかったんですぅ」といわんばかりの発言。

俺が王様だったら、その場で殴っていただろう。

その後、ヒートになった俺に――あれだけセックスしないと辛いと言ってたんだから――義務感ないし博愛精神で、多少変態じみてはいたが、つきあってくれた。

義理でつきあったヒートが終わると、俺は、王様の外出中にとんずら。別の男と逃げていた。……この時点で、俺だったら、完全に見放すな。

さすがロイヤル。心が広い！

駆け落ちじゃなかったと判明したところで、俺は王様の弱みにつけ込んで取引をもちかけ、要約すれば「別れてください」と言い放つ。どんな恩知らずだ。

八つ当たりで一回やられたけど、しょうがない気がする。

それでも、金魔石が必要だったから俺と行動して、金魔石が必要な分できて一緒に行動しなくてもよくなってから、俺の今後の身の振り方を考えて、最善策を提案した。

そうしたら、俺が「別れるけど、今までと同じように面倒みてね」と、ずうずうしくも返したわけで……よく相談に乗ってくれたな。

神殿での誓約って、王様は嘘《うそ》だと言ってたけど、マジなのかも。

自分の命がかかってなければ、生涯年金を出すなんて言えないぞ。

王様視点で自分の行動を振り返ると、頭を抱えたくなった。異世界から来たオメガということで、小悪魔ぶってる勘違い野郎でしかない。

「うわぁあああああ」

雄たけびをあげてベッドを拳で殴ると、アートが「湯浴みの用意ができました」と、いつもの様子で言ってきた。

アートから見た俺って、どんな主《あるじ》なんだろう……。

奇行種だったらどうしよう。いや、さっきまで奇行をしていたけど。

アートが普通の顔で風呂《ふろ》に入れてくれたので、従者とは、鋼メンタルじゃないと務まらないんだろうと感心した。

寝間着に着替え、アートにうながされるまま、おとなしくベッドに入る。

「お薬は、明日になったらデクラン様にお願いしてみます。薬の代わりに、温めたワインはいかがですか？　ぐっすりお休みになれますよ」

「いい。もう寝る……。アートも早く休んでくれ」

「ありがとうございます。では、おやすみなさいませ」

アートがいなくなり、俺は、ベッドカバーをぎゅっと抱き締めた。

俺は変態だから、思いっきり王様の匂いを嗅ぐ！　嗅いでやる!!

しかし、やっぱり匂いは薄い。

一秒、また一秒と時間が過ぎてゆくごとに匂いが淡くなり、そして消えた。

「……匂い。王様の匂い………」

王様の匂い恋しさに、俺は必死にない知恵を絞る。

すでに、恥も外聞もなく「王様の使用済みチュニックを、貸してください！」と頼むつもりでいる。

通話具で連絡……するのは、賢者の石の製法がわからない限り、ガチャギリ確定。

「手記を読まなきゃいけない……ってことか」

変態桃色調教日誌を！

いや、桃色だったらまだよかった。今ではグロ日記に変わりつつある。

「ＳＭもグロも、苦手なんだよなぁ……」

とはいえ、やることはひとつだった。

お手製トランクスの下から手記を取り出し、手に取った。

深呼吸して続きに目を通す。細かい文字の二重写し状態は、間が開くと途端に目がすべってしまう。

どうやら、シアンとルオークは、ルオークが小さい金魔石をプレゼントしたことをきっかけに、よりを戻したらしい。

魔術具を使えるのが嬉しい、という記述に同意しつつ不安になる。

『今日は、ルオークの結婚式だ。私も同席することになった。花嫁の豊かな胸にルオークの目が注がれている。

式の後、ファルザームという男に話しかけられる。自らを東方の賢者と名乗り、私と術比べをしたいと言い出した。困っていると、アレンが私を屋敷まで送ってくれた。余所者《よそもの》と話をするなと叱《しか》られる。』

『今日は、久しぶりにルオークに呼ばれた。ファルザームは本物の魔術師だったらしく、ルオークのお気に入りとなっていた。ファルザームの虹の石の研究に協力しろと言われる。オメガで、無力な私を、ファルザームは軽蔑《けいべつ》しているようだった。気が重い。』

『今日、雲母《うんも》の石を探しに行くと、ルオークと敵対する者から襲撃を受けた。とっさに石を呪魔石《じゅませき》に変える。賊は石に魔力を吸われ倒れたが、私は腕に深い傷を負った。呪魔石に血が滴り、白い石がみるみるうちに赤く染まっていった。いったい、どういうことなのか。這《ほ》う這《ほ》うの体《てい》でアレンのもとにたどり着く。アレンに治癒をしてもらい村に帰った。』

『今日、アレンが虹の石を採取しに行ったところ、石は赤く変わっていた。私を襲った者らは、赤い石の近くでこと切れていた。なんと不吉な石だろう！

村に赤い石を持ち帰る。ファルザームに経緯を説明しろと言われる。説明を聞いたファルザームが赤い石に興味を持ち私の血を採取する。その間、治癒もしてもらえず、貧血で倒れてしまう。体が熱い。』

ここで、いったん日付が飛んだ。きっと、ヒートだ。

『なんという素晴らしい日々！　ルオークがヒートの間、毎晩私のもとを訪れたのだ。私が賢者の石——あの赤い石を、ファルザームがそう名づけた——を作った褒美として。

虹の石とは違う、不思議な力があるらしい。それが、ルオークにとって、なにより嬉しいことなのだそうだ。

ヒートが終わると、これから賢者の石をたくさん作るとルオークが言った。血を取られるのは嫌だと言うと、殴られた。しかし、血を取った日は、私のもとを訪れると約束してくれた。夢のようだ。』

ここまで読んで、俺は息を吐く。賢者の石の作り方がわかったからだ。

食堂で見た賢者の石の欠片を思い出す。

あの赤は、シアンの血の赤なのだ。

うっかり綺麗と思ってしまった。ごめんなさい。

それから、例の結界作り計画がはじまったらしい。ファルザームは、人格はともかく腕の良い魔術師だったようで、国境用の特殊な結界の術式を編み出し、賢者の石作りに必要な血の量も実験で割り出していった。

その間、シアンは日中血を搾り取られた上で、ルオークの夜の相手も務めている。どう考えても体が持つとは思えない。

『今日から旅がはじまった。人のいない山奥まで連れていかれ、ひとり、雲母の石に手で触れる。虹の石にする必要はないが、呪魔石にして周囲の魔獣を根絶してからでないと、後に結界の大魔術を行うルオークが危ないのだ。魔獣に怯《おび》えながら、定められた場所に戻る。アレンが迎えに来ていて助かった。

ファルザームにより血を取られる。結界ひとつに私の血は、バケツ一杯必要だ。治癒され、回復薬を飲み、また血を抜く。私の両腕の傷が治らなくなり、ようやく血抜きが終わる。ルオークは、ファルザームの知己を頼り、イスファーンを訪問している。結界は、東国イスファーンにとっても利がある。どこまでイスファーンに近い場所に結界を張るか、すなわち東方との国境を定めるため、イスファーンの王と話し合っている。

ルオークはイスファーン王の後援によりアントリウムの王となるつもりだ。私はそれを喜ばねばならない。』

結界用の賢者の石を作るのに、バケツ一杯分の血が必要なのか……。

バケツ一杯って、何リットルだ？　サイズによって容量が変わるし、多めに考えて十から二十ってとこか。

成人男子の献血一回が四百ミリリットルだから……ざっくり二十五回から五十回。これを二、三日で絞りとる……。うん。俺、死んだ。

どこの麻雀漫画のデスゲームだよ！

回復薬と治癒魔術のミラクルに期待したいが、傷を作る時は、絶対痛い。

あぁもう、考えるだけで吐きそうになってきた。

『賢者の石が完成し、ルオークが来た。イスファーン王との話し合いは、満足のゆく結果だそうだ。褒美として、首飾りをもらった。賢者の石を使ったもので、いくら使っても魔力が減らないのだそうだ。

結界を張り、ルオークがファルザームとともに戻ってきた。ひと月ぶりにルオークと夜を過ごせる。幸せだ。』

『次に結界を置く地に移動した。アレンと久しぶりに顔を合わせた。すでに呪魔石を作る準備は終わっている。石に触れ、野営地に戻る。アレンに血を抜かれる。ファルザームは、アスロンにいる。ルオークとともに国都の縄張りをするのだそうだ。私ばかりが蚊帳《かや》の外だ。血を抜かれるのに、ルオークはいない。体が熱い。』

この後、ヒートの間に二番結界が完成していたと記述があった。

賢者の石の作り方も血の量もわかった。チョーカーをもらったタイミングまでわかってしまった。必要な情報は得られた。けど、もう無理。俺のメンタルが死んだ。

手記を元に戻して、羽毛布団に潜り込む。

目を閉じると、度重なる強制献血で両腕がぐちゃぐちゃになったシアンを想像してしまい、涙が出てきた。

俺もそうなる。賢者の石づくりは、そういう作業だ。

「王様が……そばにいてくれたら……」

王様に傷をつけられ、血を抜かれ、やばくなったら王様に治癒してもらいたい。回復している間は、手を握ってもらいたい。

そうしたら、その間は、ずっと一緒にいられる。

あの匂いを嗅いでなら、血抜きにも耐えられるだろう。

「賢者の石を作る、取引条件、それにするかな……」

「あなたの使用済み下着をください」と迷うところだ。いや、どうせなら、両方いっぺんにお願いしてみよう。

情報は下着。血抜きは王様の同席。それぞれを条件に出す。

それくらいは、許される。許されると思いたい。

許してください、とお願いしつつ、深く長く息を吐いた。

翌朝、たいして眠れずにいた俺の顔を見て、アートが眉《まゆ》を寄せた。

「急いで、デクラン様にお薬をお願いします」

アートが通話する間に、朝食を食べる。寝不足の胃に、鹿のスープが染みた。

このスープ、味つけはほぼ塩だけど……お吸い物みたいだ。

「アート、このスープ、すごく好みの味なんだけど、材料とか作り方とかわかるか？」

通話中のアートに尋ねると、そのままデクランに聞いてくれた。

「鹿の脚の燻製《くんせい》の、堅くなった部分を削ってお湯で煮たものだそうです。ハイデリーでは冬の間によく食べられるそうです」

「なるほど。いわゆる郷土料理か。燻製の堅くなった部分が鰹節《かつおぶし》みたいなものだとしたら、肉と魚の違いはあっても、だし汁に塩でお吸い物になると……」

ぶつぶつ俺がひとりごちると、アートがほっとした顔になる。

「お食事にご興味をもつほどお元気になれたのですね。ケイスケ様が気に入ったようなら、料理人に頼んで、しばらくそのスープを作ってもらいましょう」

「どうせなら山菜や肉団子、鶏肉を入れてさっと煮込んだ料理を作ってもらいたいんだよな。……いっそ、俺が厨房《ちゅうぼう》に行って、直接説明するか」

　鹿出汁《だし》の山菜鍋《なべ》だ。きっと冷たいエールが進む。

「〆《しめ》は雑炊がいいけど、米はないよなぁ。パン用の小麦粉でうどんを作ってもらうか」

「ケイスケ様、お米ならありますよ。ピラフや料理のつけ合わせにしますから」

「長粒種の米があったか！　だったら、海南鶏飯《ハイナンジーファン》が食べられる‼」

　いきなりテンションがあがった。

　米が食えるとなったら、テンションがあがるのが日本人だ。短粒種でなくても、それくらいは我慢する。

「お米、お米、お米～。お米～を～食べ～ると～」

　スーパーの鮮魚売り場で流れる曲の、魚の部分をお米にした替え歌を歌うくらいに浮かれてしまった。

　食事を終えると、そのまま厨房へ向かった。

　途中で、慌てて睡眠薬を持ってきたデクランと鉢合わせをし、魔力供給した魔石と交換に薬を受け取る。

　デクランは、俺が厨房に行くと言ったら、一緒についてくると言い出した。アートと一緒に、楽しそうに歩いている。

「デクランは、アートがお気に入りなのか？」

なんの気なしに聞いてみると、デクランが複雑な表情で「はい」と答えた。

「私には弟がいたんです。……流行《はや》り病で、昨年の冬に十歳で亡くなりましたが。アート殿には、弟の面影があります」

「もしかして、アートが着ているマントって……」

デクランが用意したマントは、古着にしては新しかった。

「弟の形見です。マントを作ってほどなくして床についたので、アート殿に差しあげるのにちょうどいいと思いました」

アートがぎゅっと手を握り、デクランを見あげた。

「大事にして、綺麗なままでお返しします」

「いや、それはアート殿に差しあげたものです。使ってもらえるだけで、俺は――両親も――満足なのですよ」

デクランが、にっこり笑ってアートの頭に手を置いた。

その光景に、心が洗われるようだった。世界は、優しさで満ちている。

尊い。アートもデクランも、今日から俺の推しだ！

両手を合わせてふたりを拝んだ後は、厨房に行って、料理人に海南鶏飯の作り方を話す。

「鶏肉を水で煮て、スープを作ります。鶏の皮の油で、ショウガとニンニクをみじん切りにしたものと、砂糖……がなければ蜂蜜《はちみつ》、塩を入れて炒《いた》めます。それをスープに入れて米を炊いてください。煮た鶏肉は冷やして切ります。炊けたご飯に鶏肉を載せて、トウガラシの甘辛いソースをかければ完成です。わからなかったら、俺が作ります！」

全力でお願いしたら、料理人が快諾してくれた。

鶏肉――魔獣討伐中なのでコカトリスだ――を鍋に入れてスープを取る間に、俺とアートとデクランと料理人で鶏皮とショウガ、ニンニクを細かく刻んだ。

熱した大きなフライパンで、じゅわじゅわ鶏の皮を炒め、油が出たらみじん切りしたショウガとニンニクを投入し、蜂蜜と塩で味つけする。

その後も時間があったので、鹿出汁鍋について、素材の相談だ。

「鹿のスープで、野菜に山菜、肉を煮る……。なるほど。鹿のスープに合いそうな物を考えてみましょう」

「鹿のスープさえあれば、作るのは、超簡単ですから。鹿のスープに他の具材の旨味《うまみ》が加わった汁が最高です。煮込みと違って、汁も楽しむ料理です」

なぜか突然、ガレットが厨房にやってきた。普通、領主は厨房に立ち入らないものらしいが、俺が厨房で何かしているというので、見物に来たそうだ。

「異世界の料理が食べられると聞いてやってきたのだ。昼食が楽しみになったぞ！」

やたらとガレットのテンションが高い。それに反して、料理人の顔が真っ青になった。

俺が、俺主導で、まずい料理を作るのと――俺がそれでいいと言ったし――、領主の昼食にまずい料理を提供するのは、話が違うらしい。

「鶏肉にかける甘辛いソースとは？　大賢者様、どのようなものですか⁉」

「トウガラシのみじん切りに、ニンニク、塩、砂糖、酢だけど……砂糖がなければ蜂蜜で代用するか。テンサイっていう、糖分の多い根菜があれば、砂糖も作れるんだよなぁ」

こちらには、デクランが食いついた。

「確かに、甘味のある冬の根菜はありますね……」

昨晩の話の続きだな。ほら、ハイデリーにだって、探せばいい特産品があるんだよ。

「じゃあ、それを品種改良して甘みを強めて、しぼり汁を煮詰めて砂糖にすれば？　冬でも育つなら、ハイデリーの新しい産業になると思うけど」

次の瞬間、デクランがガレットを見た。ガレットもデクランを見た。

俺の推しふたりが、熱く見つめ合っている。大変に麗しい光景だ。

「デクラン、魔獣退治が終わった後、砂糖の研究を命ずる」

「かしこまりました！」

あうんの呼吸で話がまとまった。

そうこうしている間に、あとは米を炊くだけ、鍋は煮るだけになったので、俺はアートを連れて厨房を出た。

デクランは、ガレットとともに執務室に直行だ。

そんなデクランを、アートが少し羨《うらや》ましそうに見ていた。

部屋に戻った後は、睡眠薬の用意をアートにしてもらう間に、王様に電話をすることにした。深呼吸してから、通話具を操作する。

「なんの用だ」

真っ先に、不機嫌な声が返ってきた。

「……賢者の石の作り方がわかったので、連絡しました」

「昨日の今日でか？　随分早いな」

「本当は……賢者の石の作り方を知っていたのです」

疑われるなら、そういうことにしておく。手記に書いてあるのは知っていたので、まったくの嘘ではない。

「取引をお願いします。何を取引したいか、決まりました」

「そういうことか。……わかった。いずれ、暇ができたらそっちに行こう」

これだけ言うと、王様が通話を切った。

大変機嫌が悪いようだが、仕方がない。

王様を、そうと自覚はなくとも、小悪魔ぶって翻弄した俺が悪いのだ。

いつ頃王様は来るのだろうか。血を抜くのに時間がかかるから、早めの方がいいんだけどなぁ……。

王様と約束したらほっとして、睡眠薬を飲んでもいないのに眠気が襲ってきた。

二時間ほど寝たところで、ガレットに食堂に呼ばれた。

どうやら、食堂で大昼食会が開かれるらしい。

「では、アートとデクランも同席させてください。作るのを手伝ったのに、料理を食べられないなんて、可哀《かわい》そうですから」

そんなわけで、アートとデクランの席も用意され、海南鶏飯と鍋を食べることになった。

俺は、銅のカップを持ち込んで、冷たいエールで鍋をつつく予定だ。

残念ながら鹿出汁鍋は、鍋ではなく器での提供となったが、それでも懐かしい味を前にテンションがあがった。

「いただきます！」

両手を合わせると同時に、伝令がやってきて、すぐに王様が顔を出した。

……随分早いお出ましなんですけど……。

俺の隣に、急遽《きゅうきょ》王様の席が用意された。その間は料理を前にしてお預けだ。

「どうしておまえは、俺のいない間に旨い物を食おうとするのだ？」

「旨いかどうかは、食べてみないとわかりませんよ」

「ガレットに自慢されなければ、珍味を食べ損ねるところだった……」

ぶつぶつ文句を言いながら、王様が海南鶏飯にフォークを伸ばす。

忙しいって言ってたのに、昼飯をこっちで食べる時間はあるんだ。

そうは思っても、口には出さない。旨い飯を前に、これ以上もめるつもりはない。

お口チャックをしていると、王様が俺をじろりと睨んだ。

「おまえが、俺に話があると言うから、来てやったのだ」

「ありがとうございます」

そうして、久しぶりの米にありついた。

海南鶏飯は、かなりの再現度だった。チリソースの辛味が強く、トウガラシ的な物が黄色であったが、たいした問題ではない。米の飯が進めば、それでいいのだ。

さて、鍋の方はどうだろうか。

「んー。ちょっと、想像と違う……。だけど、こういう料理だと思えば結構いける」

隣の王様を見ると、無言で鍋を食べていた。

「旨いが……汁が多いな」

「これ、最後は炊いた米を入れて煮るか、パン用の小麦粉を塩水で練って細長くしてゆがいた物を入れて煮込んで食べる料理だから、汁が多めなんですよ」

「リゾットかパスタにするのか？」

リゾットとパスタと言語変換される料理はあるらしい。

「パスタの方はうどんっていうんですよ。今度作ってみようかな」

そう言ったら、なぜか王様に睨まれた。解せぬ。

出汁がない、と思っていたから諦めていたが、この出汁さえあれば、うどんやそばも食べられるであろう。すいとんやそばがきという手もある。

そば粉らしき物があるのは知っている。薄く焼いて蜂蜜を塗ったデザートを食べたから。

鍋を肴《さかな》に冷えたエールを飲んで、冷めても美味《おい》しい海南鶏飯に舌鼓を打つ。

「ケイスケ殿、これはなかなかのものだぞ！」

ガレットは、海南鶏飯が気に入ったようだった。早速おかわりをしている。

「甘辛いソースも悪くないですな」

「鹿のスープも、こうして食べると、違う料理のようです」

などと声もあがり、昼食会は、盛況に終わった。

ごちそうさまをする前に、王様がこそっと俺に話しかけてきた。

「ケイスケ、この鶏肉料理の作り方を後で教えてくれ」

「厨房の料理人に聞いてください。ソースは、ほとんどお任せしてしまったので」

料理人はすごい。材料を言っただけで、スイートチリソースを再現してしまえるのだ。

この技術は、俺にはないものだ。

王様は、渋い顔をしてガレットに声をかけた。

ガレットは、なぜか得意そうな顔で料理人の貸し出しを渋っている。

「ケイスケから聞いた砂糖の作り方を秘匿した上、料理も出し惜しみするのか！」

「ケイスケ殿は、金の卵を産む雌鶏ですな。ケイスケ殿を今後もお預かりできるのは、ハイデリーにとって誠に益のあることです」

ああ。俺がガレットに保護者を替えるのは、あのふたりの間では既定事項なんだ。

この様子だと、オーウェンと番にならなくてもよさそうだ。ガレットは、旨い飯のため、喜んで俺を保護してくれるだろう。

いっそのこと、王様が「やっぱり引き取る」って言ってくれればいいのに。

じとっとした目で王様を見ていたら、「客室に行くぞ」と声をかけられた。

どうやら、海南鶏飯の作り方は、教えてもらえなかったらしい。がっかりしている王様の背中を見ながら、アートと並んで廊下を歩く。

昨日と同じように俺たちはイスに座ると、アートがお茶を用意して部屋を出て行った。

「賢者の石の作り方を教える前に、ひとつお願いしたいことがあります」

「なんだ？」

「取引をふたつさせてください。どうしても欲しい物がふたつあります」

「ふたつ……。ケイスケの欲しい物が、ふたつの取引に値するのか？」

「する、と、俺は思っています」

血でいっぱいになり、たぷんたぷんしているポリバケツを想像しながら答えた。

一度に採ったら確実に死ぬ量の血液が、交渉材料にならないはずがない。

「よかろう。まずは、賢者の石の製法を教えろ」

「賢者の石を作るには、俺の血が必要です。素材の石に――呪魔石でも金魔石でもいいんですけど――俺の血をかけると、ああいう赤色になります」

王様が、顔をしかめた。

「随分と、生臭い製法だな。それで、どのくらいの血が必要なんだ？」

「それが、ふたつ目の取引材料です」

あぁ、と王様がつぶやいた。

「少量では、変化しない……ということか」

「シアンは、腕を深く切ってから、血を限界まで採った後、治癒をして回復薬を飲んで、また血を抜いてをくり返していました」

「血の代償、か……。奇跡の石は、奇跡にふさわしい代価を必要とするのか」

「死にそうになるのは、俺だけですけどね」

王様が、また顔をしかめた。

実際問題、痛い思いをするのは、死ぬような目に遭うのは俺だけなのだ。

「わかった。取引成立だ。ふたつの願いは、ともに叶《かな》えよう」

「ありがとうございます」

「それで、ひとつめの願いはなんだ？」

来た。勝負どころだ。羞恥心《しゅうちしん》をかなぐり捨てて、変態になりきるんだ。

俺は、両手をぎゅっと握り締める。

「……王様の、使用済みのチュニックを、洗濯しないで貸してください！」

「はぁ？」

「王様の匂いがないと、夜も眠れないんです。定期的に使用済みチュニックを俺に預けてください。匂いがなくなったら、洗濯して返します!!　チュニックが駄目なら、シャツでも、シーツでもいいです。シーツは、王様がひとり寝で使ったものでお願いします！」

変態で、本当すみません。

どうしようもない願いだが、俺にとっては死活問題なのだ。

全身を固くして返答を待つうちに、呆《あき》れたようなため息が聞こえた。

「おまえは……それでいいのか？」

「それで充分です。王様に、一番迷惑をかけない方法を考えました！」

「シャツならば問題なかろう。さすがにチュニックはな……」

やっぱり、下着の匂いを変態に嗅がれるのは嫌なのか。

洗って返却するとはいえ、さんざん俺が愛《め》でた下着をまた使うというのは、たとえ王様も変態でも、方向性が違うんだからハードルが高いのだろう。

「ありがとうございます‼」

「おまえは欲がない。もっと他に、頼むことがあるんじゃないか？」

いえいえ、変態の相手をしてもらえるだけで充分です。

「ふたつめの願いはなんだ？」

「これは、血の量と関《かか》わりがあります。結界に使う大きさの石を染めるには、バケツ一杯分の血が必要なのだそうです」

王様が息を呑むのがわかった。

やっぱり、この量は、この世界でも非常識な量だったようだ。

そして、この世界には〝バケツ一杯〟という単位があることを知った。

「そんなことをしたら、おまえは死ぬぞ？」

「シアンは、結界用の石を十個作ったんです。うまくやれば、死なずに作れるはず。……それで、俺の腕に傷をつけるのも、血を採るのも、治癒して回復薬を飲ませるのも、全部、王様にやってもらいたいんです。これが、ふたつめの願いです」

再び王様が息を呑んだ。考えているのか、うつむいて額に手をやった。

俺は、王様の返事を待った。即答できない気持ちはわかる。俺がやれと言われたら「無理です」とその場で断ると思う。

「おまえは……よりによって、俺にそれをさせるのか？」

「賢者の石の製法を知る人は、少ないに越したことはないですから。王様がやるのが、一番いいと思います」

そうして、俺は顔をあげた。

「王様に、お願いしたいんです。結界用の石は、絶対、作らなきゃいけないんですよね？もしかして、俺を死なせずに血を採る自信がないんですか？　ファルザームは、その辺、かなりうまくやってましたよ」

「ファルザーム？　それは何者だ？」

「東方出身の凄腕《すごうで》の魔術師ですよ。結界の魔法陣を作り、ルオーク王をイスファーン王に紹介して、デュナン国を建国させた立役者です」

「初代内務大臣、ファルザームのことか」

王様がため息をつくと、額から手を離して顔をあげた。

「願いは、それでいいんだな」

「ちゃんと一晩考えました。それで問題ありません。今まで、さんざん王様に迷惑をかけていたので、その分も入ってます」

「ふたつめの願いが、おまえにかけられた迷惑の中でも、最大のものだが」

そんなに嫌なのか。それは予想外だった。

「わかりました。じゃあ、やめましょう。血抜きは、別の人に頼んでください」

願いを取りさげると、王様が「はぁ？」と言った。

「もちろん、違うお願いをするような真似はしませんよ。これ以上、王様を困らせたくないですから」

「おまえの願いは、それほど軽いものだったのか？」

「引き際はわきまえているつもりです」

「……おまえが、俺に番にして正妃にしろと言ってくるのではないかと思っていた」

この人、突然、何を言い出すんだ？

番？　正妃？　妾になるのさえ嫌がった俺が、そんなこと望むわけないじゃないか。

「そんなこと言いませんよ。……でも、もし、もうひとつ願いを聞いてくれるというなら、ひとつお願いがあります」

「なんだ？」

「今すぐ、シャツかマントを貸してください。あと、使用済みのシャツはなるべく早く送ってください」

舌打ちして、王様が立ちあがった。すぐにマントを脱いで、俺に投げつける。

王様の匂いが鼻腔《びこう》を満たし、俺はうっとりとマントを抱き締めた。

そうして、俺はお返しにと、立ちあがって自分のマントを脱ぐ。

「これを替わりにどうぞ。マントなしでは寒いでしょう？　マントは、シャツが届いたらすぐにお返しします」

「マントくらい、くれてやる」

やっぱりマントなしでは寒いのか、王様が俺のマントを受け取った。

王様のマントは、白くて軽くて柔らかい。おまけに手触りもいい。ウサギ魔獣とは違う毛皮だ。毛足が長く、もふもふしている。

「……血抜きは、いつからはじめるんだ？」

「それは、王様の都合によります。シアンは、三日くらいかけてましたね」

「わかった。日程は後から知らせる」

「今日からでも構いませんよ。十日くらいかけた方が、体に負担もないでしょうし」

「それでは、俺の都合がつかない」

驚いた。王様は血抜きをするつもりなのか。

「……王様が血を抜くなら、マントはお返しした方がいいですか？」

「くれてやると言っただろう！」

王様が俺を怒鳴りつける。

どうして、俺が怒鳴られるのか。まったくもって、解せない。

手持ち無沙汰《ぶさた》になったので、もらったマントをきちんと身に着ける。

こうしていると、王様の匂いに包まれて、まるで抱き締められているみたいだ。

嬉しくてほほ笑むと、王様が俺に手を伸ばした。そうして、俺を抱き締める。

あぁ、嬉しいなぁ。久しぶりの王様だ。

「血を抜かれるのが、楽しみです」

「妙なことを言うな」

「だって、その間は王様をひとりじめできるんですよ。最高に幸せです」

「そんなことを言うくらいなら、なぜ番になることを望まない？」

「王様の好きと俺の好きは、種類が違うんですよ。俺はただ、一緒にいたいだけです。それ以上のことは、何も望みません」

むしろ、ノーサンキューだ。

少し古いが「お断りします」の、アスキーアートを思い出して吹き出しそうになる。

笑いを堪《こら》えていたら、肩が震えた。

王様が少し体を離すと、俺に顎《あご》クイして顔を近づけてくる。

三日ぶりの口づけに、胸が震えた。

そうして、あっという間に触れるだけの口づけが終わってしまう。

「……これは、臣下に対する行為ではないですね」

「また、そういう減らず口を……」

王様がため息をついて苦笑をし、そして体が離れてゆく。

どうやら俺は、またやらかしたようだ。

最後に、王様が俺の頬《ほお》をひと撫でし、くるりと背を向ける。俺は、もふもふのマントに顔を埋めて王様を見送った。

キスした唇が、やけに熱く火照《ほて》っていた。


翌日、早速王様から、使用済みのシャツが三枚、転移陣で送られてきた。

仕事が早くて、大変結構なことだ。

その後、厨房に呼ばれて、いろんな野菜や肉を、少しずつたくさんの種類を食べさせられる。調味料もいろいろ舐《な》めさせてもらった。穀類も、いろいろ見せられた。

なぜかガレットが厨房の入り口にいて、俺を監視していた。

「……そんなに見られても、そうそうレシピは出ませんよ」

と、言いつつジャガイモと自動翻訳されるイモがあったので、ポテチを作ってもらった。

薄くスライスしたイモを油で揚げて塩をふるだけなので、造作もない。

ただし、ここでは油は高級品だそうで、気軽に楽しむにはハードルが高い料理だ。

ワクワク顔のガレットがポテトチップを一枚食べて、しょっぱい表情になる。

「これは、こどものおやつだな」

「元々、こどものおやつですから。でも、エールのつまみにもなりますよ」

そう教えると、がぜん喜色を浮かべたので、現金なものだ。

さて。ジャガイモらしきイモが発見されたので、俺が次に作るのは、片栗粉だ。

ジャガイモをすったら料理用の目の粗いリネンに入れて、水の中で揉《も》む。

しばらく置いて、でんぷん質が沈殿した白いところを残して水を捨て、また綺麗な水を入れて沈殿させる、を三回くり返す。

最後に残った粉を皿に広げて乾燥させればできあがりである。

半日仕事になったので、次の日になってから、アートと片栗粉持参で厨房に行った。

厨房では、鹿出汁鍋の改良版を作っていたので、できあがった鍋の汁をコップ二杯分取り分けてもらう。

「小麦粉のどろっとした衣をつけて油で揚げる料理はある？」

「フリッターですね。具はチーズや魚です」

フリッターと自動翻訳される料理はあった。

「じゃあ、白身魚と叩《たた》いて柔らかくした鶏の胸肉に軽く塩コショウして作ってほしい。ソースをかけるから味は薄目で。あと、この世界のチーズのフリッターが食べたい」

俺の依頼を料理人が快諾した。

最初にチーズのフリッターを作ってもらって、冷えたエールとともに、うまうまといただく。もちろん、アートも一緒である。

「ケイスケ様がお好きな料理は、いつもエールに合うものですね」

チーズのフリッターを頬ばりながら、アートが痛いところを突いてくる。

白身魚と叩いて柔らかくした鶏の胸肉――といいつつ、今日も鶏じゃなくてコカトリスだ――を揚げはじめたら、俺は鍋の汁を少量とって片栗粉を溶かし、その後、味を調えた残りの汁に入れて温め、餡《あん》を作る。

さっくりあがったフリッターに餡をかければ、和食っぽい料理となった。

いざ試食という頃合いになって、ガレットと今日はオーウェンもやってきた。

鹿のスープが郷土料理だけあって、餡に対する抵抗がなく、みんな、旨いと言って食べてくれた。

「俺は、もう少し餡に深みが欲しいんだけど、そういう調味料ってあるかな？」

「衣をもう少し薄く揚げた方がよかったですね。衣の生地から見直してみます」

「ケイスケ殿、私は、ザリガニでも美味しいと思います」

「うーむ。コカトリスを討伐したくなってきたぞ！」

試食分は、あっという間になくなった。

鶏胸肉が余っていたのでミンチにしてもらい、ネギとニンジンのみじん切りと卵黄、つなぎに片栗粉を入れて塩コショウをしたものをフライパンで焼いてもらう。

これにもさっき作った餡をかけてもらう。

試食第二弾だ。こっちは、日本酒が恋しくなる味だった。

ガレットがおかわりを所望したが、「もう、片栗粉がないです」と言うと、しょんぼりしていた。料理人もがっかりしていたので、また明日、片栗粉を作ると約束した。

翌日、料理人に呼ばれて厨房に行くと、木箱でジャガイモが用意されていた。

「ジャガイモの皮むきとすりおろしを手伝ってくれる人が必要です」

助っ人を募集すると、わざわざ執務室からガレットがやってきた。

「仕事はいいんですか？」

「金魔石のおかげで、討伐が早く終わるようになり、負傷者が減った。治癒が必要な者もほとんど癒《い》えた。問題ない。他の面倒なことは、すべて息子に任せておる」

面倒ってのは、王宮との連絡や物資の移動などの調整かな……。時間があるから、昨日は親子で厨房まで来たわけだ。

すりおろし器の魔術具はあったのだが、皮むきは手作業だった。

厨房からいつもの食堂に移動して、総勢十人でイモの皮むきをする。

メンバーは、俺とアート、ガレット、料理人がひとりと厩舎係《きゅうしゃ》がひとり、文官からデクランら三人、治療中だがイモの皮むきはできる騎士のふたりだった。

みな、普段からナイフを使い慣れているので、作業はスムーズだ。

がやがやとイモの皮むきをしていると、伝令が来て、王様の到着を知らせた。

「おまえは……今度は何をしているのだ？」

集団でイモの皮むきをする俺に、王様が呆れ顔をした。

「片栗粉を作ってます。トロっとしたソースやミンチのつなぎにできますし、揚げ物の衣にすると小麦粉よりカラっと揚がりますよ」

「パン粉や煮こごりとは違うのか？」

「違いますねぇ……。あっさりした料理に向いています」

「昨日、片栗粉の料理を二品食べたが、どちらも大変美味であった！」

ここぞとばかりにガレットが得意げな顔をする。

「ガレット、そんな報告を受けた覚えはないが？」

「年なので、忘れてしまいましたなぁ。申し訳ない」

悪びれない様子で謝るガレットを、王様が睨みつけた。ガレットはどこ吹く風で受け流し、慣れた手つきでイモの皮むきを続ける。

王様は皮むきに参加せず、酒杯を運ばせて不機嫌そうにこちらを見ている。

「ガレット、三番結界の基礎工事はどうなっている？」

「極めて順調ですな。当初の予定通り、あと二日で終わるかと」

「二日か……。わかった。では、こちらの作業が先だ。ケイスケ、客室に行くぞ」

「陛下、まだ片栗粉作りが終わってませんぞ」

ガレットが渋面で王様に抗議する。

「ガレット様、アートが片栗粉の作り方を知っています。アート、後は任せた。わからないことがあったら、通話具で連絡してくれ」

文官志望のアートは、片栗粉作りにも熱心だった。元々、小学生が理科の実験でするものなのだ。アートに任せて問題ない。

客室へ到着すると、すでに大きな櫃《ひつ》がひとつ運ばれていた。それ以外にも、懐かしい顔が俺を出迎えた。

「レッド！　久しぶりだな」

「ケイスケ殿もお元気そうでなによりです」

王様の前だからか、レッドがかしこまった口調で答えた。

「これから、血を抜く。ケイスケは寝間着に着替えろ」

レッドが櫃から王様の寝間着を出して、王様も着替えはじめる。

イモの皮むきで汚れた手を洗ってから寝間着に着替えると、その頃には王様もレッドの手により寝間着に着替え終えていた。

「昼間っから、男ふたりが寝間着に着替えて何をするんですか？」

「血を抜くと言っただろう。さっさとベッドにあがれ」

言われた通りにベッドにあがると、レッドがやってきた。寝台の脇《わき》に、蓋つきの陶器の器が置かれた。

蓋と本体の間に穴が開いていて、そこから柔らかそうな幅広の長い紐《ひも》が伸びている。紐の先端には、金属製の太い針のような物がついていた。

「なんですか、これ？」

「おまえの血を、安全に抜き取るための魔術具だ。レッドと俺で作った」

金属の太い針は、先端が斜めになって中央に穴が開いていて、そこから血を抜く。針は風魔術で液体を弱い力で吸いあげるようになっている。

針から穴を通って流れた血が紐――豚の腸を綺麗に洗ったものだという――を伝って陶製の器に流れ落ちる、という仕組みだそうだ。

「なるべく、ケイスケの体に負担を与えないよう考えた結果だ。一度、豚で実験して問題ないことは確認している」

「いろいろと考えてくださってありがとうございます。……で、俺が寝間着になるのはわかりますが、どうして王様も着替えたんですか？」

「おまえが、俺に、血を抜く間はそばにいろと言ったからだ。忘れたのか？」

王様が水で濡らした布で俺の左腕を拭き、血管を探して、見ているこっちが緊張しそうな顔で針を皮膚に当てた。

「……見てるだけで、俺まで不安になる顔をしてますね」

「俺だってこんなこと初めてなんだ。いいから黙っていろ。気が散る！」

「だったら、他の人に任せればいいじゃないですか」

「おまえが、俺に、やれと言ったんだ」

……それは、ナイフか剣で傷をつけるからと思ったからで………。

「あいたっ！」

左腕に痛みが走る。白っぽかった豚の腸の色が桃色に変わり、膨らみはじめる。

「成功だ。腕を動かすなよ」

レッドが王様に包帯を渡した。王様が針を俺の腕に押さえつけ、その上から包帯で巻いて固定する。

「これでいい。そのままゆっくり横になれ」

たくさん積みあげたクッションを背もたれにして、言われるままに横たわる。

その間に、レッドがテーブルを移動させ、水差しや回復薬を並べはじめていた。

俺の体に布団を被せると、王様が中に入ってきた。

「レッド、果汁のしぼり汁や牛乳も用意させろ。水分も飲ませないと、いくら回復薬を飲んでも体が持たない」

「食事は、レバーがいいです………」

血を抜かれてる、と思うと気が弱くなるのはなぜなのか。

豚の腸を流れる血を見ていると、股間《こかん》がひゅっと縮みあがるのだ。

「鶏レバーのペーストをそば粉のガレットで巻いてください。レバーは、ちゃんと牛乳で臭みを抜いてからでお願いします。ちなみに、これでエールを飲むと旨いです」

本当は、薄くスライスしたフランスパンかクラッカーで食べたいところだ。

しかし、ここのパンは厚くて硬い。スープに浸さないと病人食にならないのだ。

そば粉のガレットなら、柔らかくて食べやすいだろう。

「……ワインにも合いそうだな」

「合うんじゃないですかね。カッテージチーズもいいな。……どうせなら、そば粉のガレットだけ大量に焼いてペーストやチーズは別盛りで。つけ合わせにナッツを砕いたものと蜂蜜もお願いします」

依頼した物が、次々と寝室に運ばれる。

ガレットにレバーペーストを厚めに塗って、クレープのように畳んで食べていると、王様とレッドも真似をしはじめた。

「旨い。片手で食べられるのは、こういう時には便利でいい」

「確かに美味です。カッテージチーズに蜂蜜とナッツの組み合わせもいいですね」

おかしい。悲痛に満ちた血液採取のはずが、どんどんただの小宴会と化している。

リンゴのしぼり汁――こっちのリンゴは、硬くて小さくて酸っぱい――に、蜂蜜と香辛料を混ぜた物を飲みながら「どうしてこうなった」とつぶやく。

「……ケイスケ、顔色が悪い。回復薬を飲め」

王様が回復薬の瓶を開けて差し出した。言われるままに回復薬を飲み終えると、今度は治癒魔術をほどこされた。

柔らかな白い光に包まれると、体がほんのり温かくなった。

いつの間にか、体が冷えていたようで、さらなる温《ぬく》もりを求めて王様にすり寄る。

「俺がここにいてよかっただろう？」

得意げな声がして、そっと肩を抱き寄せられた。

目を閉じて、肉厚の胸板に頭を預けると、王様の匂いに包まれる。

愛する人の匂いのする物で巣を作り、丸まって眠るオメガを、アートは小鳥のようだと言った。まさに、今の俺はそういう感じだ。

いったんヒートとなれば、自分以外の人間が捕食者に変わってしまう。オメガの性というのは、無意識レベルで緊張の連続に違いなかった。

アルファ――番――の匂いに包まれて、ようやく安心できるのがオメガなのだろう。

レッドは定期的に器の蓋を開けて、採血量を確認していた。

「予想より、血が溜《た》まるのが早いです」

「ならば、注意が必要だな。ケイスケ、水分を採り続けろ」

「もう、胃がたぷたぷですよ。……どうせなら、スポーツドリンクを作ればよかった」

「運動飲み物……？　なんだそれは」

「水に砂糖や塩を混ぜたものです。体液と濃度が同じなので、吸収率がいいんですよ。

……いっそ、作った方が早いかも。果実のシロップ漬けを瓶ごとと塩、あと水と容器とかき混ぜる物をください。あればレモンも」

ほどなくして頼んだ物が運ばれて――レモンはなかったが――、即席でスポーツドリンクを作る。夏場、スポーツドリンクを買い忘れた時、自作した経験が役に立った。

試飲した王様が「もう少し味がある方が好みだ」と言った。

「これくらいの味が、水分補給に効果的なんです」

もう少し甘くしたら、ただの塩を入れたジュースだ。……そんなライチのドリンクがあったが、あれは旨かった。懐かしい。もう一度飲みたい。

「夏場に兵士に飲ませてみてください。脱水症状で倒れる者が減ります」

チビチビと即席スポーツドリンクを飲みながら言うと、王様がレッドに「これを分析しておけ」と言った。

なんでも試す精神は素晴らしい。賞賛に値する。

王様とかガレットとか、トップに近いほど好奇心旺盛《おうせい》だよなあ。

水分補給を終えて、うとうとしながら、王様の巨乳に頭を預ける。布越しにもわかる、張りのある肉は安心感の塊だった。

王様が無言で治癒魔術をかけてくれて、体が回復してゆく。

……幸せだなぁ……。

どうせなら、と右手を伸ばし、腕を絡めて王様の左手を握った。すると、王様が手を握り返してきた。

なぜか口寂しく感じたが、巨乳に顔を埋めて紛らわす。

王様の匂いを嗅いで、ふかふかのベッドに入っているのに、どうして口寂しさを——物足りなさを——覚えるのか。

「……おまえが、俺に求めているのは、父親としての役割なのかもしれないな」

なぜか突然、王様がそんなことを言い出した。

「俺の父親は、王様とは似ても似つかない人間でしたが」

母が亡くなった後、父は俺の面倒を見るために、残業が当たり前の営業から、定時で帰宅できる部門へ配置転換を願ったそうだ。

俺がそれを聞いたのは、父の葬式の時だ。

今ほど法制度や社会の受け入れ体制が整ってなかった頃で、給料がかなり減らされたし、出世も見込めなくなったらしい。

不器用で、料理も掃除も酷いものだったが、休日には、丁寧に家事を教えてくれた。ネットショップをふたりで見ながら、クリスマスや誕生日のプレゼントをきゃあきゃあ言いながら選んだのは、楽しい思い出だ。

中年太りでぱっとしなかったけど、大好きだった。

反抗期には迷惑かけたのに、ちゃんと謝る前にあっという間に癌《がん》で亡くなってしまった。

短い闘病生活で、俺は、何か返せただろうか。

「……八歳の時に母親が亡くなって、片親で俺の面倒を見てくれました。足りないところもあったけど、いい父親だったと思います。十年前に、亡くなりましたけどね」

「……だから、生きている父親が、いい父親というわけだな」

「死んだら会えなくなっちゃいますからね。死なないでほしいと思える父親だったってだけで、俺は、恵まれていたと思います。……そのおかげで、この世界に来て料理を自作できるわけですしね。父親が俺の料理に一切文句を言わない人だったので、調子に乗って、こどもの頃はやばい料理を連発していました」

アートくらいの年齢の時だ。水餃子《すいぎょうざ》を作ったら、鍋の中で餃子が破裂してしまった。真っ青になっていると、父は鍋にチキンスープの素と刻んだ白菜を入れて「こうすれば、立派なおかずになるぞ」とフォローしてくれたっけ。

実際、あれは結構旨かったので、その後は我が家の定番となった。

無性に餃子が食べたくなってきた。自作できるが、ごま油と、なにより醤油《しょうゆ》がない。

あまりの醤油恋しさに泣きたくなってしまった。

「ケイスケ、そのような顔をするな」

だって、醤油！　醤油がないんですよ‼

味噌《みそ》、醤油。みりんに日本酒、塩こうじ。俺の愛した発酵食品に思いが募る。

醤油とニンニクで下味をつけた唐揚げが食べたい。隠し味に味噌と卵黄を入れた和風ボロネーゼが食べたい。西京漬けか塩こうじ漬けの焼鮭《やきざけ》が食べたい。

「それほどまでに、父が恋しいか？」

「いいえ……」

俺は王様の胸に顔を埋めて頭を振った。

実際、十年も経てば父親のことは、「いい思い出」で消化できている。母親の保険金や損害賠償も含め、遺産もがっつり残してくれたし、ひたすら、感謝、感謝である。

むしろ、やばいのは母親恋しさの方だ。八歳という年齢だったせいか、こっちの方が若干の恨み節とともに、重度のコンプレックスの自覚がある。

幼馴染にも「わたしは死んだお母さんの代わりにはなれないんだからね」と言われていたことを、今、思い出した。

うわ。たぶん、俺、かなりやらかしていたな。

「過去は変えられません。今やこれからをどう生きるのかが大事なんだと思います」

そうだ。やらかした過去は忘れよう。自分に強く言い聞かせる。

「ケイスケ……」

優しい声で呼ばれたかと思うと、王様が右手で俺の頭を撫でる。

もしかしたら、今、この瞬間もやらかしているかもしれない。

そんな気がしつつ、弱気の俺は、王様の厚意に甘えることにした。

全力で王様の匂いを嗅ぐと、それだけで心が安らぐ。ついでに、推しそっくりの顔を見て、尊い……と心の中で拝んだ。

うん。元気が出てきた。楽しいというのは重要だ。

楽しくなければ、生きてる甲斐《かい》がないからな！

「水分を補給します」

起きあがろうとすると、王様がさっと手を背中に回して起こしてくれた。

なんだこれ。まるで、そう、騎士がお姫様をエスコートするみたいな？

「こぼさないように注意しなさい。あぁ、吸い飲みを使った方がよかったか」

違った。これはあれだ。小さい子に注意する親の態度だ。コップで飲めない幼児に、ストローつきのマグカップを用意するのと同じ枠だ。

「そんなことしなくても大丈夫ですよ」

「だが、今は体に力が入らなくなっているはずだ。俺が支えてやろう」

確かに、中味の入った銅のカップが重くて手が震える。

王様が俺のカップにそっと手を添えて、スポーツドリンクを飲むのを手伝ってくれた。

あぁ……さっきの会話。あれで、王様の父親モードにスイッチが入ったな。

それからの王様は、添い寝というより寝かしつけのような態度であった。

柔らかな声で、デュナン王国の建国の歴史を語りはじめた。

シアンはその中で、結界を張り終えた後、力尽きて病に倒れ、建国後ほどなくして死んだことになっていた。

「ルオーク王は、その後、どうしたんですか？」

「今のメイヨー領の部族連合の首長の妹を娶《めと》り、デュナン王国の発足を正式に宣言した直後であったせいか、特に記録はない」

あぁ……そういうことなら、シアンは殺された可能性が高いな。

後で、手記を読んでみないと。残りは少しなんだけど、なかなか終わらない。

「ファルザームは、どうなったんですか？」

「ルオーク王の信任は厚かったが、他の家臣には嫌われていた。リメリックやレアリーをデュナンに編入する際に、かなりえげつない裏工作をしたそうだ。ルオーク王の死後は内務大臣を罷免され、その後は、魔術研究に没頭した。異世界人召喚の大魔術も原型はファルザームの残したものだ」

「金魔石や賢者の石の資料は、ファルザームが処分したのかも……」

そう言うと、王様が、つい、と眉をあげた。

「異世界人の召喚に成功しても、製法を知らなければ、金魔石も賢者の石も作れません。ルオークやアレン亡き後、資料を破棄すれば、製法を知っているのはファルザームだけとなります」

「資料を破棄しても、当時は金魔石や賢者の石が、王宮に潤沢にあったはずだ」

「うーん……。理由としては弱いですね。やっぱりなしで」

粘着質っぽかったし、ルオークの悪だくみにつきあえる人材だったから、それくらいのことはやらかしそうだけど。

「そういえば、懲免の理由に、禁断の魔術に手を出した……というものもあったな。正史では、アレンの娘で正妃となったグラニアとの政争に負けたことになっている」

おや。こんなところでアレンの名を聞くことになるとは。

「アレンにこどもがいたとは驚きました」

「養子も含めて、十人こどもがいたが、成人したのは八人。長男が初代副王のアオドで、長女が正妃のグラニアだ。他の男子はハイデリー領の貴族となったし、女子は他領の領主や貴族に嫁いだ。現在の領主には直系傍系含め、ほぼ全員にアレンの血が流れている」

強面《こわもて》でもいい人だったから、アレンの子孫が興隆するのは、誠にいいお話だ。いい人の子孫が栄えたら、次は悪い人の子孫の没落話を期待したいものである。

「では、ファルザームの子孫はどうなりました？」

「ニールという息子がひとりいたが、父親が懲免されて以降はぱっとしなかった。その息子がオニール家を興し、以後は王都を中心に婚姻をくり返していった。軍務大臣のセオバルトをはじめ、今の高官にはファルザームの子孫が多い」

「そうですか……」

あのセオバルトがファルザームの子孫とは。シアンの日記のファルザームもオメガを馬鹿にしてたし、二百年経っても先祖と同じ考えを受け継いでるってことか。

家風ってやつだろうけど、なんかヤダ。怖い。

そんなことを考えていると、レッドが「終わりました」と王様に言った。

「無事に終わってよかった。……さあ、ケイスケ、左腕を出しなさい」

王様の口調が、すっかりお父さんになっている。

言われるままに左腕を出すと、包帯を外され、針が抜かれた。

すぐさま治癒魔術をかけられ、みるみるうちに傷がふさがった。

「これでいい。明日は右腕から血を抜く。そうすれば、腕への負担が軽くなるからな。今晩は、アート以外は寝室に入れないように。結界を張ったままにしておくから問題はないと思うが、ケイスケも心得ておきなさい」

思わず、「はい、お父さん」と答えそうになったが、さすがに思いとどまった。

王様がベッドから下りて着替えはじめる。

「……泊まらないのですか？」

「言っただろう。寝るのは王宮だ。回復薬を残しておくから、明日の午後、俺が来るまでに二時間おきに全部飲み切っておくように。治癒魔術具を用意したから、寝る前と朝に忘れないよう使いなさい」

レッドが新しい治癒魔術具を差し出す。魔石は金の塊だった。

「これは最上級の金魔石だ。金粉の部分が多いほど、強い力があるとされている」

改めてよく見ると、わずかに透明の部分と虹が見えた。金粉がみっちり詰まっているので、金の塊のように見えてしまったのだ。

「……だから虹魔石じゃなくて、金魔石なんですね」

「実は俺も、これほど上質の金魔石を見るのは初めてだ」

貴重な物を見られたと、王様が少年のような笑顔を浮かべた。

「アートには、血を抜いたことは伏せておく。代わりに、病気ではないが体力を消耗しているため、安静にさせるよう伝えておく。うまく話を合わせておくように」

最後にそう言い置くと、王様が陶器の器を入れた木箱を抱えたレッドとともに出て行った。王様が使っていた寝間着は俺のために残されている。

やがてアートが恐る恐るといった顔で寝室にやってきた。

「お食事をご用意いたしましたが、食べられそうですか？」

アートがワゴンで運んできたのは、平打ちのパスタが入った鹿出汁鍋だった。療養食にちょうどいい。

「お食事が終わりましたら、回復薬を飲み、治療魔術具を使ってください。また、湯浴みは控えるようにと言われております」

あれだけ注意しておいて、アートにも言づけていたのか。

俺って、王様の信用ゼロなんだな。

鹿出汁鍋に入っていたレバーの団子に多少臭みがあったが、鉄分補給のために食べる。

食べすぎて気持ち悪くなったので、回復薬を飲んで横になり、治癒魔術具を握った。

どくどくと耳元で、心臓の脈打つ音が大きく聞こえた。

心音がうるさくて眠れない。仰向けになると、少しましになる。

その途端、ふっと意識が途切れて、俺は深い眠りについていた。


翌日、早朝。目覚めると体調は、絶不調だった。

ノルマとして渡された回復薬はまだ三本残っている。

アートに吸い飲みに回復薬を入れてもらって飲んだ後、治癒魔術具を握る。

ちびちびとスポーツドリンクを舐めるように飲み、回復薬と魔術具のミラクルにより、なんとか起きあがって朝食となった。

食事は、ヤギの乳にコカトリスの卵黄、蜂蜜、香辛料を入れて混ぜたものだ。

心の中で、魔獣ミルクセーキと命名する。

ガレットは、卵管に入っている卵――滋養強壮効果が高いそうだ――を、俺に飲ませようと、わざわざ昨日、雌のコカトリスを探して退治したのだそうだ。

「賢者の石づくりは非常に消耗すると聞いて、ガレット様が大変心配されていました」

「そうか……。後でちゃんとお礼を言わないとなぁ」

その日は、二時間おきに回復薬を飲み、そして治癒魔術具を握るうちに過ぎていった。

午後になると王様と木箱を抱えたレッドがやってきた。採血の時間だ。

「かなり順調ですね。もうほとんど採血が終わっています」

最後に、レッドからそう報告があった。

明日、二時間ほど採血すれば、すべて終わるだろうと言われて、心底ほっとした。

いい加減、部屋に閉じこもりきりにも飽きてきた。

それに体の中心が重くて怠《だる》い。昨日より今日、倦怠感《けんたいかん》が増している。

「きちんと回復薬を飲み、治癒魔術具を使うよう。明日は左腕から採血する」

と、またしても王様は俺を注意した後、レッドとともに寝室を出て行った。

そして翌日。採血の最終日となった。

回復薬と治癒魔術具を使ってもなお、起きあがるのもままならないほど、体力が低下していた。おまけに、胃が重く食欲がまったくない。

血を限界を超えて抜くって、まじで辛い。意識がぼんやりして、すぐに眠くなる。

全身の細胞を削って血に変えているような気がした。回復薬と治癒魔術のミラクルがなければ、死んでもおかしくない。現代日本じゃ、絶対、死んでた。

その状態で二時間おきに回復薬を飲むうちに、正午となった。

王様に失礼がないよう、寝間着を着替えるのだが、それだけのことで疲れきってしまう。腕が重い。まぶたも重い。目を開けていることさえ辛いって、どういうことだ?

健康って、本当に大事なんだな……。

昨日分の王様の使用済み寝間着で顔を含めた上半身を覆い、せめてもの安らぎを得ていると、扉が開いて王様と木箱を抱えたレッドがやってきた。

「具合は……いったい、何をしてるんだ?」

王様の呆れ声が聞こえた。

寝間着を握る握力もないのでこうしている、と、答えることさえ億劫《おっくう》だった。

採血のため俺の手首を掴んだ王様が「なんだ、この冷たさは」と言った。

襟元や太腿《ふともも》、そして下腹を、熱い手が順に触れてゆく。

「低体温だ……。このままだと体が生きながら腐っていくぞ」

あぁ、血が足りないってことは、臓器にも血が回らないってことか。そりゃあ内臓も腐る。末端にも血が行かないし、凍傷で指が腐り落ちるまで、どれくらいかかるっけ？

一日もあれば、充分だろうな。

あぁ、大変だ。と、どこか他人事《ひとごと》のように考えた。

「レッド、回復薬の見直しだ。暖房用の魔術具を用意させろ。とにかく体を温めなければ、ケイスケが死んでしまう」

王様の声が必死だった。

まぶたの裏に白い光が浮かび、次の瞬間、温かな何かが全身に流れ込んできた。

ほんの少しだけ、深く呼吸ができるようになったと思ったら、布団がはがされ、ひやっとする空気にまとわりつかれた。

再び布団が被せられ、しばらくすると熱いものが俺に触れた。王様の肌が、ぴったりと俺の肌に重なっている。

互いに全裸となり体を重ねると、触れ合う箇所から熱が伝わって、俺は安堵《あんど》の息を吐く。

王様は、俺の後頭部を抱え込み、絶え間なく小声で呪文を唱えている。

まぶたの裏はずっと白い光に染まったままで、王様が治癒魔術をかけ続けているのだとわかった。

「そのようなことをしては、陛下の身が持ちません」

「俺の判断が甘かったのだ。ケイスケから、ひと時でも目を離すべきではなかった」

「では、せめて回復薬を……」

「今は不要だ。必要な時は、自分で飲む。それより暖房はどうなった？」

王様の言葉が終わる前に、慎《つつ》ましやかにノックの音が響く。

人の動く気配がして、頬に触れる空気が温かくなった。そして、口を開けられ、丸薬と白湯《さゆ》を入れられた。

子守歌のように王様の呪文を唱える声が続いて睡魔に襲われる。

王様は、匂いも声も心地よい。肌から伝わる温もりが、なんと安心できることか。

夕方には、ゆっくりと体の内側から熱が生じて、ゆるゆると手足に行き渡る。俺の顔色がましになって、王様がため息をついた。

「……採血だ。辛いだろうが、辛抱してくれ」

「大丈夫です」

死にかけたとはいえ、痛みがないのは幸いだった。

とにかく怠くて眠い以外に不便はない。むしろ、俺を治癒し続けた王様の方が大変だったのではないか。

　重いまぶたをこじ開けて、採血の作業をする王様を見る。

「王様も、休んだ方がいいですね。酷い顔です」

「おまえにだけは、言われたくない。だが、食事を摂《と》らせてもらおうか」

　するりと王様が俺の額をひと撫でして、ベッドから出て行った。

　王様と入れ替わりに温石《おんじゃく》が入れられるが、熱源として物足りない。

　温かくても、安心感が違うのだ。口寂しさが全身に回ったかのように落ち着かない。

　……参ったな。匂いだけじゃなくて、王様の温もりまでなくてはならないなんて。

　いや、さすがにそれは今だけだ。弱ってるからそうなっているだけで……。

　全裸での食事は寒いのか、王様は寝間着を着てマントを羽織っている。早く食事を終わらせて戻ってきてほしい。目を閉じて、浅い呼吸をくり返すうちに、王様がベッドに戻ってきた。俺の右隣に座った王様は、寝間着を着たままだ。

「もう裸じゃないんですね」

「おまえの体も充分温まったからな」

　王様が俺の首や太腿、そして下腹に手を当てた。下腹を探るように撫でる。

「それに、俺は構わないが、おまえは嫌だろう？」

「どうして俺が嫌だと思うんですか？」

「ヒートの時を、思い出す。違うか？」

「王様と裸で抱き合うのは……嫌じゃない……」

「……おまえは、本当にわからない」

眉を寄せて、王様がするりと頬を撫でる。そのまま、王様の指が俺の唇を撫でた。

「裸で抱き合うのが嫌じゃなくて、どうして性交を拒絶するんだ？」

「性交も……本当は、そんなに嫌じゃない……」

「ますますわからなくなってきた。では、なぜ、俺を拒絶した？　金魔石の製法と引き換えに、俺と二度としたくないと言ったんだ？」

王様の緑の目が俺の瞳《ひとみ》を捕らえた。

「だって……やったら、その先があるし……」

「その先？」

「堕《お》ろすとか……」

そう言ったら、王様が眉尻《まゆじり》をつりあげた。

「おまえは馬鹿か！　おまえが孕《はら》んでいたら俺の子として認知すると言っただろうが」

「だって、シアンはこどもを堕ろされたから。俺もオメガだし、そうなるかもって……」

「シアンが、こどもを堕ろされた？　誰との子だ」

「ルオークとのこどもです。……離宮のお墓がその子のお墓です」

もごもごと答えると、すっと王様から怒気が消えた。

吸い飲みをレッドに渡すと、王様が大きなため息をついた。

「おまえは、夢でシアンの記憶を見たと言っていたな……。シアンの感情に引っ張られて、自分もそうなると、思い込んだのか」

それは、俺の真っ赤な嘘だが、ここで下手なことを言ったらややこしいことになりそうなので黙っていた。

「シアンがオメガなら、ルオーク様とそういう関係でもおかしくはないか……」

ぶつぶつと王様がひとりごとを言っている。

とりあえず、王様とセックスして、孕んでも堕胎の危機はないらしい。

その後は、治癒魔術の柔らかな光に包まれて、深い安堵を覚えた。

安心する……っていうのは、こういう感じなんだ。

自分の体が金色の光に満たされて、蕩《とろ》けてゆくような気がした。

レッドが陶器の中身を確認して、王様に「そろそろ終わりです」と声をかける。

「私は、一度王都に戻ります」

そう言って、レッドが木箱を抱えて立ちあがった。

「すまない。俺は今晩、ここに泊まる。護衛にはヒューを呼んで、それから転移陣で移動するように」

「心得ております。明日は、いかがいたしますか？」

「王宮の転移陣の間に、護衛を連れて迎えに来てくれ」

明日の打ち合わせを終えると、レッドが寝室を出て行った。入れ替わりにアートが入ってきて、王様が寝台にいるのを見て目を丸くした。

「今夜はここで休んでゆく。特別な世話は不要だ」

「かしこまりました」

うやうやしく答えると、アートが食器を片づけ、寝室を出て行った。ややあって、水差しをふたつと吸い飲み、コップ、大量のリネン類をワゴンに載せて戻ってくる。

「もうよい。何かあれば呼ぶので、さがりなさい」

そうしてアートが出て行って、部屋にふたりきりになった。王様は横向きに寝ると、クッションに肘《ひじ》をついて手に顎をのせ、くつろいだ姿勢を取った。

「あの従者は、本当におまえを慕っているのだな」

「アートは、本当にいい子です。俺も大好きです。アートを俺の従者にしてくださって、本当にありがとうございます」

「大好きね……」

不服そうな声だった。

「何かまずいことを言いましたか？」

「俺は、大好きと言われたことはない」

「王様も大好きです」

即答すると、渋い顔をされた。正直に自分の好意を告げたつもりなのだが、いったい、何が不満だというのか。

「おまえの大好きは軽いのだ。アートの時に比べて、感情がこもってない」

いったい、どういう大好きであればいいというのか。

「俺は、王様が本当に大好きです。この世界に来てから……基本的にはよくしてくれましたし、俺のわがままもたくさん聞いてくれました。中でも、この三日間は、数えきれないほど治癒魔術をかけてくれました。本当に、感謝しています」

誠意を込めて感謝の気持ちを伝えると、わずかに表情が緩んだが、合格点には至っていなかったらしい。

どうすりゃいいんだよ……。

途方にくれていると、「感謝以外の感情はないのか?」と聞かれた。

「感謝以外……ですか?」

うーんと、首を傾げていると、王様が眉を寄せてため息をついた。

「恋しいとか、愛しいとか、そういう感情だ」

「王様は推しですけど、恋愛感情ではないです」

推しに対する想いは尊いものだ。

失敗や欠点ですら愛でるためのスパイスでしかない。

落ち込めば、画面の向こうであっても「頑張れ！」と誠心誠意励まし、自分以外の者と恋愛がうまくいこうとも、満面の笑顔で「おめでとう！」と祝福できるのだ。

恋愛などでくくられるレベルではない。

そう、神を崇《あが》めるのにも似た、至高の愛なのだ。

「推し……？　それはいったいどういう意味だ？」

「成功も失敗も関係なく、対象者のすべての行動を慈愛の精神で見守り、――ここが重要ですが――決して触らず愛し続けることです」

イエス〇〇、ノータッチの精神だ。

そもそもランベルトは二次元のキャラだから、触るなんて、考えもしなかったけど。

「説明を聞いて、却《かえ》ってわからなくなった……」

「わからなくても大丈夫です。むしろ、そっちの方が健全です」

きっぱりと言い切ると、王様がため息をついた。

「おまえが俺に触れる気がない、ということはわかった」

「触るのは嫌じゃないです。愛することに接触という行為は必ずしも必要ないのです」

「まさか、おまえがガレットを見て『尊い……』とつぶやいている、アレのことか？」

「よくわかりましたね！　他にも、オーウェン様にアート、デクランも推しです」

「デクラン……？　誰だそれは」

「ハイデリーの文官です。アートにマントをくれた人で、アートと語らう姿を見るだけで、とても幸せな気分になります」

小鳥のような、という言葉はあのふたりのためにあると思う。

ふたりのやりとりがほほえましく、思い出すだけで、つい、両手を合わせてしまう。

そんな俺を見て、王様が半眼になった。

「本当に、おまえはよくわからない……」

「理解されないのは、慣れていますよ」

リア充にオタクの生態は理解できないものである。

「王様より、俺は、〝好き〟の種類がひとつ多いんです。それだけのことです」

「それは、オメガであることと関係あるのか？」

「他のオメガを知らないのでわかりませんが、たぶん、まったく関係ないです」

俺は、オメガである前にオタクなのだから。この生き様は一生変わらないのだ。

「現在、この世界で俺の推しは五人いますが、最推しは王様です。……これじゃあ、駄目ですかね？」

「ランベルトとやらと比べてどちらが上だ？」

「…………王様です」

しばし考えてから答えると、「長考するな」と文句を言われる。おまけに、王様が寝返りを打って俺に背中を向けた。

俺と王様の間に三十センチほどの隙間《すきま》ができて、温もりが去っていく。

寝間着を着ていてもわかる、素晴らしい背筋にうっとりしたものの、すぐに胸がぎゅっと締めつけられるような寂しさに襲われた。

重い体をなんとか動かし、王様の背中にぴったり張りついた。

「推しは、触らなくてもいいんじゃなかったのか？」

「そういう意地の悪いことは、言わないでください」

「……本当に、おまえはわからない。言葉と行動が嚙み合ってないのだから」

「さっきまでは、本心から王様に触らなくても推せるって思ってたんですよ」

なのに、体が離れていったら、途端に心が弱くなってしまった。

いないから触れられないのと、一緒にいるのに触れられないのは、大きく違う。

王様の寝間着に顔をつけ、一度乱れた心を落ち着かせるべく、全力で匂いを嗅ぐ。

「せいぜい、今のうちに匂いを嗅いでおくことだ。今晩が、俺の匂いを直接嗅げる、最後の機会になるかもしれないからな」

「王様の婚礼の時には、招待してもらえるんですよね？」

あともう一回、会えるはずだ。

「馬鹿者。婚礼を控えているんだ。顔を合わせたとしても謁見の場でだ。周囲に人がたくさんいるし、匂いをはっきり嗅ぎ取れるほど近づくこともない」

「……そうなんですか」

だったらしょうがない。諦めるしかないけど、諦めたくない。諦められそうにない。

「王様は、もう、スレイン城には来ないのですか？」

「その予定はない。賢者の石が完成すれば、直接支城に転移して、そこから三番結界へ向かい、儀式を行う。帰りも同じだ。結界が元に戻れば、あとは王宮から指示を出すだけだ。……魔獣退治も順調に進み、そろそろ、王宮を抜けるのも限界が来ている」

王様はずっと俺に背中を向けたままだ。

「……おまえが来てから一か月、非常に忙しく振り回されたが、楽しかった。番同然のオメガという存在が、どれほど愛しいのかわかった。得がたい経験であった」

噛み締めるような声に、胸が震えた。

そうか、これは、王様からの別れの言葉なのだ。

でも、俺は……まだ気持ちの整理がついていない。

「……俺が、もう一度妾に戻りたいって言ったら、どうなりますか？」

妊娠・出産は、正直怖い。だけど、俺は目先の欲望――王様と会えなくなるのは嫌だという——を口にした。

「もう、遅い。選択はなされ、道は別れた」

明日でお別れっていうのは、俺が選んだことになるのか。

俺は、いつもこうだ。大切な人がいなくなるってわかって、どれくらい大好きだったかわかるんだから。

お母さん、親父、幼馴染に親友。……そして王様。

王宮から逃げて、匂いがないと生きられないってわかって。明日でお別れって時になって、こんなにくっつきたくなるなんて。

「俺って、本当に馬鹿だなぁ……」

ため息とともに額を王様の背中に押しつける。

反省と悲しみに身を任せ、思う存分ぐいぐいと額を押し続けていると「痛い、痛い！」と苦情が来た。

「……おまえは、目を離すと、本当に何をするかわからないな」

王様が寝返りを打って、俺の方を向いた。

仕方がない、という表情をした王様の顔を見られて、すごくほっとした。

「だったら、目を離さないでください」

「そうしよう」

王様の手が髪を撫でる。王様が治癒魔術をかけ、柔らかな光に全身が包まれる。

安心したら、口寂しくなった。

キスしてくれないかなぁ……という目で見ていると、王様が俺の額にキスをした。

「おでこ……ですか？」

「おまえは……。ついこの間まで、口吸いなどしようものなら文句たらたらの顔をしていたというのに、随分と変わったものだな」

「すみません。俺も正直、自分の心の変化に追いついていません」

王宮で過ごした三週間より、ハイデリーで過ごした一週間の方が、変化が大きい。

「王様の妾を首になってからです。どうしてでしょうか」

「俺は、番ではないおまえを、番と同じように遇していた。それがふいになくなったことがきっかけじゃないか？」

「王様がそっけなくなったのは、感じていました。呼び方も変わったし……」

そうか。そうだった。あれがきっかけだ。王様が俺に触れなくなって、寂しいと、初めて感じたのだ。

「今にして思えば、ヒートの時、強引に番にしなくてよかった。もし、番であったならば、明日以降、おまえは今以上の苦しみを味わっていただろう」

その状態を、俺は知ってる。ルオークに会えないシアンの悲しみや苦しみが、あの手記には縷々《るる》つづられていたからだ。

「……ありがとうございます。でも、俺は……一晩だけでもいいから、王様の本当の番になりたいです」

「その言葉だけでも、おまえに尽くしてきた甲斐があるというものだ」

渾身《こんしん》の「抱いてほしい」という願いに、軽い口調で王様が返す。

俺の気持ちを嬉しく思っているのは本当だろうが、番にする気がないのがわかる。

さっき、おまえの好きは軽い、と言われた意味がわかってしまった。

「俺は本気なんですよ」

「わかっているが、一時の感情で、愛する者を生涯苦しめるわけにはいかないんだ」

王様が俺の頬をするりと撫でた。

俺はといえば、「愛する者」という言葉に、驚くばかりだった。

「王様は……俺のこと、あ、愛している……んですか？」

「愛しくなければ、今、ここにいない」

「俺は……王様は、保護者の責任感とか俺の穴具合がいいから、かまってくれるんだと思ってました」

穴具合という言葉に、王様がすっと真顔になった。

「おまえは、俺をどれだけ下品な男だと思っていたのだ？」

「だって、ヒートの時、そう言ってたじゃないですか」

「確かにそう言った気もするが……。それだけじゃないのが、わからなかったのか？」

「口でさせたりとか？　いかがわしい玩具《おもちゃ》を使われたこととか？　どう考えても、下品なおっさんのプレイですよね」

「……どうやら、おまえの記憶にはかなり偏りがあるようだな」

王様の声が、とても冷たく聞こえる。まずい。やらかしたようだ。

「ヒートの時のことは、よく覚えてないんですよ！　俺にはこの世界の常識がないですし、それ以上にオメガがどういうものかも、アルファがオメガにどういうふうに接するのかも知らないんです。王様が俺をどう思っているかも、言われたことから判断するしかないし、それだって必ずしも〝正解〟じゃないことばっかりなんですよ!!」

熱く自己弁護すると、王様が眉間に皺を寄せたまま、俺の額を指でついた。

「それで、おまえはどうなのだ？　俺をどう思っている？」

エメラルドの瞳が、いたずらっぽく輝いている。

愛しい者と言ったのだから、同じように返せと、その瞳が雄弁に物語っていた。

「あぁ……、その……」

王様に対する感情をどう言えばいいのか。愛しているも、好きも、推しも違う気がした。

それだけじゃない。それを含んでもっと大きい存在なのだ。

「俺の………すべて、です」

するりと口をついて出た。

「王様の匂いがないと、息もできないんです。空気とか水みたいに必要なんです。愛してるじゃ、全然、足りない……」

思いを口にすると、胸の中心がぶわっと温かくなった。込みあげる感情の大きさに引き込まれ、王様の胸に顔を埋めた。

胸いっぱいに王様の匂いを嗅ぐと、絶対的な安らぎが全身を満たした。

「好きです。……大好き。二度と匂いが嗅げないのは……会えないのも、触れないのも、全部嫌です」

「その言葉が聞けて、嬉しく思う」

頭を抱えられ、頬ずりされた。

「では、もう二度と、勝手に逃げるような真似はするな。もう俺は自由におまえを助けに行けないのだから、心配をかけずにいい子にしていてほしい」

父親のような、過保護な恋人のような声だった。

「おとなしくしていれば……。いずれ、また会える」

「いつですか？」

「早ければ、明後日《あさって》。三番結界に一番近い支城から王宮に戻る前に、一度、スレイン城に顔を出す。長居はできないが、抱き合うくらいの時間はある」

「さっきは、スレイン城には来ないって言ってましたが、案外早いですね。まさか、嘘だったんですか？」

「そこは、嬉しいと答えてほしかったが……。いずれ番にできるのであればこそ、時間を作れるというものだ。今までのおまえの態度を思い出してみろ。俺は、気を回しては迷惑がられ、期待をしては踏みにじられてきたのだからな」

若干の恨み節のこもった声に、「すみませんでした！」と謝った。

「……実のところは、おまえのことを早く忘れたかったのだ。両想いであれば、どんな手を使っても目的を果たすが、肝心のおまえにその気がないならば、どうにもならない。正直、両想いになるのは、半ば諦めていた。推しという言葉の意味を説明された時は、おまえの正気を疑ったくらいだ」

王様が真顔で言った。それくらい、わけがわからなかったのだろう。

「おまえが俺の匂いが好きだと言っていたからな……諦めずにいてよかった」

王様が俺の顎に手を添えた。

整った顔が近づき――もう、ランベルトに似てるとは思えなかった――目を閉じる。

柔らかな肉が優しく唇に触れた。形の良い唇が俺の下唇を挟んだかと思うと、舌先の熱を感じた。尾てい骨のあたりがぞわぞわして、快感になる前に、王様の唇が離れていった。

もうちょっとで、気持ちよくなりそうだったのに。

お預けをくらい、王様を恨みがましく見つめた。

「おまえは、自分が死にかけたばかりという自覚はあるか？」

「……それがどうしたっていうんですか？」

「これ以上やったら、俺が止められない。無体を働きたくはないのだ。それよりも、今はおまえの体を少しでも癒《いや》すべきだ」

王様が、俺に治癒魔術をかける。

そんなことを言われたら、我慢するしかない。

心地よい光に満たされながら、ふと、思ったことを口に出す。

「王様は、いつ、俺のこと愛しいって思うようになったんですか？」

「そんなことが気になるのか」

「どうでもよくないです。知りたいです。……やっぱり最初に挿《い》れた時ですか？」

あけすけな質問に、王様の眉間に皺が寄る。

そうして、俺の顔の前に手のひらを広げた。

「余計なお喋《しゃべ》りをするより、体を癒すことに専念するように」

低い声のつぶやきが聞こえたと思ったら、突然眠気が襲ってきた。

これは、眠らせる魔術だ……。

「ずるいですよ。俺に教えないつもり……です、か……」

あまりの眠さに、口を動かすのも億劫だった。まぶたが落ちて、手足が重くなる。

「早く寝るんだ。……明後日には、立って歩けるようになっているように」

優しい声とともに、額に口づけされた。

そうして、まぶたが治癒の光に染まると同時に、俺は意識を失っていた。


翌日、目が覚めた時には、正午近くになっていた。

眠っている間も王様は治癒魔術をかけ続けたらしく、体の調子はかなり良くなっていた。

アートの説明によると、魔力をまったく持たない俺は――他のオメガと比べても――回復薬も治癒魔術も効果がかなり弱いらしい。

王様がそれに気づいたのは、チョーカーの魔術具の契約の時だそうだ。

だから、俺が血抜きをしてって頼んだ時、すごく嫌がってたのか……。

「今日は一日、寝台でお休みになるようにと、陛下がおっしゃっていました」

アートが差し出した治癒魔術具を、俺はおとなしく握った。

俺が米に執着していたのを知ってか、療養食は鹿出汁とコカトリスの卵を使ったリゾット。要は、卵粥《たまごがゆ》だ。

醬油をひと匙《さじ》垂らしたい……と思いつつ、うまうまといただく。

他には、ヨーグルト――これは、少々酸味が強く風味が独特だ――に蜂蜜をかけたものや、果実を絞ったフレッシュジュース、豆腐のような食感のチーズも出た。

食事が終わり、水分補給にスポーツドリンクを飲んでいると、木箱を抱えたレッドがやってきた。

「だいぶ、顔色がよくなってるね」

「レッドのおかげだよ。三日間、世話になった。ありがとう」

挨拶を交わすと、レッドが木箱をベッドに置いた。

「陛下から、ケイスケ殿への贈り物だ。そして、こちらが手紙」

手紙を受け取ってから木箱を開けた。

中に入っていたのは、ぽっこり膨らんだ小さな布の袋がたくさんと、そして俺用の金魔石のはまった治癒魔術具が三つと、ご大層な布に包まれた、賢者の石つきの王様の王様そっくりの玩具だった。

王様！　なんて物を送るんだよ！

アートの目から隠すように王様のアレにそっくりなブツを布に包み直し、蠟《ろう》の封かんを外して封筒を開けた。

異世界チート翻訳の能力に心から感謝しつつ、王様からのラブレターを読みはじめた。

さて。治癒魔術具は、今後、何かあった時のためにということで、これは納得できた。

小さな布袋は、賢者の石を作る際に使った素材の石——枝を目印にしたうちのひとつだ——が必要量より大きかったので、削った分を砕いて入れたものなのだそうだ。

俺が直接触ったら呪魔石になってしまうので、先に袋に入れておいたとのこと。今後、人気のない場所へ行くことがあったら、欠片に触れて金魔石にしてほしいとのこと。

セオバルトら高官が金魔石を出し渋り、必要な場所へ金魔石が届かない弊害が今後も予想される。いざという時のため、王様も自由に使える金魔石を確保したい。と、あった。

……相変わらず、苦労してるなあ。

卑猥《ひわい》な玩具に関しては、俺の無聊《ぶりょう》を慰めるため、らしい。いずれヒートの時に必要となるだろうとあったが、気を回しすぎな気もする。

いや……王様が俺のためにってしたことで、俺から見て無駄に思えても、本当は無駄じゃなかったことが多いし……。

卑猥な玩具を包んだ白布を見て、近いうちに使ってみるか、などと考える。

手紙には、最後に、レッドの言葉に従うように、とあった。

「……どういうことだ？」

そうつぶやいた途端、まるで俺が読み終えるのを待っていたかのように、手紙がふわりと青白い炎に包まれた。

「うわっ！」

慌てて手を離すと、空中をジグザグに移動しながら手紙が落ちて、床につく前に燃え尽きていた。灰さえも残っていない。炎に触れた手を見たが、どこも火傷《やけど》していなかった。

「ケイスケ殿、今のは、秘密を守るための魔術ですよ。アート、ケイスケ殿とふたりきりにしてもらえるかな」

アートがこくりとうなずいて、部屋を出て行く。つまり、これからレッドが話すことは、人払いしないと話せない内容ということか。

レッドが上着の袖の折り返しから、スマホサイズの金属板を取り出した。

ちなみに、この世界の衣服にはポケットがついてない。だから、ベルトに財布やナイフを吊《つ》り下げたり、上着の袖には大きな折り返しがついていて、そこに手紙とかハンカチを入れている。俺はこのやり方に慣れないので、いずれ、ポケットつきのズボンを作ってもらうつもりだ。

「何それ？」

「騎士の剣のように、文官があらかじめ魔術陣を仕込んでいる魔術具だよ」

興味津々で見せてもらうと、金属板には数字と記号が並んでいて、電卓に似ていた。

魔術を流しながら、あらかじめインプットしていた番号を入力すると対応する魔法陣が浮かびあがり、魔術が発動するのだそうだ。

「魔法の杖《つえ》じゃないんだ」

「十年前までは杖だったけど、王弟殿下がこの魔術具を開発してね。こっちの方が便利だから、今ではこっちが主流なんだよ」

レッドが呼び出した魔法陣を発動させると、周囲に音が漏れない結界が張られた。

「手紙の最後に、レッドの言葉に従うようにって書いてあったけど……その件？」

「しばらくの間、僕はスレイン城勤務になった。表向きの理由はハイデリー領の監視だ」

監視って……穏やかじゃないなぁ。

「現在、王宮以外で一番金魔石を所持しているのはスレイン城だ。魔獣退治といいながら、王宮に攻めてくるかもしれないと、軍務大臣がうるさくてね。だから、軍部以外で中立な立場……ということで、陛下が俺を監視役に任命したんだ」

高官の疑心暗鬼を解消するために監視を置くが、セオバルトに都合のいい報告をする者は排除した……ってことか。

「裏の理由は？」

「陛下からケイスケ殿がちゃんと療養するか見張っておけとか、知らない人についていかないか見張っておけとか、異世界の珍味を突然作りはじめるかもしれないから見張っておけとか、命令を受けている」

……それは、俺が何するかわからないから監視をしておけ、ということでは？

「ハイデリーじゃなくて、俺の監視に来たのかよ！」

「陛下はそれくらい、ケイスケ殿を心配されているんだよ。ちょっと目を離すと、どうなるかわからないってね」

「信用ないなぁ……」

「君が勝手に逃げたり、死にかけたりしてるから」

「反論できない」

「僕だって本当は嫌なんだよ。三か月前に二人目の子が生まれたばかりでさ。上の子もまだ小さいし、嫁さんもまだ本調子じゃないから、なるべく家にいてくれって頼まれてるんだよね」

なんと、レッドは妻子もちであったのか。

「そりゃ大変だ。…………悪かったな」

「仕事だし、しょうがないさ。……なるべく早く終わらせたいから、今後は自重してくれ」

そんなことを話している間に、ハイデリーの下働きが追加の木箱を持ってきた。

重そうにしているから、たぶん、キラキラ石の残りだろう。

夜の間はひとりだし、金魔石を作ってしまおうか。いや、シアンの手記からすると、魔力を吸い取る範囲は結構広いし、隣の部屋にいるアートに何かあったら大変だ。

治癒魔術具を全部と小袋を三つほど箱から出して、レッドに木箱を片づけてもらう。

あいにくと、まだ、重い荷を持てるほど体が回復していないのだ。

「明日は、結界を張る日、だよな？」

「そうだよ。陛下と護衛が転移陣で支城に移動して、ハイデリー騎士団と合流する。周囲の魔獣の討伐と警戒はハイデリー騎士団の担当で、結界周辺で王領騎士が陛下と王弟殿下を護衛する手はずになってる」

「王弟殿下も来るのか。……そういえば、王様と王弟殿下は仲がいいの？」

「王族の中では、関係良好だ」

「……その言い方って、他の王族と王様は仲が悪いみたいだけど」

「陛下のお母上のブリアナ様は、身分が低かったんだ。王位は魔力量で決まるけど、後ろ盾とか派閥的な意味では、陛下は孤立しがちだね」

三属性のアートが城の下働きだったし、魔力以外の要素も政治的には重要ってことか。

「お妃様って、他国の王女様とか領主の一族なんだろ？　その中で低いっていっても、ドングリの背比べじゃないか？」

くだらない、と言った俺に、レッドが難しい顔で首を左右に振った。

「違うんだ。ブリアナ様は文官の娘で、行儀見習いをかねて王宮で奉公していた時に前王のお手がついた。本来なら妃になることもなかっただろうけど、生まれたのが前王のお子の中で初めてのアルファ、しかも魔力量が相当多かったので王子とするために妃になったんだ。当然、王宮の貴族は面白くないわけだ。せめてセオバルト様のオニール家と縁続きや同じ派閥だったなら、盛り立てられたんだろうけどねぇ」

これって、要は、平安時代の摂関政治全盛期に、ひょいっと藤原《ふじわら》氏以外の弱小貴族から生まれた唯一の皇子……って感じだろうか。

平安時代なら皇位に就くことなく臣下になって終わりだろうけど、この国はルオークの決めたルールが生きてるから、王位に就かなきゃいけないわけだ。

それは辛い。周囲は敵だらけで孤立無援だろう。

「王様が、やりたいように見えて気遣いの塊ってところは、苦労したからなんだ……」

アートを下働きから引きあげたのも、そういう下地があってこそ、なんだろう。

あんまり、王様に迷惑をかけないようにしなくちゃ。

そうして話が終わって、レッドは「仕事があるから」と言って寝室を出て行った。

入れ替わりにアートが戻ってくると、俺は小袋を枕《まくら》の下に隠した。

それからは、王様に言われた通り、おとなしく治癒魔術具を握って回復薬とスポドリを飲み、眠くなったら眠って、全力で回復に励む。

翌日になると、俺はすっかり元気になった。

なんたって、今日は王様に会えるのだ。ウキウキしながら着替え、最後にキラキラ石入りの小袋をひとつベルトに吊り下げた。

そのタイミングでガレットに呼ばれて大広間に向かう。

「ケイスケ殿、お体の方はもうよろしいのか」

大広間に着くと、鎧姿《よろい》のガレットが俺に向かって声をかける。他にも城の高官がいて、みな一様に武装していた。

これから戦いに行く時に特有の雰囲気が漂っている。

「今日は、陛下が国境にて結界の大魔術を行う。城には儂と最低限の騎士が残り、それ以外をオーウェンが率いて魔獣を警戒、討伐する任に就く」

ガレットが顎を手で撫でると、俺に気づかわしげな目を向けた。

「……今からオーウェンらが支城に向かい、王領の騎士たちと合流するのだが、王弟殿下から支城でケイスケ殿に会いたい、という申し出があったのだ。どうする？」

「ガレット様は、支城に行かない方がいいとお考えですか？」

「王弟殿下に悪い噂《うわさ》は聞かないが、ケイスケ殿を魔獣が出没する地域に連れていくのは気が進まぬ。万が一、ということもあるからな」

ガレットは行かない方がいいって判断か……。

俺としては、少しでも早く王様の顔を見たいし、支城に行きたいんだけど……。

そこにレッドが大広間にやってきた。王弟の要望を伝えると、難しい顔で口を開いた。

「ケイスケ殿にも護衛をつけ、オーウェン様が同席のもとで王弟殿下に挨拶をし、終わり次第、転移陣で支城に戻れば問題ないでしょう。念のため、僕も同行します」

話がまとまって、大急ぎで飛行魔獣で支城に向かう準備をし——支城の転移陣は、現在、王宮から騎士を送るため使用中なのだそうだ——、スレイン城の練兵場へ移動した。

久しぶりにオーウェンのグリフォンに乗った。レッドも飛行騎士のペガサスに同乗した。

今日の天気は曇りだ。灰色の雲が重く空を覆って、今にも雪が降りそうだ。

アートに持たされた携帯用の暖房具のおかげで、全身がほわりと暖かい空気に包まれ、空での移動も前回より寒い思いをしなくて済んだ。

「……そういえば、王弟殿下って、どんな人ですか？」

「ダレン様は、御年は二十二歳。幼い頃から魔術に秀でた、大変麗しいお方です」

優秀はともかく、麗しい、というのはどういう意味だ？　成人男性に対しての形容詞じゃないけど。

「長く絹糸のような髪、切れ長の瞳は紫水晶のようで、肌は白く新雪のごとしと言われています。背が高いので女性には見えませんが、お綺麗な方です」

「魔術に秀で……っていうのは？」

「幼くして通話の魔術具や画期的な掃除用の魔術具を作り出したのです。少々変わっているという噂もありますが、衆に秀でた方というのは、そういうものなのでしょう」

通話の魔術具に掃除用の魔術具、それに、文官用の魔術具も作ったんだよな。だったら、この評価もうなずける。王様と仲がいいみたいだし、会うのが楽しみになってきた。

あぁ、そうだ。今日はこれから王様に会える。あの匂いが嗅げるんだ。

元気になった姿を見せて、お礼を言わないと。

もうじき会えるってだけで、すごいソワソワしてる。俺、どんだけ王様が好きなんだ。

そうして、約束の時間の三十分前に支城に着いた。

支城はホンフル城といった。山の中腹に山肌に沿ってぐるりと外壁がめぐらされていて、わずかに平らな部分に内壁と石造りの城があった。

外壁は上部が幅五メートルほどの通路になっていて、等間隔に物見の塔が並んでいた。

城の外壁内は、すでに王領の騎士とその飛行魔獣でいっぱいだった。

オーウェンらハイデリーの騎士たちは城壁に飛行魔獣を着地させると、そこから徒歩で物見の塔へ行き、階段を下りて外壁内に移動した。

オーウェンらハイデリーの騎士たちに、王領の騎士たちが冷ややかな視線を向ける。

とても今から共同で仕事をする感じじゃない。まるで、敵を前にしたみたいだ。

これじゃあ、オーウェンたちはやりにくいだろうなぁ。

オーウェンと俺とレッド、そして副官と護衛だけが支城に入った。扉の向こうの大広間には、鎧姿の王様がイスに座って待っていた。

王様の隣には、鎧姿の背の高い男といつもの服装のセオバルトがいて、その周囲を王領騎士が囲んでいる。

「オーウェン・オグ・グリフィス、ただいま参りました」

王様の前へオーウェンが進み出て、膝《ひざ》をついて頭《こうべ》を垂れる。

「遅いですぞ、オーウェン卿。陛下をお待たせするとは、何事ですかな？」

セオバルトが上から目線でオーウェンを叱りつける。

約束の時間には間に合っているのに、なんでこんな言い方するんだ⁉

「申し訳ございませんでした」

「セオバルト。私が早く来すぎたのだ。オーウェンに咎《とが》められるいわれはない」

「出すぎたことを申しました」

王様の言葉に、セオバルトの顔からすうっと感情が消えた。

あぁ……俺、こういうタイプ苦手なんだよなあ。腹の中で、何を考えてるかわかんないから。で、たいてい、後でねちっこく仕返しじみたことをしてくるんだよなぁ……。

「そなたに悪気がないのはわかっている。それよりも、なぜ、ケイスケがここにいるのだ？　答えよ、オーウェン」

王様が、俺をじろりと睨んだ。この馬鹿者め、とまなざしが雄弁に語っている。

もしかして、俺はここに来ちゃいけなかったんだろうか？

でも、もう遅い。俺は心の中で王様に両手を合わせて「ごめん」と謝る。

「王弟殿下よりケイスケ殿に謁見したいと要望があり、同行願いました」

「なんだと。……ダレン、そうなのか？」

　王様が、隣に立っていた背の高い男――ダレン――に尋ねる。

　兜《かぶと》の面頬《めんぽお》が邪魔をして顔はよく見えない。けれども、わずかにのぞく肌の白さと黒髪の艶《つや》やかさが、麗しいという賛辞にふさわしく思えた。

「はい。この者を紹介してほしいと、かねてより兄上に頼んでおりましたが、結局、会えずじまいでしたから」

「そんなことより今は、結界の張り直しが先だ。私用は後にしろ」

「仕方ありません。では、ケイスケ殿、僕たちが戻ってくるまで、ここでお待ちいただけますか？　僕の客人として王宮に招待いたします」

　ダレンが妖艶《ようえん》な流し目を俺に送る。

　とっさにレッドを見ると、首を左右に振った。ということは、断れってことか。

「お誘いは嬉しいのですが、ダレン様にご挨拶をした後は、すぐに転移陣でスレイン城に戻るよう、ガレット様に命じられています」

「あぁ……。今は副王の臣下でしたか。では、このあと僕がスレイン城を訪問してもよろしいですか？」

ダレンが、俺、そしてオーウェンの順に視線を向けた。

オーウェンはダレンの突然の申し出に、一瞬だけ困ったというように眉を寄せた。

「もちろんです。しかし、なにぶんこの状況ですので、充分なおもてなしができますかどうか……」

「急なことですし、特別なもてなしは不要です」

たぶん、オーウェンは貴族用語で「遠慮してほしい」と答えたのだろうけど、ダレンはあっさりスルーした。このあたりが、変人と噂される由縁か。

そう思っていると、妙な圧を感じた。この気配は、すっかりおなじみの……王様だ！

王様は笑顔だ。だけど、目が笑ってない！

そりゃそうだよ。王様は、この後、なんとか時間を作ってお忍びでスレイン城に顔を出すつもりなんだから。

ダレンが来るならお忍びは中止だし、もし来たとしても、弟がいたらいちゃつくどころじゃないだろう。それを予想してか、王様の機嫌は最悪だ。

こんな事態、予想してなかった。

「ダレン様。話をするだけなら、通話具でも用は足せます」

腰にさげた革袋から、通話具を出してみせた。

「通話具ですか……」

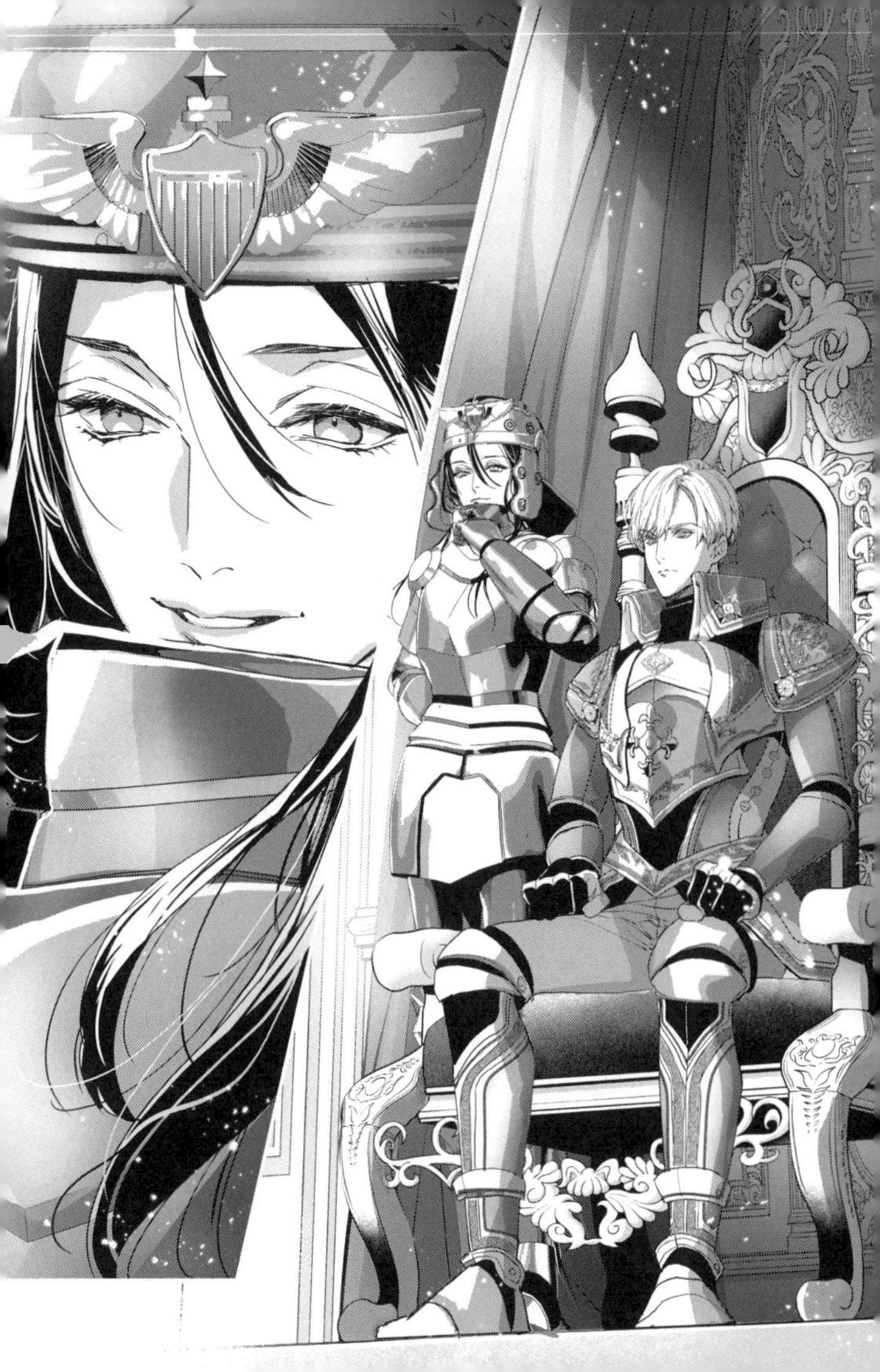

ダレンが不満いっぱいの声でつぶやく。しかし、ここで引くわけにはいかない。なんとしてでも、王様との逢瀬《おうせ》の時間を確保するのだ！

「実は、賢者の石を作成した疲れが残っていて……。今晩は早めに休みたいんです」

「それでは仕方ありませんね。では、通話具の番号を交換しましょう」

体調不良——実際、本調子ではない——を理由にしたら、ダレンはあっさり引いて王様の目つきが和らいだ。オーウェンやレッドもこっそり安堵の息を吐いている。

ここで、セオバルトが一歩前に踏み出た。

「話は終わったようですな。時間がありません。すぐに軍議をはじめましょう」

ぺこりと頭をさげて、俺は一歩退いた。

これで俺は用なしだ。けれども、このままスレイン城に帰るのはもったいない。せっかくここに王様がいるんだ。王様が出発するまで、ここにいたい。少しでも長く、王様の姿を見ていたい。

そうして王様たちが最終確認を終えるまで、俺とレッドは大広間に留《とど》まった。

セオバルトが「早く帰れ」と言いそうなものだったが、俺のことなどどうでもいいのか、何も言ってこなかった。

王様は、時々俺に視線を向け、目が合うと嬉しそうに口元をほころばせる。

それだけのことが、どれだけ嬉しかったか！

確認を終えて、とうとう出発となった。王様がすれ違いざま俺の腕に触れた。

わずかに残る王様の残り香を胸いっぱいに吸い込んで、幸せの息を吐く。

王様たちは三番結界に向かったが、セオバルトとその部下らしき王領騎士が六人残った。

俺とレッドと俺たちの護衛騎士ふたりの計四人で転移陣に向かう。

支城には転移陣専用の場所はなく、大広間の床に魔法陣の描かれた大きな布が広げられ、それを使用することになっている。

俺たち四人が魔法陣の上に立ち、騎士ふたりが剣帯から鞘《さや》ごと剣を外して地面に剣先をつけた。これで必要な量の魔力を流せば、魔法陣が光って転移するのだ。

最後に、セオバルトに、「では、俺たちは失礼します」と別れの言葉を言った。

「待ちたまえ。そなたらに話がある」

王領騎士たちが、俺たち四人を取り囲む。

「おまえたち、転移陣を使うと言ったが、許可証は持っているのか？」

「えっと……。レッド、持ってるか？」

「僕は持ってない。オーウェン様かガレット様から渡されていないか？」

レッドが護衛の騎士ふたりを見るが、ふたりとも慌てて首を左右に振った。

と、いうことは……。誰も許可を得てないってことか？

俺とレッドが顔を見合わせ、そして、レッドが代表して口を開いた。

「申し訳ありません。急なことですので、許可証を用意しておりませんでした」

「このところ、ハイデリー領では転移陣を多用しているようだが、本来、転移陣は簡単に使っていいものではない。陛下のご許可を得て、初めて使えるものだ。レッド、そなたこのところハイデリーに入り浸っていたせいで、そんなことも忘れたのか⁉」

セオバルトが叱声《しっせい》をあげ、そして王領騎士に合図を送る。

「許可証なしでの転移陣の使用は重罪だ。未遂といえども見逃すことはできない」

王領騎士たちが素早く俺とレッドを捕まえた。護衛騎士たちも抵抗しなかったので、あっさり全員が捕まってしまう。

「騎士は、武装を解除して支城の牢へ。レッドとオメガは、今すぐ罪人として王宮へ連行する。縛りあげろ」

「王宮に連行って……。俺たちを転移陣で移動させるつもりですか？　あなたはその許可を王様から得てるんですか⁉」

「もちろんだ。私と同行者六名分として転移陣の使用許可は得ている」

「それって、違反じゃないんですか？」

「ケイスケ殿、申請時に人数だけを記入した場合、同行者に変更があっても軍令違反とはならないんだ」

冷笑するセオバルトに食ってかかると、レッドが冷静に説明する。

いやいやいや、そこで納得してる場合じゃないだろう？

俺は嫌だ。絶対にスレイン城に帰るんだ。王様と逢引《あいびき》するんだ！

「じゃあ、どうして俺たちは王宮で、ハイデリーの騎士は支城の牢屋行なんですか？　同じ罪を犯したなら、全員が王宮に行くか牢屋行きなんじゃないですか？　……もしかして、俺たちだけ王宮に連れていきたい理由があるんじゃないですか？」

「レッドは元々王の直臣だ。王宮の法廷で裁くべきだ」

一見もっともらしい理屈だけど、なんか、胡散臭《うさんくさ》い。

「その理屈ですと、ガレット様の臣下の俺は、騎士たちと一緒に牢屋行きのはずです」

「おまえは王宮で召喚された異界人だ。ハイデリー領ではなく王宮にいるべきだ」

つまり、セオバルトはレッドと俺を王宮に連れ戻すため、この件を利用したいのか。

「俺を王宮に連れ戻して、金魔石や賢者の石を作らせるつもりですか？」

「馬鹿なことを。今は、充分な金魔石があるのだ。陛下は金魔石の作成は不要とおっしゃっている」

「……じゃあ、どうして俺を王宮に連れていきたいんですか？　まさか……殺すつもり、とか……？」

俺の言葉に、レッドと護衛の騎士が目を瞠《みは》った。

「馬鹿かと思っていたが、案外、そうでもないらしい」

冷笑を浮かべたセオバルトが言い終える前に、護衛騎士のひとりが素早く動いて、王領騎士に渡した自分の剣を奪い取った。

「ケイスケ様、お逃げください」

そう言うと、護衛騎士が剣の柄頭《つかがしら》から真っ赤な光を垂直に打ち上げた。

次の瞬間には、鞘に入ったままの剣で俺とレッドを捕まえていた騎士の手を続けざまに殴打した。その間、もうひとりの騎士が、残る王領騎士四人を睨みつけて牽制《けんせい》している。

「おふたりは、支城の留守を預かるハイデリー兵に助けを求めてください！」

「ありがとう！」

護衛騎士のアドバイスに従い扉に向かって走る。レッドも俺から一歩遅れて走り出した。

病みあがりにダッシュはキツイ。

セオバルトの「待て！」という声が聞こえたが、当然、無視して走り続ける。

「……仕方がない」

セオバルトの声がしたかと思うと、水色の光とともに左の足首に何か当たった。

「うわっ！」

「ケイスケ殿、ブーツが！」

レッドの声に足に目を向けると、ブーツの足首の部分が綺麗に切り裂かれていた。

「ケイスケ殿、これは、水魔術による攻撃だ」

「セオバルトの野郎、魔術で攻撃できるのかよ!?」

「軍務大臣なんだから、当たり前だよ」

あぁ、クソ。足首が痛い。さっきの攻撃で足首が切れやがった。

舌打ちする間もなく、セオバルトが攻撃してくる。次に水色の光が見えた瞬間、ジャンプして足元への攻撃をかわした。

あのクソ野郎、俺ばっかり狙ってやがる。ってことは、レッドより俺が弱いと思ってるか、絶対にここで俺を殺したいのか、その両方だろうな。

そして、扉を抜けて城の外に出た。

「レッド、どうする?」

「一番近い物見の塔に行こう。監視の兵がいるはず」

「わかった。……ここからだと、右の塔だな」

走っていると、ふいに左腰に風が吹いた感じがして、直後にマントが白く光った。

「え? なんでマントが光ったんだ?」

「攻撃が来たから、マントに付与されていた防御魔術が発動したんだよ」

「王様って、マントにまで仕掛けをしてるのか」

「王族が身に着ける物は、装身具も含めて、すべて魔術具だよ」

なんと。そんなことになっているのか。

立て続けの攻撃も、王様のマントによって無事に防げた。なんとか塔に駆け込んで、いったん息をつく。

「すみません、誰かいませんか？」

そう声をかけながら螺旋《らせん》階段をのぼった。

「……どうしたんだ？　先ほど、緊急招集の光があがったが」

上から声がして、胸当てをつけた兵士――歩兵――が顔を出す。

「おまえたちは誰だ？」

「僕は、王宮の文官レッド。こちらは異界人のケイスケ殿です。咎なくして軍務大臣に追われている。助力を願いたい」

「異界人というと、金魔石をもたらしたという大賢者様ですか！」

兵士が直立不動になった。

「しかし、助けるといっても……。ここに隠れられる場所はありませんし、城壁にあがっても、城壁を移動するだけで、支城からは出られません」

「打つ手なしってことか……。じゃあ、飛行魔獣に乗れる騎士はいますか？」

「全員、結界警備の任務にあたっています」

「あぁあ……。そうだった……」

当然といえば当然のことに、膝から崩れ落ちそうになる。レッドはといえば、通話具を耳に当てていた。

「ケイスケ殿、今、陛下に連絡しています。連絡がつきさえすれば、すぐに陛下は戻ってこられるはず。それまでの時間を稼げれば、なんとかなるかもしれません」

闇《やみ》に一筋の光がさした気分だった。時間稼ぎになるようなこと……。そうだ！

「レッド、兵士さん。城壁にあがって、追手の状況を確認してもらえますか？」

「ケイスケ殿はどうするつもりですか？」

「ここに残って時間を稼ぎます。ちょうどいいアイテムを王様からもらってました」

レッドと兵士が城壁に出た。俺は螺旋階段のてっぺんでベルトにさげたキラキラ石の入った小袋の口を開けてセオバルトらが来るのを待つ。

「ふたりとも、危ないから、なるべくこの塔から離れて」

「わかった。追手は軍務大臣と騎士ふたり。もう、塔に入る。……うわっ！」

「レッド様！　危険ですから、頭をさげてください」

まさか、攻撃された？　レッドは大丈夫だろうか。

そう思った瞬間、王領の騎士とセオバルトが塔に入ってきた。

……今だ！

キラキラ石に指で触れ、呪魔石に変えて、セオバルトの胴体めがけて投げつけた。

呪魔石は、俺の握り拳より一回り小さいくらいか。たいした効力はないだろうが、足止めになるか、最低でもセオバルトたちの魔力を削れればそれでよかった。

「……うわっ！」

呪魔石は、セオバルトの脇腹に当たって、地面に落ちた。

「何をするかと思えば……、こんな石を投げつけるとは、魔力のない者とは、憐《あわ》れなものだな」

セオバルトが足元に転がった呪魔石をわざとらしく拾いあげた。

その途端、セオバルトが「うっ」と小さく声をあげ、頭に手をやった。

「どうしましたか、セオバルト様」

「急にめまいが……。いったい、どうしたというのだ」

そこまで聞けば充分だった。

城壁に出ると、レッドが通話具を耳にあて、壁によりかかって座っている。

「レッド、どこか怪我《けが》をしたのか？」

「肩を切られた。治癒魔術をかけたけど、まだ傷はふさがってない」

「だったら、これを使って」

革袋から治癒魔術具を取り出しレッドに渡す。

「王様に連絡はついた？」

「いいや。飛行中で通話具に出られないのだと思う」

「わかった。そのまま、呼びかけ続けてくれ」

　今のところは呪魔石で時間を稼げているけど、それもいつまで持つか……。

　小袋は一個しか持ち出していなかった。もう、呪魔石には頼れない。

「すみません、ここから近い隠れ場所か、一番近い城外に出られる門はどこですか？」

「……城外へ出る門は、城の正面と真後ろの二か所です。隠れ場所は、探知の魔術を使われてしまうと、どこに隠れても見つかってしまいますが」

「探知の魔術！　そんなものもあるのか。……じゃあ、隠蔽《いんぺい》の魔術ってのはある？」

　探す魔術があるなら、隠れる魔術もあるはずだ。

「あるよ。僕も使える」

　なら、状況は悪くない。目的は逃げ切ることじゃなくて、時間を稼ぐことだから。

「居場所がわかっても、見えなきゃすぐに捕まえられない。探知も水平方向にしか効果がないなら、地下通路で逃げるとか、木の上に隠れるとか、やりようはあるはずだ」

「傷は癒えた。ありがとう、ケイスケ殿」

　レッドが俺に治癒魔術具を差し出す。それを見て、兵士が目を見開いた。

「まさか、その石は、金魔石ですか？」

「そうだよ。最高品質っていう王様の太鼓判つきだ。治癒魔術具は、アートに予備も持たされたから、今、手持ちの金魔石はふたつある」

「それでしたら、なんとかなるかもしれません。大賢者様、金魔石をひとつ、お貸しいただけますか」

兵士の瞳が輝いている。言われるままに魔術具から金魔石を外して渡した。

「俺は、土魔術しか使えませんが、魔力量は歩兵にしては多い方なんです」

兵士が剣を鞘から抜いて、剣先を城壁につけた。

剣が淡く黄色に光ったかと思うと、わずかに城壁が揺れはじめた。

「城壁に階段を作りました。ここから城の外へ下りてください」

兵士の言う通り、石組の城壁の石が三十センチほど段々に出っ張って、階段状に下まで続いていた。

脱出路がないなら、作ってしまえ……か。さすがハイデリーの兵は鍛えられてる。

「おふた方が下りましたら、城壁は戻します。追手の足止めは俺に任せてください」

そう言う間に、兵士は塔の城壁への出入り口を土壁でふさいでいた。

「ありがとう。あとは任せた」

俺、そしてレッドの順で城壁を下りる。吹きつける風が強く、マントが風に煽《あお》られて、体を持っていかれそうになる。

はっきりいって、怖い。膝が震えるし、腰が抜けそうだ。

「慎重に……。落ちたら最悪死ぬ。でも、ここで下りなきゃ確実に殺される」

「ケイスケ殿、不吉なことを言わないでくださいよ！」

小声でやりとりしながら、一段一段確実に下りてゆく。

最後の一メートルは、下りるのももどかしく、ジャンプして地上に下りた。

「あ痛っ！」

着地した瞬間、嫌な感じに左の足首が鋭く痛んだ。

さっき、セオバルトにやられた傷だ。

傷口は、まだふさがってないのか、流れた血で足の裏がぬるっとする。

縫うほどじゃないけど、かすり傷でもない……ってくらいか。

「ケイスケ殿、どうした？」

「なんでもない。城壁から離れて、隠れる場所を探そう。その前に隠蔽の魔術を頼む」

「僕ひとりならなんとかなるけど、ケイスケ殿とふたり分となると、難しい」

「じゃあ、金魔石に頼ろう」

革袋から、ふたつめの治癒魔術具を出して、金魔石をレッドに渡した。

「ところで、ふたり同時に隠蔽魔術をかけたら、お互いの姿が見えなくなったり声が聞こえなくなったりしないのか？」

「体か服の一部に触れていれば、互いの姿は見える。声を消すのは、また別の魔術だ」

「つまり、レッドと手と手をつないで逃避行ってわけか」

俺が嫌な顔をすると、レッドに「僕だって不本意だ」と返された。

「ケイスケ殿、僕のマントを握って。それでも問題ないから」

「だったら、レッドが俺のマントを握った方がいいんじゃないか？　防御魔術の恩恵に与《あずか》れるかもしれないし」

そうして、レッドが隠蔽魔術をかけ、ふたりで城壁の外——典型的な針葉樹林だが、魔獣討伐のせいか、ところどころで木が倒れ地面が大きく抉《えぐ》れていた——へと逃げた。

雪が降ったのか、地表がところどころ白く染まっている。雪が積もってないのは幸いだが、足元が凍って滑りやすくなっている。

「……あ、ラッキー。矢が落ちてた」

使える物はなんでも使えの精神で、倒木の陰に落ちていた矢を拾った。

「ケイスケ殿、弓もないのに、そんな物を拾ってどうするつもりだ？」

「近距離で投げれば武器になるかもしれないだろ」

レッドがはあ、と大きくため息をついた。

「ケイスケ殿は、随分と前向きだな。僕はもう、へとへとだよ」

「ばててる場合じゃないぞ。ここで頑張らなきゃ、かわいい妻子に会えなくなるからな」

俺だって、王様に会うために頑張ってるんだ。

あのやたらと顔面偏差値の高い顔が見たい。匂いを嗅いで、声を聞いて。抱き締めて熱を感じたい。

「とにかく、王様が迎えに来るまで身を隠せそうな場所を探そう」

歩きながら周囲を見回すが、手ごろな場所はない。とりあえず、山の斜面を登ってゆくが、地面が滑るわ踏ん張れないわで、とにかく歩きづらい。

「ケイスケ殿、あれを見てください」

レッドがそう言って、左斜め前方を指さす。

そこには、ぽっかりと大きな穴が開いていた。近づいてみると、直径一メートルくらいか。とても深くて、底が見えないが、俺たちが隠れるには少々幅が狭かった。

「これ、なんの穴だ？　井戸みたいだけど……」

「僕にもわからない。使われなくなった井戸にしては石組がないし、そもそも、こんな丈城に近い場所に井戸は掘らない」

ふたりで首を傾げつつ、先を進んだ。そのうちに、異様な物が遠くに見えた。

血まみれのウサギ魔獣——大型犬サイズだ——に、蟻が五匹たかっているのだ。

が、比率がおかしい。蟻がでかい。一メートルくらいあるのだ。

「……あれ、蟻？　こっちの世界って、蟻もこんなにでかいのか⁉」

「まさか。あれは、魔獣蟻だよ。三番結界の賢者の石を嚙み砕いただろう？」

「あいつか！　確かにあれくらいデカけりゃあ……それくらいやるだろうな……」

ウサギ魔獣は抵抗しているが、蟻の方が動きが速い。その上、蟻は五匹なのだ。

「ケイスケ殿、早くここから逃げよう」

「どうした、レッド。急にやる気になって」

「バカ！　今はウサギ魔獣にかかっているが、あいつらが僕たちを餌だと認識したらどうするつもりだよ。僕じゃ魔獣蟻に対処できない」

レッドは俺のマントから手を放し、隠蔽の魔術を解いて駆け出した。

「おい、隠蔽は？」

「セオバルト様にはまだ見つかっていないし、捕まっても即、殺されることはない。だけど、蟻に襲われたらその場でおしまいだ!!」

必死な言葉に、レッドの背中を追って俺も走る。

レッドが斜面を駆けおりるが、そのままだと、支城に戻ることになる。

「おい、レッド！　そっちは支城の方向だ。せめて、反対側に行け！」

そう注意した瞬間、足元がすべって、盛大に尻もちをつく。

急いで起きあがろうと地面に手をつくと、指が硬いものに触れた。

握るのに、ちょうど具合のいい石だ。これも何かに使えないかと空になった小袋に入れて立ちあがり、レッドの後を追う。

「出たぁ！」

「どうした、レッド!?」

「蟻だ！」

レッドの足が止まる。ちょうど、俺たちの進行方向に蟻がいた。

「落ち着け、レッド。まだ距離があるし、今のおまえには金魔石がある。普段できないこともできるはず。この矢を土魔術で強化すれば、蟻も倒せるかもしれない。とにかく、おまえが知ってる攻撃魔術を試してみろよ」

さっき拾った矢を渡す。レッドが文官用の魔術具を取り出して、入力しはじめた。すると、矢が最初は黄色の光に、次に緑の光に包まれた。

「蟻が、こっち見た！」

見つかったと声をかけたが、なおもレッドは魔術具に入力している。

蟻が俺たちに向かって猛ダッシュしてきた。みるみるうちに蟻が迫り、俺はとっさにレッドに覆い被さった。

頼みます、マント様！

レッドごと地面に倒れる。そのタイミングで蟻が俺たちに乗りあげた。蟻の足に体を踏まれるという喜べない体験をしたところで、レッドが矢を蟻に突き出した。

蟻の胸部に矢じりが刺さるが、矢じりの三分の一も入っていない。

レッドが「逃げろ」と、言って俺を突き飛ばし、横に転がった。

急いで上体を起こすと、なんと、矢がぐるぐる回転していた。まるでドリルのように、矢じりが蟻の胸部に潜ってゆく。

「ケイスケ殿、とにかく蟻から離れろ！」

言われるままに地面を蹴《け》って、こけつまろびつしながら前へ進んだ。

一歩、二歩、三歩。四歩目を踏み出しかけた瞬間、背中に熱気を感じた。

「うぇっ⁉」

振り返ると、蟻に火柱が立っていた。

蟻の焦げる臭いが漂う中、レッドがものすごくイイ笑顔を浮かべている。

「レッド、いったい何をしたんだ？」

「土の魔術で矢を硬化させて、風の魔術で矢じりをドリルのように回転させて、矢じりが完全に蟻の体内に潜ったところで火の魔術で蟻を燃やしたんだ」

「すごい！　魔術の三重がけなんて、よくこの状況で考えついたもんだ」

「念には念を……ってね。しかし、金魔石の効果は本当にすごいよ。僕の普段の魔力量じゃ、とてもこんなことはできなかった」

「だから、みんな欲しがるんだろうな」

燃えながら転げ回る魔獣蟻を見れば、その力は歴然だ。

「そろそろ行こうか。ぐずぐずしてたら、セオバルトたちに見つかる」

そう言った瞬間、レッドが「うっ」と声をあげて前のめりになった。

「レッド⁉」

慌てて声をかけると、首の後ろに鈍い衝撃が走った。

マントが淡く光ってる……ってことは、攻撃された⁉

周囲をうかがう間もなく、首が締めつけられた。

息が苦しい。この感覚……覚えがある。

高校時代の体育の柔道。柔道経験者が、ふざけて俺を落とそうとした時と同じだ。

気絶したら終わりだ。少しでもあがかないと……。

小袋を探って、さっき拾った小石を取り出す。

「気をつけろ！　あの妙な石を出したぞ！」

警告する声がして首の締めつけが弱まった。このチャンスを逃すまいと、俺は咳《せ》き込みながら走り出す。

「ハッタリだ。構わずオメガを捕まえろ！」

セオバルトの声がして、見えない手に手首を摑まれ地面に引き倒された。背中に重圧みを感じる。見えない敵が馬乗りになったようだ。

「畜生！　姿を現しやがれ‼」

もがきながらわめくと、セオバルトが姿を現した。

「さっきは、よくもやってくれたな」

セオバルトが俺の手を靴で踏み、体重をかけながら靴裏を押しつけてくる。

「だが、結局はたいした知恵もなかったか。隠蔽の術を解き、しかもこのように目立つ狼煙《のろし》をあげるとは。見つけてくれと言わんばかりだ」

「こっちには、こっちの事情があったんだよ」

「魔獣蟻か……。大群ならまだしも、たかが一匹を相手に大仰なことだ」

「うるせぇ、レッドは文官だ。剣もなしに戦ったんだ。上出来だろうが！」

そうだ。レッドはどうなった？

上体を起こそうとしただけで、馬乗りになった王領騎士に頭を押さえつけられた。

「さっさと縛りあげろ。黙らせるのも忘れずにな」

王領騎士が縄を取り出し、俺をマントごとぐるぐる巻きにした。その後、仰向けに転がされて両足首を縛《いまし》められた上、さるぐつわをかまされた。

レッドも俺と同じように縛られているが、ピクリとも動かない。

どうやら、気を失っているようだ。

「セオバルト様、この後はどうしますか？　こやつらのせいで、支城に戻れず転移陣で王宮に帰れなくなりましたが……」

「結界を張り終えて支城に戻った者の飛行魔獣に相乗りし、王都へ帰還する。……だが、その前に、こやつらをここで始末しなくては。死体はその辺に転がしておけば、魔獣蟻が始末してくれるだろう。死体がなければ証拠もない。ハイデリーの兵どもがいくら騒ごうが、どうとでも言い逃れできる」

「しかし、陛下がなんとおっしゃるか……。陛下は、このオメガにご執心でしたから」

「だからこそ、オメガは殺さねばならないのだ。それに、陛下はじきにレアリー領より妃を迎えられる。そうすれば、こいつのことなどすぐに忘れてしまわれる」

セオバルトが俺を蹴飛ばして、そのはずみで、さるぐつわがずれた。

「おい。レッドだけは助けてくれないか？　確かに、俺が死んだら、王様はすぐに忘れるかもしれない。だけど、レッドは違う。王様の乳兄弟なんだから」

セオバルトが、考え込むように眉を寄せた。

ここで口封じをした場合と、生かしておく場合の損得を秤《はかり》にかけているのだろう。

セオバルトと睨みあいながら、俺は、支城から助けが来るのを待っていた。

俺たちに追いついたタイミングと、さっきの会話の内容からして、セオバルトたちは支城を制圧できたわけじゃない。支城から逃げてきたんだろう。

さっき魔獣蟻を燃やした煙がセオバルトたちの目印となったのなら、支城の兵たちの目に留まったかもしれない。

――まあ、可能性のレベル、だけど……――

最後の最後まで、諦めずにあがく。それしか、今の俺にできることはない。

「こやつも、ここで処分する」

なんて冷たい声だ。こいつ、本気でレッドを殺すつもりだ。

「ふたりとも処分しなければ、私がオメガを殺したと、陛下がお知りになる。たとえ一時のことであっても、私は陛下の不興を買うことがあってはならないのだ」

セオバルトの瞳には、強い光が浮かんでいる。狂気と紙一重のようなギラついた瞳が、俺を見据える。

「おまえが来てから、陛下はすっかりおかしくなってしまった。よりにもよってオメガの──アルファの御子を望めぬ──おまえを寵愛《ちょうあい》し、ハイデリー領に頻繁に足を踏み入れるようになり、金魔石を下賜までされるとは」

「俺を寵愛したのはともかく、結界が壊れて大型魔獣が大量に侵入してたんだ。ハイデリーへ必要な分の金魔石を渡すのは、当然のことだろう？」

「それが甘いというのだ。ハイデリーの者らが、与えた金魔石を隠し持てばどうなる？私は、王宮のみが金魔石を所持する優位を陛下に説いたが受け入れられなかった。あれほど聞き分けのよかった陛下が……。それもこれも、すべておまえが来てからだ。私にはわかる。おまえは、生きているだけで、このデュナンを滅びに導く忌むべき存在なのだと」

うわぁ。すごい評価をもらっちゃったよ。

そこまで俺は、たいしたもんじゃないと思うけど、それを言ってもしょうがない。

「王様は、いつもちゃんと考えて行動している。たまたま俺が来たタイミングで、あんたと王様の見解が違っただけだ。……あぁ、つまりあんたは、王様には、自分の言うことを聞く従順な存在でいてほしいんだ。それ以外の王様はいらないんだな」

「馬鹿なことを申すな。最善の策というのは、常にひとつ。今まで、私と陛下はそれを共有できていたのだ。今は、おまえのせいでハイデリーなどに肩入れしているが……。それも、おまえさえいなくなれば、元の聡明《そうめい》な陛下に戻られるだろう」

だから、どうして、俺が死んだら王様と意見が同じになると思うんだろう？

「聡明じゃなくて、従順だろう？　あんたは王様を敬ってるつもりで、本当は王様を支配したいんだよ」

「この痴《し》れ者が、何を言うか!!　このセオバルトは、オニール家は、初代ファルザームの時より常に国王の忠実な臣下なのだ」

セオバルトが目をむき、唾《つば》を飛ばしながらわめきたてる。

こいつは本格的にやばい。まるで狂信者だ。俺がそう思った、その時だった。

「セオバルト様、蟻が……！」

「なにをうろたえている。蟻の一匹くらい、どうということもないだろう」

「一匹ではありません。蟻の群れが……」

王領騎士が指さした方を見て、セオバルトが顔色を変えた。地面に転がっている俺からは見えない方向だ。あっちは……確か、妙な穴があった方だよな。

「あれって、魔獣蟻の巣穴だったのか!!」

俺が大声をあげると、セオバルトたちが色めきだった。

「この愚か者め。この近くに蟻の巣があったなら、なぜもっと早く言わないのだ!」

「セオバルト様、そんなことより早く逃げましょう」

「そうです。魔獣蟻が出たと言えば、支城に入ることもできるはず」

俺たちを置いて、セオバルトたちが支城に向かって走り出した。

ベルトにはナイフがある——食事で使うので、この世界ではスマホなみの常備品だ——が、あいにく、マントの上から縛られているので、取り出すのは難しい。

レッドはまだ気絶したままだ。

どうする？　どうする？

考えながら、レッドのもとへ転がった。マントは土まみれだし、針葉樹の落ち葉が顔にちくちく刺さる。

最後の頼みの綱はレッドだ。レッドも縛られているが、なんたって魔術がある。

「レッド、おい、レッド!!」

必死で声をかけるが、レッドに目覚める気配はない。

その間にも、蟻がわさわさ近づいてくる。

蟻の頭部が、どんどん大きくなって、表面の微妙なでこぼこが見えるくらいまで近づいた。顎のでかいハサミが迫る。黒光りする、とんでもない凶器だ。

「――っ！」

息を止めて、目を閉じ、体を丸めた。

その時、世界が無音になった気がした。

吹きつける風の音、梢《こずえ》の揺れる音、遠くで鳴く鳥の声さえも、すべて消えた。

あぁ……これ、もしかして、ゾーンってやつ？

緊急事態に、五感すべてが研ぎ澄まされるっていう、アレだよな。

それだけヤバイ状況ってことか。

もう一回、王様に会いたかった。匂いを嗅いで、声を聞いて、温もりを感じたかった。

あぁもう、畜生！　未練がたっぷりありまくりだ。

こんなところで、死にたくない!!

内心で絶叫した時、体がふわりと宙に浮いた。

次の瞬間、耳元でごうと風切り音が聞こえて、世界が元に戻った。

目を開けると、真っ白な馬の腹と、どんどん遠のく地面が見える。

「無事か!?」

頭の上から声がした。王様の声だ。どうして、王様の声がするんだ？

いぶかしんだ途端、身も心も蕩けるような匂いが鼻腔を満たした。

「王様……⁉」

反射的に起きあがろうとすると、肘で背中を押さえつけられた。

「動くな。下手に暴れると落ちるぞ」

どうやら、縄で縛られたまま、ペガサスの背中にうつぶせに載せられているようだ。

王様は右手で剣を握り、魔獣蟻に攻撃していた。一振りすると、ブンと音がして、スパっと蟻が真っ二つになる。

「……王様、レッドは？　レッドを助けてくれ！」

「すでにオーウェンが回収している」

首をめぐらすと、視界の隅に剣を手にしたオーウェンと、俺と同じようにグリフォンの背に乗せられたレッドが見えた。

レッドは、矢に魔術を三重がけして、やっと魔獣蟻を一匹倒したのに、王様とオーウェンのふたりは、一振りで二、三匹を真っ二つにしてしまう。

「強ぇえ……」

ベータの文官とアルファの騎士の違いを、如実に見せつけられた感じだ。

ふたりが半分ほどの蟻を倒した。すると、おもむろに残った蟻が仲間の遺骸《いがい》を咥《くわ》え、何事もなかったように巣穴に向かって歩き出す。

……あぁ……。仲間の死骸も、貴重な食糧だよね……。

「こうして、あるていど蟻を倒すと、残りの奴らは巣穴に死骸を運びに行く。後を追って巣穴を見つけたら、今度は巣穴ごと中にいる魔獣蟻を退治するのだ」

ここで王様が俺の縄を切り、剣を鞘に納めた。

そうして、「絶対に動くな」と言ってから、俺を抱きあげた。

いわゆる横座りでペガサスに乗ると、王様が左手で俺を抱き寄せる。

「大事がなくてよかった」

噛み締めるような声に、俺は、改めて助かったと実感した。

「ありがとうございます。どうして、俺が危ないってわかったんですか？」

「おまえの服は、すべて俺が与えたものだ。あるていどの防御機能を持たせ、かつ、強い衝撃を受けた時には、俺に伝わるようにしてある」

「防御以外にそんな仕様まであるんですか⁉」

「当然だ。愛する者を守るため、この俺が手を抜くとでも？」

涼やかな顔で王様がうそぶく。

誇らしげな表情が頼もしく、思わず「抱いて！」と、叫びそうになった。

「ブーツをセオバルトに切られたから、その時に王様にわかったんですね」

左足をあげて切り裂かれた上、血で汚れたブーツを見せると、王様の形相が変わった。

「治癒はしたのか？　こんな怪我をするなんて、レッドは何をしていた」

「事情は後で説明しますが、それどころじゃなかったんです。治癒はまだですが、レッドは、ちゃんと魔獣蟻を倒して、俺の命を守ってくれました」

急いでレッドをフォローする。その間にも、王様が治癒魔術を発動させていて、柔らかな光に全身が包まれた。

「よく戻ってこられましたね。周りから止められなかったんですか？」

「止める者には、後から追いつくと言いおいた。最悪、俺がいなくてもダレンがいる」

「オーウェンさんは、どうしてついて来たんですか？」

「ついて来られる者だけついて来いと言ったら、オーウェンだけが残ったからだ」

王様は、自分と同じように飛行魔獣を乗りこなす者のいることが、不満なような嬉しいような、そんな表情をしている。

「おまえのだいたいの居場所はそのチョーカーでわかったが、木が邪魔をしてよく見えなかったんだ。一度、煙があがってこのあたりと見当をつけたが……。やっと見つけた時には、セオバルトらが縛られたおまえたちを放り出して魔獣蟻から逃げているし、何があったのかと肝を冷やした。……本当に無事でよかった」

「死ぬかもしれないと思った時、もう一度、どうしても王様に会いたくなったんです。今、こうして一緒にいられるだけで、泣くほど嬉しいです」

王様の左手を捧げ持ち、手袋越しに手の甲に口づけた。

それから、蟻の巣穴まで移動すると、王様はオーウェンと協力して、巣穴を一気に水で満たして、その上で穴に石で蓋をした。

オーウェンが通話魔術具で支城に巣穴の場所を知らせる間に、俺は改めて王様のペガサスにまたがり直す。

「ケイスケは、このまま俺と三番結界まで移動だ。その間に事情を説明するように」

「レッドはどうするんですか？」

「支城で寝かせておこう」

王様がオーウェンにレッドを支城に連れてゆくように命じ、右手の中指にしていた金製のごつい指輪を渡した。

「王の名代の証《あかし》だ。俺が戻るまでに支城で何があったのか調査してくれ。事情によってはセオバルトらを捕縛しても構わない。責任は、すべて俺が取る」

「しかし……それでは、三番結界まで陛下をお守りする者がいなくなってしまいます」

「戻る途中で、はぐれた護衛と合流するから問題ない」

王様が、剣の柄頭から白い光を垂直に打ちあげてペガサスで飛び立った。

オーウェンはレッドを連れ、仕方ないという顔で支城に向かう。

支城で起こったことを王様に話す間に、一騎、また一騎とはぐれた王領騎士と合流した。

そうして、話を聞き終えた王様は、悲しげな顔をしていた。

なんやかんやいって、王様にとってセオバルトは、良い臣下だったのかもしれない。だとしたら、俺とセオバルトがこうなったことは、王様にとって辛いことだろう。

ごめん、と謝るのも、慰めたり励ましたりするのも、違う気がした。

手綱を操るのに邪魔にならないよう、王様の左腕に手で触れた。

王様の悲しみが少しでも和らぎますように。

そう願いながら寄り添ううちに、三番結界に到着した。

ペガサスから降りると、すぐに王領騎士に引き合わされた。

「ヒュー、私が結界を張る間、ケイスケの護衛を頼む。ケイスケ、ヒューはレッドの義兄で信用のおける騎士だ」

ヒューは、年の頃は、四十歳手前くらい。茶目っ気のある瞳にダンディな口ひげで、海外ものの実写『三銃士』のアラミスのような粋な雰囲気の騎士だ。

俺をヒューに預けると、王様はダレンとともに結界へ向かった。

結界から三十メートルくらい離れたところで、王領の飛行騎士が円状に等間隔で並んで周囲を警戒している。

結界は前に王様が説明してくれた通り、直径五メートルほどの石の台に金属製の覆いが被さっていた。

王様とダレンが覆いを挟んで向かい合い、剣を抜いた。切っ先を地面につけると、ふたりが詠唱をはじめる。

結界が張られているのか、距離が遠いからか、声はまったく聞こえない。

そのうちに、土台の石が淡く白い光を放ちはじめた。その光は、時が経つにつれて強くなる。王様が口を閉じると、今度は金属の覆いが赤い光を放ちはじめた。

赤い光がゆるゆると空へ向かって伸びてゆく。やがて、見あげるほどの高さに至ると、今度は光る帯となって左右へ広がっていった。

「うわぁ……」

この光が、俺の血を元にしているのかと思うと感慨深い。

そうか。結界を張り直すというのは、俺とシアンの血が結びつくということなんだ。

シアンは、二百年の間、この国を守った。それにこれからは俺も加わるんだ。

大好きな人が大切にしている国を、守ることができる。

それは、なんて素晴らしいことだろう。

俺の血は――心は――いつも、王様とともにある。この結界はその証なんだ。

結界を張り終えた後は、まずは王領の飛行騎士、そしてハイデリー領の飛行騎士の順で支城に戻った。飛行騎士以外のハイデリーの騎士は、現地解散だ。

儀式を終えた王様はヘロヘロだったが、それでも俺をペガサスに乗せて移動した。

支城では、オーウェンが外壁の手前で魔獣蟻に襲われていたセオバルトと王領騎士を保護し、ハイデリーの兵士や王領騎士らから話を聞いていた。

支城の大広間でオーウェンから報告を受け、代理の証の指輪を受け取ると、王様が満足げな笑顔を浮かべた。

「さすがだな。そなたが次代の副王なのだから、北の国境は今後も安泰と心強く思う」

「お褒めに与り光栄に存じます。……しかし、私は陛下に同行し護衛の任務にあたりたく思いました」

「我が身を案ずる気持ちを嬉しく思う。しかし、こちらの処理をそなたに任せられたからこそ、私も安心して儀式を行えたのだ。今後もよき臣下として私を支えてほしい」

「陛下の信頼に応えられますよう、今後も一層励んで参ります」

やりとりするふたりを、結界から戻った王領騎士たちは驚きの目で見つめていた。

話と違う。想像していたより礼をわきまえている。陛下の信頼が厚い。

そういった感じだろうか。

セオバルトらを捕らえたことで、出発前よりトゲトゲしくなっていた王領騎士のオーウェンへのまなざしがほんの少し和らいだ。

セオバルトがハイデリーに偏見を持っていたせいで、王領騎士たちも知らず知らずのうちに影響を受け——部下は上司の意向に従うものだ——ハイデリーへの悪印象がある。

実際にオーウェンやハイデリーの人たちに接することで、その印象を少しずつ拭《ぬぐ》ってゆければいいと思う。

結界が張り直されたといっても、まだ大型魔獣は出没しているのだし、そんな非常事態にいがみあってる場合じゃないだろうし。

あぁ、そうか。王様は、これをきっかけにハイデリーへの認識を変えようとしているのか。だから、王領騎士の前で、芝居がかったやりとりをしてみせたんだ。

王領の騎士たちが転移陣で王宮へ帰っていき、最後にダレンとその護衛が残った。

「兄上は王宮に戻らないのですか？」

「負傷したセオバルトらの様子も気になるし、オーウェンとの話し合いが残っている。おまえは先に戻るがいい」

ダレンは王様に優雅に礼をすると、最後に俺に小さく手を振って王宮に戻った。

次は、ハイデリーの騎士たちが移動する番だが、俺はオーウェンやレッドとともに、最後にスレイン城に戻ることになっている。

王様は、支城の客室に泊まることになった——要は軟禁だ——セオバルトと話があるということで、オーウェンを連れて大広間を出て行った。

　ふたりを待つ間、俺はレッドに怪我の具合を尋ね、俺の護衛に残ったヒューから、レッドと奥さんのなれそめを聞いたりして楽しい時を過ごす。

　気がつけば、外はすっかり暗くなっていた。ハイデリーの騎士たちも去り、大広間は閑散としている。そこへ、すごく疲れた顔をした王様がオーウェンと戻ってきた。

「今日は、スレイン城に泊まることにした」

「……いいんですか⁉」

「小うるさい奴らを黙らせる材料も手に入ったし、今宵《こよい》はおまえと過ごしたい」

「嬉しいです。今夜が楽しみになりました」

　さすがに、他人の目のあるところで、セックスできて嬉しい、とは言いかねる。

　なにより、辛いことがあった日に、俺と過ごしたいと思ってくれたのが嬉しい。

　一緒にいると癒される、慰めになる。そういう存在になれたということだから。

　俺も、王様を大事にしたい。俺のできる精いっぱいで。

　それから、俺と王様とレッド、オーウェン、そしてペガサスとグリフォンが転移陣で移動する。ヒューは、セオバルトの監視のために支城に残ることになった。

　スレイン城に帰ると、食堂では結界の復活を祝う宴の支度が整っていた。

　料理長発案という川魚のフリッターのあんかけ、ローストビーフ。厚切りのベーコンにコカトリスを焼いてマスタードソースをかけたもの。魔獣鹿肉のパイ包み。魔獣ウサギのシチューに、肉団子の入った鹿出汁の具だくさんスープ。

焼き立てのパン、ヤギに牛といった乳の種類と製法の違うチーズ。俺のためにと、そば粉のガレットとレバーのパテも出た。

王様は俺の右隣に座って、反対側に座るガレットに、「あの鶏と米の料理はないのか」と聞いていた。

「あれは、魔獣退治が終わり、ハイデリーに平和が戻った宴で出す予定です」

飄々《ひょうひょう》とうそぶくガレットに、王様が悔しそうな顔を向ける。

「ケイスケ、他に俺の好きそうな料理はないのか？」

「王様の好きな料理を海南鶏飯以外知らないから、わかりません」

そうだ。俺は、そんなことも知らなかった。

好きな料理、好きな音楽。好きな色、好きな季節。俺は何も知らない。

もっともっと、王様のことが知りたい。

「好きな料理を、教えてくれますか？」

そう尋ねると、王様が驚いたような顔をした後、破顔一笑した。

「おまえが、俺に興味を持つようになるとは」

「今は、王様のことをたくさん知りたいです。俺が王様について知ってることは……俺を大事にしてくれることと、優しいこと、他は……」

ストレス解消に雷をぶっ放すことと、夜の方は変態紳士ということか。

どちらも言わない方がよさそうなので、そこはお口チャックである。

にっこりと笑いかけると、王様が左手を卓上に置いた俺の右手に重ねた。碧《みどり》の瞳が艶めき、もっと続けろとうながしている。

「えっと……。先読みがすごいですし、気遣いもすごいなぁって……。俺が怪我したらすぐに治療してくれますし……」

思いつくまま、王様のすごいところ、好きなところを口にする。その間、王様は目を細めて俺を見つつ、左手の指で俺の右手の甲を撫でていた。

撫でられた部分から、肌が敏感になってさざめきはじめる。さざめきに、やがて全身の肌が火照り、腰のあたりが落ち着かなくなってゆく。

これじゃあ、まるで前戯のようだ。

そう思った途端、熱が、くっきりと快感になった。

同時に、周囲から向けられる生温かいまなざしに気づいてしまった。

「手を、離してください」

「振り払えばいいじゃないか」

そんなこと、自分からできるはずがない。

「意地悪しないでください……」

上目遣いで訴えると、王様の手に力がこもった。

「腹はいっぱいになったか？」

突然、風向きが変わった。とまどいながら「はい」と答えると、王様が俺の手を握ったまま立ちあがった。

「ガレット、俺たちは先に休ませてもらう」

「……ケイスケが休むのは賛成ですが、陛下には、少々儂の話におつきあい願いたい」

ガレットが意味ありげな目配せをする。俺がいたらできない話をしたいんだろう。

「では、俺は先に失礼します」

離れてゆく手を惜しみながら、アートとともに食堂を出て寝室に向かった。寝室には、後は湯を沸かすだけのところまで風呂の準備がしてあった。

「すごい。さすがアートだ。気が利くな」

心から称賛すると、アートが嬉しそうにほほ笑んだ。

魔術具で湯を沸かしながら裸になり、たらいに浸《つ》かってアートに背中を流してもらう。

湯浴みが終わり、寝間着を着てベッドに入っても王様は戻ってこない。

さて、王様が来るまでどうやって時間をつぶそうかと考えて、シアンの手記を思い出した。あれを読むなら、今だろう。

結界が復活して、俺とシアンの血が混ざり合った日だ。このイキオイを逃したら、きっと俺は、オメガ虐待日記を読む気になれなくなるだろうから。


ベッドに乗りあがり、クッションにもたれながら手記に視線を落とす。

前回は、二番結界が完成したところで終わっていた。そこから先は、かなり日付がとびとびになる。

シアンは徐々に手記を書く気力――体力か――を失ったのか、メモ書きていどの記載が続く。血を抜く。賢者の石ができる。休む間もなく移動する。

途中で、おや、と思う。ルオークやファルザームの名前が出なくなり、代わりにアレンの名が頻出するようになっていたのだ。

そういえば、シアンから血を抜くのは、アレンの役目になってたんだっけ。

アレンはシアンにつきあい、支城――当時は砦《とりで》に毛が生えたていどのものだ――を拠点として血を抜き、結界を張り終えると、シアンの体力の回復を待つ間に次の支城を作る体制を作りあげていた。

「遣《や》り手、だよなぁ……。それに、王様に似た気遣いを感じる……」

ファルザームは、天幕でシアンの血抜きをしていたはずだ。

アレンは、防衛の責任者ということもあってか、支城のベースとなる建物を建てることで、魔獣からも風雨からもシアンを守っているように思えた。

たぶん、それにシアンは気づいてない。気づく余裕もなかったと思う。

それよりは治癒魔術を何度も使えるアレンの魔力量に驚いていた。もしかしたら、アレンの魔力量はルオークより多いのではないか。そんなことまで書いていた。

『とうとう、結界が完成した。褒美に、とルオークがその晩は私に情けをかけてくれた。久しぶりの交わりに私は狂喜したが、病み衰えた体が厭《いと》わしいのか、ルオークからはかつてのような情熱は失われていた。

翌日、ルオークは新しい都となる地、アスロンへと転移陣なる魔術で帰還した。

私はしばらくの間、支城で療養するよう言われている。

帰り際、ルオークは、一度も振り返らなかった。結界が完成した今、私のことはもう不要だと言われた気がしてならない。』

『支城にはアレンが残った。医術に長《た》けた者をどこからか探してきて、私の世話をさせる。同じ城にいるが、めっきりアレンと会う機会が減った。アレンにさえ不要と言われた気がする。私は、孤独だ。』

ここからしばらく、療養日記が続いた。そして。

『王宮が完成し、ルオークがアントリウムとメイヨーそして、国境までの土地を治める王となる日が決まった。私も大賢者として、即位式には参列しろと命令があり、王都へ向かうことになった。

ルオークに会えるのは嬉しい。しかし、その後、また新たな花嫁を迎える婚礼が行われると聞き、憂鬱《ゆううつ》な気分となる。

ルオークがまた遠くなる。王となれば、もっと遠くなるのだろうか。』

『王宮へアレンとともに転移陣で移動した。ルオークは、私には目もくれず、アレンばかりを歓迎する。

晩餐《ばんさん》の席では、ルオークの妻子を紹介された。いつの間にか、妻はふたりに、そして男子までもうけていた。生まれることが許されなかった子のことを考えたら、気分が悪くなった。晩餐を途中で退席する。

まるで、木石を見るかのようなルオークのまなざしが悲しい。それでも、まだ、私は彼を愛している。心と体が、ルオークを求めてやまない。

番のアルファに捨てられたオメガの行く末は憐れと聞いてはいたが、まさしく今の私のことだろう。せめて子がいれば、この悲しみを癒せたのだろうか。私は、ルオークを恨んでしまいそうだ。』

シアンの悲しみに、俺の胸も痛くなった。

王様に捨てられたら、と、考えるだけで胸が冷たくなるのだ。まだ、番でない俺でさえこうなのだから、番にされたシアンの苦しみはどれほどのものだったのか。

知らない人のことだけれど、他人事とは思えない。

少しでも幸せな瞬間があったことを祈ってしまう。

『ルオークの子を見て以来、気分が優れない。どうしようもない吐き気に襲われてばかりだ。医師が私を診察し、浮かない顔で出て行く。

不治の病にでもおかされたか。そうだったらいいのに。』

『今日は、即位式であった。王冠を被せるのはファルザームの役目だ。正式に王となったルオークは誇らしげで、獅子《しし》のように雄々しく堂々としていた。

その後は主要な人事が発表された。大臣は、内務大臣となったファルザーム以外、私の知らぬ者ばかりだ。ルオークの族の者は、ひとりもいない。

私の名も呼ばれたが、最高神官という、実態のわからない役職だ。最後にアレンの名が出たが、未だ魔獣の多く出没する結界付近の総督であった。大臣と比べれば、責任は重いが権力も権威も薄い職だそうだ。顔見知りの族の者たちは、みな、不満顔でいる。アレンだけが、いつもの無表情のままだ。

午後には、メイヨーの族長の妹との挙式が行われた。華やかな衣装をまとい、笑顔のふたりを見ているだけで胸が痛む。ルオークは、愛らしい花嫁に時折鋭い目を向けている。あれは、ルオークが獲物を前にした時の目だ。

かつて、私に向けられていたまなざしだ。あの頃はあの目が恐ろしかった。今は、狂おしいほど慕わしい。

即位式と婚礼の間、ルオークは一度も私を見なかった。私は、ルオークにとって不要の者、いや、今となっては居るだけで不快な存在なのかもしれない。』

そこからしばらく、シアンは本格的に寝込んだらしい。一行、二行の代わり映えのしない記述が続いた。

『今日、ルオークに呼ばれた。執務室にいたのは、ルオーク、ファルザーム、アレンだ。そこでルオークから、「おまえを、アレンにさげ渡すことになった。今後はアレンに従うように」と命じられた。

ルオークにどういうことかと尋ねると「アレンが、これまでの労に報いるための褒美に何を望むか聞いたら、おまえが欲しいと言ったのだ」と答えた。その後、アレンとふたりで話すことになった。

「医師から、おまえが子を孕んでいると聞いた。ルオークは堕ろせと言ったが、俺は、もう二度とあんなことはしたくない。それに、おまえのこれまでの功労を考えても、褒美のひとつもないのはおかしい。せめて、ルオークとの子を産み育てるくらいは許されていいと思った。だから、腹の子ごとおまえを俺が引き受けると申し出た」というアレンの言葉に、私はルオークに対する深い失望と、また子を孕んでいたという驚き、今度こそルオークの子を得られるという淡い喜びを覚えた。

アレンは、これは強制ではない、とも言った。私が望めばスレインで子を産み育てられるが、二度とルオークに会えない。王宮に留まることを選べば、子を堕ろすことになると。

三日後、アレンはスレインに出発する。それまでにどうするか決めろと言われた。

また子殺しの罪など犯したくない。けれども、ルオークを見ることさえ叶わなくなると思うと、それだけで胸が張り裂けそうだ。

私は、どうすればいいのだろうか。神なき地で、神を捨てルオークを選んだ私に、もう神に祈ることは許されない。それでも祈らずにはいられない。

神よ、聖ゲオルグよ、どうか私を正しい道にお導きください。』

ここで、手記は終わっていた。

「なんでだよ！」

思わず大声を出すと、アートが「どうなさいましたか⁉」と、言ってやってきた。

「なんでもない。……ごめん。仕事に戻ってくれ」

アートは今、俺が泥だらけにしてしまったマントを手入れしている。目の細かい櫛《くし》で丁寧に毛皮を梳《す》いて乾いた泥を落とすという、根気の要《い》る作業だ。

アートが仕事に戻ったのを確認して、俺はため息をつく。

どうして、シアンの手記はここで終わってるんだ？　シアンがどちらを選んだのか、気になってしょうがないじゃないか!!

雑誌で連載中の漫画で、いいところで以下次号！　となった時の気分だ。

いや、むしろ今の方がお預けをくらった気分は大きい。

雑誌だったら、待ちさえすれば続きが読めるのに、これに関しては書いたシアンが二百年も前に死んでしまっていて、続きは存在しないのだから。

「確か即位式の直後にシアンは死んだんだっけ。これって、シアンがルオークのそばにいることを選んで、それを疎んじて殺したのかも」

でなかったら、堕胎に失敗して失血死、とか。どちらもありそうな結末だ。

「どっちにしろ、後味が悪い最後だな……」

胸元のチョーカーに手を伸ばし、銀の部分を指でなぞった。

いよいよこれが、呪《のろ》いのチョーカーに思えてきた。それと同時に、シアンの手記を上蓋に仕込んだ人物が誰なのか、興味が湧《わ》いた。

アレンだったらいいのに。

シアンは気づいてなかったけど、アレンはシアンのことが好きだった。

好きを超えた深い愛情を、手記の短い記述からさえ感じられた。

俺の常識からすれば、別の男のこどもを妊娠した女の子の面倒を見ようっていうのは、半端ない覚悟が必要だ。この世界の常識はわからないけれど、そう変わらないだろう。

シアンの血を抜く時、アレンは献身的に治癒魔術をかけていただろうし、医師を手配したり、とにかくシアンが快適に過ごせるよう心を砕いていた。

それだけ尽くされても、シアンはルオークしか見えてなかった。

どうしてシアンは、アレンのことを好きになれなかったのか。アレンの真心に気づかなかったのか。理由はひとつしかない。

「番じゃないから、だ……」

番になる——される——というのは、怖いことでもあるんだ。

もう、本当にその人しか目に入らなくなっちゃうんだろうなぁ。こんなに愛されていたのに、気づけなかったシアンが憐れだ。そして、気づいてもらえなかったアレンを想うと、切なくなる。

「ままならないなぁ……」

手記を下着の下にしまったところで、王様がやってきた。アートに湯浴みの支度を申しつけると、まっすぐ寝台にやってきた。

さも当然というふうに王様が寝台に腰をおろし、俺の肩を抱き寄せる。

これだけでセンチメンタルな気分が吹っ飛んだのだから、俺も現金なものだ。

「忘れていた。これを返しておこう」

王様が二個の金魔石を差し出した。

「レッドも支城の兵も、おまえに感謝していた。貴重な物をよく貸してくれたとな」

「俺が持っていても、無用の長物でしたから。……でも、一番褒められるべきはアートですね。アートが治癒魔術具をふたつ、俺に持たせてくれたんですよ」

「確かに、アートの功績も大きい。よくケイスケに仕えている」

「あ、ありがとうございます！」

王様に褒められて、湯浴みの用意をしていたアートが真っ赤になった。

「そういえば、城壁で俺を逃がしてくれた兵士は、無事だったんですか？」

「あぁ。セオバルトらの足止めに徹していたところ、死角から炎で攻撃され、ひるんだところを逃げられたそうだ。かなりの火傷を負ったが、オーウェンにより治癒済みだ」

「よかった……」

同時に三人を相手にして生き残ったとは、さすがは歩兵でも白兵戦なら騎士と互角とされるハイデリー兵だと感心する。

そんなことを話すうちに、アートが湯浴みの用意ができたと伝えてきた。

王様の服を脱がせるアートの顔がひどく強張《こわば》っている。

「どうした？」

心配になって声をかけると、アートが半泣きの顔で「陛下のお背中を流すのが、恐れ多くて……」と、震える声で答えた。

「俺がやるよ。アートはもう休んでいいから」

王様の背中を流した後は、大人の時間のはじまりだ。だったら少しでも早くふたりきりになりたい。

「しかし、ケイスケ様にそのような真似を……」

「問題ない。元々ケイスケには寝室係を頼もうかとも思っていたのだ。あとはケイスケに任せてそなたは先に休みなさい」

恐縮するアートに慈愛の表情で王様が命じた。これで決まりだ。

アートが出て行き、待望の大人の時間がやってきて、王様が計画通りという顔で笑ったのだった。


全裸の王様を、俺はたらいにいざなった。

「どうせ後で脱ぐんだから、おまえも裸になったらどうだ？」

湯に体を沈めながら、王様がニヤニヤ笑っている。ハンサムなお顔が台無しですよ、と思いつつ、言われた通り寝間着を脱いで全裸になった。

俺は真面目《まじめ》に王様の体を流そうとした。だけど、変態紳士がそんなことで満足するわけがなかったのだ。

最初に髪をそして背中を流し、前に回って肩を濡らした布で拭いはじめると、早速ちょっかいをかけてきた。

俺の脇腹を撫でたり、尻を摑んで揉みしだいたり。乳首を指でいじったり。

「ちょっと、ちょっと。そんなことされたら、ちゃんと体を洗えませんよ」

「それはいけないな。しっかり役目を果たすように」

まるで王宮にいた時のように、真面目くさった口調で返される。

そういうことを言われると、こっちも違う意味でやる気になるんだけど。

「失礼します」とひと声かけて、たらいに入ると、王様の太腿にまたがった。

そして、俺は豊かな胸――血抜きの時から思ってたけど、王様の雄っぱいは、見事な巨乳だ――に、両手をあてて揉みはじめた。

さすがロイヤル。王様の肌は、すべすべだ。

そして、いい筋肉は柔らかいというが、王様の雄っぱいも例に漏れず、大変に素晴らしい揉みごこちであった。

元々、乳首責めは大好きだった。幼馴染には、「お母さんが小さい頃に亡くなってるからだと思うけど、ケイ君ってマザコンだよね」と指摘されてたくらいだし。

そうして、欲望のおもむくままに左の乳首を摘まんだ。くにくにと指を動かすと、そこが硬くなる。

「……あっ」

王様の口から艶っぽい声があがった。

あれ？　もしかして、王様、乳首で感じてる……？

いやいや。そんなことはないだろう。この国最強のアルファ様が、まさか、そんな。

そんなことより、いつ、「馬鹿なことはやめろ」って言われて乳首いじりを中止させられるかわからない。できるうちに、できるだけおっぱいを楽しむことにしよう。

しこった乳首に唇を寄せ、舌先でつつく。乳輪を舌でなぞって、小さな粒の上で左右に動かし、吸いあげる。

……そろそろ、ヤメロって言われそうな頃合いなんだけど……。まさか、本当に感じてるとか？

ありえないよなぁ。と思いつつ、上目遣いで王様を見た。

王様は、目を細め、唇を半開きにしていた。

この色っぽさ……、やっぱり乳首で感じてるのだ。

だったら、なんとしてでも乳首を開発しなければ。

目指せ！　王様の乳首イキ!!

強い使命感に駆られながら、俺は、持てる限りのテクを駆使することにした。左手で右の乳を揉みながら、指の股《また》で乳輪を挟んで乳首を刺激する。

俺の愛撫《あいぶ》に敏感になった左の乳首に軽く歯をたてると、「んんっ」と王様が濡れた声をあげた。

王様が、俺の乳首責めに感じている。かわいい。すっごく、かわいい。

その瞬間、股間がズギュゥーンと擬音をたてながら、勃起《ぼっき》していた。

股間が張り詰めて痛いくらいだ。抱きつぶすイキオイで、王様が愛しくなった。

だが、しかし、次の瞬間。俺の頭をよぎったことは。

……でも、王様って変態紳士なんだよな。変態紳士が乳首責めで喜ぶって、想定内っていうか、ぶっちゃけ、変態がすぎて、萎《な》える。

「…………」

やばい。俺のエクスカリバーがしょんぼりだ。さっきまでの元気はどこ行った？

などと焦っていると、頭上から「さっきから、何をひとりで百面相をしているんだ？」

と呆れ声が降ってきた。

「いや、その……」

王様が、しょぼくれている俺の手を取り、股間に導いた。

「……そろそろ、ココを洗う頃合いじゃないか？」

うなだれた俺の耳元で、王様が低くてイイ声で囁《ささや》く。エロボイスに誘われて、俺は、王様の王様に触れた。

乳首責めに感じたのか――いや、絶対感じてた――、すでに半ば勃起していた。

勃《た》ってる。そう指先が認識した瞬間、体の芯からゾクゾクした。

エクスカリバーはピクリともしないが、後ろ――ケツ穴――がざわめいた。

フル勃起した王様の肉棒を想像すると、貫かれた感覚がよみがえった。それだけで、口の中が乾いて喉が鳴る。

オメガの本能に駆り立てられ、逞《たくま》しい楔《くさび》を握った。左手でゆっくりとしごきながら、先端と竿《さお》の継ぎ目を洗うように右手で愛撫すると、王様の匂いが強くなった。

王様の匂いを胸いっぱいに嗅ぐと、脳みそが溶けてゆく。

あぁ、早くコレを挿れたい。でも、その前に口でしたい。

王様の袋と竿の同時責めをしながら、口さみしさに唇を舐めると、王様が手を伸ばして俺の顎に触れた。顎クイで顔を上向かせてから、王様が顔を近づけた。

「そのまま、続けていろ」

甘く囁いてから、触れるだけのキスをする。

小鳥が羽繕いをするような優しく短いキスを、口だけではなく頬や鼻の頭にも受けるうちに、愛されているという実感に心が蕩けてゆく。

キスは王様に任せて、俺は手コキに集中だ。

愛情一本！　自分が気持ちいいことを、とにかくするのだ。

まずは湯に浸かってふやけた睾丸《こうがん》に左手を添えた。玉と竿、同時に責めよう作戦である。玉を転がすように動かしながら、竿を右手で緩く握った。

緩急つけつつ愛撫をしていると、王様が唇を離して熱っぽい息を吐く。

「湯浴みは終わりだ」

いよいよ本番ですね!!

「では、体を拭きましょう」

先にたらいから出て大判の布を手に取ると、そのままお姫様抱っこ! された。

王様が続いて小声で何事かをつぶやく。一歩、二歩、三歩。大股で王様がベッドに移動するまでの間に、ふたりの体が完全に乾いていた。

「魔術ってこんなこともできるんですね」

王様は俺を抱いたままベッドに座り、「まあな」と言って顔を近づけてきた。

……あぁ、もう! 顔がいい!!

恋人の顔がよすぎて、萌《も》え死にしそうだ。

そうして、唇を挟まれ、甘噛みされただけで、謎液《なぞえき》が分泌しはじめる。

熱い舌が唇を舐め、歯を撫でる。その間に、俺は左手を王様の首に、右手を王様の股間にやった。指を伸ばして、誘うように表皮を撫でると、王様の舌が止まった。

「ヒートでもないのにやる気だな。これ以上、俺を夢中にさせて、どうするつもりだ?」

王様が色っぽい流し目を向けてきた。

「そんなの、俺だって同じです」

「ほう?」

「知れば知るほど、王様のことが好きになってるんです。また、誰かを好きになるなんて、向こうの世界にいる時は、とても思えなかったのに」

「……どういうことだ?」

いぶかしげな声が返ってきた。

そういえば、王様には俺の寝取られ話をしたことがなかったな。

どう話そうかと考えているうちに、王様に押し倒された。俺の顔の両脇に王様が手をついて、腕の檻《おり》に閉じ込めてから、俺の目をひたと見すえる。

「何があった? 話せ」

「えっと……幼馴染の彼女が、親友とセックスしている現場を見ちゃったんです」

途端に王様が、ご愁傷さま、という顔をする。

やっぱり、この世界の常識でも、しょっぱいエピソードだったか。

「……それ以来、女とセックスできなくなっちゃったし、男は論外だしで、一生俺はひとりで生きていくのかなーって思ってたんですよ」

ということは、つまり。

「俺は、この世界に来なかったら、こんなふうに誰かに大切にされることも、誰かを大事にしたいって思うこともなかったんですねえ。この世界に来られて、よかったです」

だって、こんなに幸せなんだから。

ふにゃんと笑いながら腕を王様の首に回して囁いた。

「大好きですよ。……ブライアン」

言うなら今だろ！　という野生の勘に従い、呼び方を変えてみる。

「……っ。不意打ちだろう……っ」

王様が顔を真っ赤にしたかと思うと、右手で覆った。照れてる。すごく、照れてる！

こうかはばつぐんだ！

「どうしましたか、ブライアン」

ここぞとばかりに王様の耳元に唇を寄せ、精いっぱい甘く囁く。

「おまえ……悪ノリしてるな？」

「まさか。ただ、愛する人に喜んでもらいたいだけです」

王様の首に回していた手を離して、股間に手を伸ばして茎を握る。

「これが、俺の愛し方です。……ブライアン」

碧の瞳が潤み、たまらないという表情をしたかと思うと、唇が重なった。

吐く息さえ吸い込まれそうなほど、深く唇が合わさる。熱い舌が俺の舌を絡めとる。

「ん、んん……っ」

あぁ……気持ちいい……。

王様の熱に侵されるのが気持ちいい。

もっと注いで、もっと満たして、もっといっぱいにしてほしい。それが熱でも精液でも匂いでも、王様から出たものなら、なんでもいい。

王様の舌が動くたび、口の中と、股間と穴が熱くなる。もっと熱が欲しくて、逞しい体に両腕を回した。

全身に王様の重みを感じる。体が密着して肌がざわめき、股間が昂《たかぶ》った。

熱を出したい。もっと熱く蕩けたい。

股間と後ろで反対の欲望がせめぎ合う。

王様が長いキスを終えて、俺の顔を見つめ、にやりと笑う。

「いい顔だ。余計なことを言わなければ、褒美をやろう」

褒美って、この場合、ひとつしかない。

アレを、挿れられる。そう思った瞬間、謎液がたらりと溢《あふ》れる。

ご褒美目当てにうなずくと、王様が乱暴に俺の股を開いた。

熱い視線が、そそり立った性器とその下に向けられた。

……見られてるだけ、なのに……。興奮する。

「んん……っ」

血がそこに集まって、先端から先走りが出た。王様はねっとりとしたまなざしを向けたまま、太腿に手を置いた。

熱く湿った息が下腹に吹きかかる。そして、俺の中心が柔らかな肉に包まれた。

王様に、フェラチオされてる⁉

股間に目を向けると、豪奢《ごうしゃ》な金髪が見えた。

まさか、これがご褒美なんだろうか？

「あ、っ。……っ。んっ……」

やばっ。口でされるのって、生まれて初めてだけど、こんなに気持ちいいんだ。

ちゅばちゅばと音をたてながら、王様が俺の竿を吸いあげる。いやらしい音に、いっそう股間が昂った。

「い、いいっ。……すご……っ」

竿を吸われるたびに、血が、熱が、集まる。でも、それ以上に、胸が熱い。

俺が王様にしたくなったように、王様も俺にしたいと思ったんだ。

王様の好きと、俺の好きは、同じなんだ。

「すごく、気持ちいい。大好きです。ブライアン」

「それほどよいか？」

「口でされるの、初めてだから。……こんなに気持ちよかったんですね」

「初めてだったか」

王様が嬉しそうな声で言うと、褒美とばかりに裏筋を根元から舐めあげた。

あぁ、もう。たまらない。さすが男同士、感じるツボがわかってる。

「んん……っ。そう、初めて……です……」

「俺も、おまえにやらせたのが初めてだった」

「ブライアンも、俺にされたのが、初めて？」

「おまえは、躊躇《ちゅうちょ》なく口にしただろう？　あの時は、本当に嬉しかった。おまえが愛しくてたまらなくなった。……それだけに、王宮から脱走した時には、怒りが増したがな」

王様が先端を口に咥えて、すぼまりに指で触れた。

「あっ。あっ……」

前と後ろ、両方いじられて腰が揺れる。穴をこじあけるように王様が指を入れた。出し入れされると、気持ちよくて涙が出た。

「すごっ。いい……。あ、イき、そう……」

抜き差しする指に煽られて、王様の肩に爪《つめ》を立てる。

王様が唇を離し、俺の尻をぐいと持ちあげて、でんぐり返しに失敗したみたいな姿勢にされた。

これって、尻も穴も丸見え……だよな⁉

「これはちょっと……んっ」

恥ずかしすぎると訴えようとしたら、口を唇でふさがれた。王様が穴を擦っていた手を俺の竿に移動させ、ゆるく握って上下に動かしはじめる。

「ふーっ。んっ、んっ」

口の中が気持ちよくて、体がぞわぞわして、王様の手の中で竿がぎちぎちに張りつめる。集まった血が、解放を求めて暴れている。王様のベロが口の中に入ってきて、舌にねっとりと絡みつくと、もう、限界だった。

「んっ！　……っ。あ、ん……っ」

かつてに比べてだいぶ薄くなった精液が、俺の胸元に散った。

俺が吐き出すのに合わせるように、王様が唇を吸いあげる。

「んん……」

イきながらキスするのって、すごく、イイ。

王様の腰に脚を絡め、逞しい体を両腕で抱いた。

すると、王様が俺のすぼまりに、また指を添えた。今度は、二本。さっきより穴が大きく開かれ、謎液で濡れた肉が指に侵される。

王様が中をかき回すように指を動かすと、熱く蕩けた肉が引っ張られる快感に、体がそり返る。

「んーっ」

あぁ、俺は、もう突っ込まれないと満足できない体なんだな。

でも、少しも悲しくなかった。

オナって射精する快感はそのままで、挿れられる快感も味わえるって、一粒で二度美味しい、じゃないけど、めちゃくちゃ得だし。

しかも、乳がなくてもフェロモンの底あげがなくても問題なし。エッチ上手で、かつ、夜はちょっと変態という、ある意味理想的な人物が相手なのだ。

俺って、ついてるなぁ。

舌を突き出し、王様の口の中に入れた。そこも熱くて、蕩けそうになる。

歯列を舐めると、王様がびっくりしたように動きを止めた。そして、指を三本に増やして穴を馴《な》らしはじめる。

王様の舌をつついて、そして絡める。口に溜まった唾液《だえき》も呑み込んだ。

その瞬間、ご褒美とでもいうように、王様の指が肉壁を指で擦る。

「あ、そこ……っ」

ぶわっと快感が広がって、のけぞった弾みで唇が離れた。

「ここをいじられると、気持ちいいだろう？　……ほら、これはどうだ」

これはやばい。まずい。気持ちよすぎる。

もしや、これが噂に聞いていた前立腺《ぜんりつせん》マッサージというものか!?

「都市伝説じゃなかったのか……っ！」

「おまえは、何を言っているんだ？」

「すごく気持ちいいですよ。今度、ブライアンにもやってあげますね」

「遠慮する」

俺の厚意は、即座に却下されてしまった。解せぬ。

よだれが出るほど気持ちいいのに、体験しないのはもったいないと思うんだけど。

「余計なことは考えるな。……考えられないようにしてやろうか？」

王様がしこりを指で挟んで執拗《しつよう》に責める。体の内側に快感が広がって、「あひゃあ」と、
変な声が出た。

そうして、王様が指で抜き差しをはじめた。長い指が動くたびに前立腺を擦る。

「う……。あ、あぁ……」

擦られるたびに、中がどんどんほぐれてゆく。王様が手を動かすたび、くちゅくちゅと
いやらしい音がした。

「ん、もっと……。もっと……」

「ケイは、本当に素直だ。そこが、とても愛おしい」

王様が額にキスをした。そうして、俺をうつぶせに寝かせた。

「後ろから？」

「おまえも、こっちの方が好きだろう？」

「わかんない。ブライアンとした時は、気持ちよかったことしかないから」

「……まったく、おまえという奴は…………」

愛しげな声がしたかと思うと、腰を高く掲げられ、切っ先が濡れた穴に触れた。

王様の熱をそこで感じると、肉の筒がきゅっとすぼまる。

先端がすぼまりを押し広げる。熱くて太くて、指とは全然違う。

限界ぎりぎりまで穴を広げながら、先っぽが中に入った。

それから、ゆっくりと王様が中に入ってくる。

あぁ、いい。やっぱりいい。前立腺もよかったけど、やっぱりこれがいい。

「いい……。すごく、いい……」

「俺も同じだ。どうして、おまえの中は、これほど気持ちいいのか……」

腰を掴む王様の手に力がこもる。粘膜で感じる王様の硬さが頼もしい。

「もっと、もっと俺で気持ちよくなって」

「あぁ。おまえは、本当に最高だ」

そう言うと、王様がぐい、と陰茎を突き入れた。それでもまだ半分しか入ってない。

熱く火照った肉筒は、侵されながらも粘液を出して、より深い挿入を待ち焦がれている。

あと、もう少し……。奥まで……あぁ……そう。そこ……。

どこまで入るか、体が覚えていた。だいたいこの辺、というところまで入ると、王様が動きを止めた。

「あぁ……いい……。ずっと、こうしたかった……」

色っぽい声でつぶやくと、王様が俺の腰を抱えたまま寝台に座った。すると、自分の体重で、深く楔に貫かれた。

「あ、あぁあ……」

快感に声が出た。王様は、そんな俺を愛おしそうにぎゅっと抱き締めた。

そのまま乳首を摘まれて、体がしなる。指が突起をいじるたびに、謎液が出た。

「おまえは、本当にセックスが好きだなぁ」

「うん。好き。……ブライアンとするの、好き。ブライアンのコレも好き……」

逞しい茎をぎゅっと締めると、肉と肉が密着した。

「あ、あぁ……ん、んっ……っ」

「あぁ。また中が熱くなった。熱くて……俺までとけそうだ」

再び勃ちはじめた陰茎を握られて、筒が震えた。

「そんなにいいか？」

「いい。最っ高……っ」

「俺以外に抱かれたこともないのに、最高とどうしてわかる？」

からかうように言いながら、王様がぐいと楔を深く突き立てる。

「わか、る……。だって、匂い、が、特別……」

「そうだったな。おまえたちオメガは、匂いで番がわかるんだった」

王様がつながったまま俺をベッドに横たえた。それから、浅い抜き差しがはじまって、湿り気を帯びた肉と肉のぶつかる音がせわしなく室内に響く。

「あっ……。んん……っ」

擦られ、抉られ、突きあげられるたびに、血が、熱が、そこに集まる。

熱い……気持ちいい……。後ろだけで、こんなに感じるなんて……。

ろくに触ってもいないのに、さっきから先走りが止まらない。息があがり、突かれるたびに声があがる。

ふいに王様が動きを止めて、半ばまで挿れた竿で中をかき回した。

火照った粘膜が引っ張られて、ぶわっと快感が湧きあがる。

「イく……。もう、イくぅ……っ」

汗ばんだ手でシーツを掴み、背をのけぞらせて射精した。

「あ、あぁあ……っ」

肉の壁がうごめき、猛《たけ》る楔にまとわりつく。

「すごい。たまらないな。……だが、こっちはまだ終わってない」

王様が俺の尻を軽く叩いた。その刺激にさえ感じて、肌がざわめく。

俺の腰を掴むと、王様がぐいと奥まで挿れてきた。

太い。硬い。熱い。腰から蕩けそうだ。

もう、王様を咥えるだけで気持ちいい。奥まで入ると、当たる部分が増えて、それだけ気持ちいいも大きくなるからたまらなかった。

「いい。いい……っ」

「まだ動いてないぞ。よくなるのは、これからだ」

そう言うと、王様が大きく腰を引いた。すかさず奥まで貫かれ、体がのけぞった。

気持ちよすぎる……っ！

カリに引っ張られる感触も、肉が擦れて生じる熱も、全部快感だった。

「あ、んん……っ。あ、あっ……っ」

立て続けに突かれて、背中がしなる。瞬《まばた》きすると、涙がこぼれた。

育ちきった肉棒が、もてあそぶように中で動く。前立腺を擦りあげ、震える肉に熱を与え、奥まで突いた。

溜まりに溜まった快感が、喉元までせりあがる。

やばっ。すごい。クる……感じる……。

「うんっ。っあぁ……っ」

限界を超えた快感が注がれている。首のつけねに何かが溜まって力が入る。

「んっ、もう、無理……。よすぎて、おかしくなる……っ」

「あいにく俺は、これからだ」

これからって……。王様の遅漏！　早くイっちゃえよ‼

王様が下腹に腕を回した。俺の腰を軽々と持ちあげ、王様が腰を遣い続ける。

「うぅ……ん……っ」

やがて、快感の大波がやってきて、一線を超えた。熱がぶしゅっと抜けるように昂りが
何度も腰を大きく引く。そのたびに受け口が大きく広がり快感に涙が止まらなくなった。

解放されて、内壁が大きくうねりはじめる。

「あぁ……ああ、あ……っ」

肉がうねるたびに声があがる。声が、止まらない。射精よりずっと長く解放の時が続いている。

後ろでイく……って、これか？

波打つ肉壁に包まれながらも、王様は律動をやめない。むしろ、激しくなっている。

解放したそばから注がれる。減っても増える。終わりのない快感だ。

「んあっ。……あ、あっ……。もう、ダメ。やめて……っ」

「知っているか？　閨《ねや》でのダメとやめては、もっとしろということだ」

王様が奥まで楔を挿れて、小刻みに動かす。

ここは、突かれる時に亀頭がぶつかるところだ。

いじられて肉壁が悦《よろこ》びの粘液を出す。それくらい、ここで感じるのは特別だった。

「そろそろイくぞ」

短く告げて王様が腰を引き、力強く楔を穿《うが》つ。弾みで体が揺れたが、構わず王様がまた腰を引き、こんどは抉りながら奥まで挿れた。

じゅくじゅくに濡れたそこに、熱い飛沫《ひまつ》が放たれる。

体が内側から焼かれるようだった。待ちに待ったごちそうを、爛《ただ》れた肉が貪《むさぼ》る。

「くっ……」

王様が小さく声をあげると、俺の背中に体を重ねた。肩口に熱い息が吹きかかったかと思うと、王様がそこに歯を立てた。一瞬で全身の肌が粟立《あわだ》つ。

「……んっ！」

首のつけねを噛みながら、王様が舌を這《は》わせる。

痛くない。気持ちいい。気持ちいいっていっても、快感じゃなくて……。

体の熱が、穏やかに鎮まっていく。胸がぽかぽかして、ぶるぶる震える。

なんだろう、この感覚。甘やかで蕩けそうで。溶けて大きな物の一部になったような安心感に満たされてる。

王様が嚙んだし、もしかして、これが番にされた……ってことなんだろうか？

この感覚を知ってしまったら、もう、番しか目に入らなくなるのもわかる。

「幸せだなぁ……」

ぼんやりつぶやくと、王様が「俺もだ」と返した。竿を抜き、俺を抱えたまま寝台に横たわる。

なんと、王様は左腕で腕枕をしてくれた上に、髪を手櫛で整えてくれた。おまけに、愛しげなまなざしで見つめるというオプションつきである。

「さっきブライアンに嚙まれた時、すごく気持ちよかったんです。これって、番にしてくれたってことですよね？」

横向きになって腕を伸ばし、王様の右手を握った。握手するように握ると、王様が指を絡める恋人つなぎで握りなおす。

あぁ、もう！　王様の恋人スキルが高すぎるんですが‼

照れた俺の耳に、王様が囁く。

「うなじに近い場所を嚙みはしたが、番にはしていない」

ちょっと待て。どういうことだ？

「でも、噛まれた後は、蕩けるって感じですごくうっとりしたんですけど！」

あれだけうっとりしたのに、番になっていないだなんて。がっかりすぎる。

「それくらい、よかったということだろう？」

満更でもない、という顔で王様が笑っている。

「第一、このチョーカーを外さないと、番にする場所は噛めない。そのために幅広の革にしたんだ」

「……俺が王様の物って他の人に知らせるためじゃないんですか？」

「それもある。あらゆる意味での貞操帯だ。おまえは、俺のオメガだからな」

俺のオメガ、と囁く声が甘い。

激甘のアップルパイにメイプルシロップをたっぷりかけた上で、バニラアイスを載せてクランチとチョコソースで山盛りデコレーションしたくらい甘い。

……こんな声を聞かされたら、番にしてもらえなかった不満も吹っ飛んでしまう。

「だったら、これから番にしませんか？」

「それは、できない」

「どうして⁉」

「一番の理由は、俺が、そうすべきではないと判断したからだ」

王様が俺のおでこに額をくっつけた。

甘やかしてうやむやにするつもりだな。その手には……乗るかもしれない。

だって、とにかく顔がいいから！　うん、しょうがない。

「次にいつ会えるのかもわからないのに、おまえだけ俺に縛られるのは、あまりにも憐れだ。それにガレットから、ケイをハイデリーで預かる間は番にするな、と言われている」

「俺と王様が番になるのに、なんでガレット様が口出しするんですか！」

「ケイが、特殊なオメガだからだ」

「特殊？」

「アルファとオメガの間にできた子は、まずベータかオメガになる。だが、異界人のオメガは違う。魔力的には、孕ませた者と同じ魔力の子を産む」

「えーっと……」

魔力が遺伝子で決まるとしたら、俺にはその因子が綺麗サッパリないから、魔力に関しては相手の遺伝子がそのまま出る……って理屈……だろうか。

「つまり、俺がブライアンのこどもを妊娠すると、産まれるこどもはブライアンと同じ魔力になるってことですか？」

「そうだ。このことは、ハイデリー領主だけに伝わる口伝なので、他言無用だ」

さっき、ガレットが王様を引き留めたのは、この話をしたかったからだな。

「俺もさっき聞いたばかりだが、初代ハイデリー領主は、ルオーク様とシアンの子で、ルオーク様とまったく同じ魔力の持ち主だったのだ。同様に、ハイデリー総督だったアレンとシアンの子ら九人が全員、アレンと同じ魔力——アルファでかつ、ルオーク様に次ぐ魔力量——の持ち主だったそうだ」

「シアンは、即位式の後に死んだんじゃないんですか」

「大賢者は王のもとを去り、総督のもとへ行ったのだ。外聞が悪いので、公式では死亡とされた。ハイデリーでも男性形態のオメガだった以上の記録は残していない」

じゃあ、あの手記の後、シアンはアレンと同行することを選んだんだ。

そうして、ルオークの子を産んで、アレンとの間に九人も——ちょっと多すぎじゃないか——こどもを作ったのか。

「まだ、そこまでは夢に出ていないか」

「ええ、まあ……」

それは嘘です。なんて言えないから、笑って誤魔化《ごまか》す。

「ルオーク様とシアンの子、アオドは、王太子より魔力量が多く、かつルオーク様に瓜二《うりふた》つだったそうだ。ルオーク様は、自らの子のうち、アルファかつ魔力量の一番多い者を国王にすると公言していたので、王太子を交代するか迷ったらしい。だが、王になることはアオドが辞退した。そこで、ルオーク様はアオドのためにハイデリー領を定め、副王として た。その上で、王太子の妻にアレンと同じ魔力を持つアルファの娘グラニアを正妃として迎え、アオドに異腹になる己の娘を娶らせたのだ」

副王制度って、なんかおかしいと思ってたんだよなぁ。

つまり、ルオークはシアンと自分の血が流れる家系をふたつ用意したんだ。

少しでもアルファの子が生まれる確率をあげるために。そして、このふたつの家系が定期的に交わることで、その血を少しでも濃く保てるように。

ものすごい執念に、思わずため息をついてしまう。

「それがどうしてガレット様が俺と王様が番になるのを止める原因になるんですか？」

「おまえに番がいなければ、ハイデリー領のアルファと番《つが》えるからだ。確実に次世代にアルファの子を得られる機会だ。副王家が見逃すはずがない」

「ガレット様かオーウェンが俺の相手ですか？」

「さすがにガレットはないだろう。オーウェンの他は、ガレットの姪、そして分家にアルファがふたりで候補は四人いるそうだ」

ハイデリーにはアルファが五人いるのか。王家は三人だっけ。どうりで、セオバルトがハイデリーを警戒したはずだ。

「それ以外にも理由がある。副王家には、他にもシアンの伝承があった。まず、シアンとアレンの関係は、夫婦としてかなり良好だったそうだ」

「それはよかった。でなきゃ、こどもを九人も作りませんよね」

「いや、こどもを作り続けたのは、ヒート対策だそうだ」

「……どういうことですか？」

「シアンは、ルオーク様の番であったから、アレンでは決して満たされず、ヒートのたびにとても苦しんだらしい」

　最悪だ。

　せっかくアレンの念願叶って心が通じたのに、その結果が〝性の不一致〟とは。

　夫婦仲が良いと聞いた直後なだけに、却って痛ましさが増す。

「妊娠すれば出産して再び受胎可能になるまでヒートは起こらない。ヒートの回数を減らすため、アレンがそうしたらしい。番ができればヒート自体は楽になっても、番以外を相手にするのは、オメガにとってそれほど辛いということだ。……ガレットは、ケイをそんな辛い目に遭わせたくないと言っていた」

　それは、俺も同じだ、と、碧玉《へきぎょく》の瞳が雄弁に語りかける。

　俺としては、番がいるいないの違いがわからないので、どうせだったらここで番にしてもらいたい。

　とはいえ。王様とガレットのふたりが「急ぐな」と言うならば、忠告は聞いておいた方がいい気がする。

　でも、ただ諦めるのもなぁ……。

「わかりました。今日は、番になるのは諦めます。その代わりお願いがあります」

途端に、王様が渋い顔になった。

「聞ける願いと聞けない願いがある」

「難しいことじゃないです。番になるまでの間は、ブライアンの乳を思う存分、揉んで吸わせてください」

「……はぁ？」

「それくらいじゃないと、引きあいません。俺は、おっぱい大好きなんですよ！」

王様の胸元に顔を寄せ、乳輪にキスをする。

「ブライアンだって、俺に挿れちゃダメって言われたら辛いでしょ？　俺だって、こんなわがままボディを前にしてお預けされたら辛いんですよ」

つながれた手を離し、両手で左右の胸を撫でまわす。上目遣いで王様の顔を見たら、能面のような無表情――いわゆる虚無顔――になっていた。

「ブライアンの体ってすっごくエロいんです。特にこのおっぱい……大きくて、適度に柔らかくて弾力があって。乳首も反応がよくて、本当、最高。見てるだけで興奮します」

そして、いつかこの手で乳首イキをさせるのが、俺の小さな野望だ。

「ブライアンとしかセックスしないんですから、俺はあなた以外のおっぱいを揉む機会がないんです。ぜひとも俺に、おっぱいのおめぐみを！」

じめたのだった。

心の中でガッツポーズをとると、俺はいそいそと乳首に舌を這わせ、思う存分ねぶりは
やったね！

俺の熱いおっぱい愛に根負けしたか、とうとう王様から許可が出た。

「……わかった。もう、好きにしろ」


結界を再び張り直したあの日から、二か月あまりが過ぎた。

にもかかわらず、俺は、未だにスレイン城の客室に住み続けている。

セオバルト一派に襲われる心配はなくなったものの、王宮を出奔した前科により、侍従長を筆頭に、王様の世話をする人たちが俺の出戻りに難色を示したのだ。

あの時、出奔したことを後悔していない。

が、反省はした。信用は本当に大事だ。自業自得という言葉が、骨身に染みる。

王様は、週に一度、大量のお土産《みやげ》──俺の新しい服とか、王様が使った洗ってない毛布とかシャツ──とともにスレイン城にやってきて、俺と夕食を食べてセックスする。

翌朝には王都に戻ってしまうが、週一でも王様と過ごせて満足している。

嘘です。本当は満足なんてしてません。

だけど、毎回、雄っぱいを思う存分堪能《たんのう》しながら、王様の乳首を開発しているので、文句は言わない。

レッドは、セオバルトが捕まったことで、ハイデリーを監視する必要がなくなり、嬉々として愛する妻子の待つ王都に転移陣で帰っていった。

俺は、スレイン城は王宮より待遇がいいから、のびのび快適な日々を過ごしている。

アートと一緒にデクランの仕事を見学したり、オーウェンのグリフォンに餌をやったり、厨房に出入りして食べたい物を作ったり。

今日は、王様を招いての魔獣退治終了を祝う宴があるのだが、その前に領主の執務室でガレットの相談を受ける……という名目の雑談に興じている。

「ようやく魔獣退治が終わったものの、もうコカトリスが食えんのかと思うと、それだけが心残りなのだ」

「ガレット様、コカトリスを気に入ってましたもんね。いっそのこと飼育してみてはいかがですか」

なんの気なしに言ったのだが、ガレットがまじまじと俺を見た。

「その手があったか！　春になったらコカトリス農場を作ろうではないか！　雛《ひな》から若鳥ならば兵士でも倒せるし、さほど問題はあるまい」

そう言うと、ガレットが通話具を取り出してオーウェンを呼び出した。すぐに執務室の扉がノックされて、オーウェンと今日の宴に呼ばれたダレンがやってきた。

「これはこれは、ダレン殿。よくいらっしゃった」

「ご招待ありがとうございます。珍味が出ると聞いて、楽しみにしていています」

ガレットがにこやかにダレンを出迎え、ダレンも妖艶な微笑をガレットに返す。

兜を外したダレンは、びっくりするほどの美形だった。顎が細く目も切れ長で、まさに麗人という表現がふさわしかった。

でも、中身が空気を読まない残念な魔術オタクの、なんとも味わい深い人物である。

先月、ダレンが初めてスレイン城を訪れたのだが、その時にガレットがダレンを大層気に入り、それ以来このふたりはなかよしだ。

というのも、ダレンが俺が欲しいと言った異世界の道具を作れるからなのだ。

では、なぜダレンが道具を作れるのかというと、なんと、ダレンは現代日本からの転生者だったからだ。

それもあって、ダレンはどうしても俺と直接会って話をしたかったそうだ。支城でいきなりぐいぐい来たのも、久しぶりに同じ世界出身の人間と出会えたからだった。

そんなわけで、同じ現代日本の出身とわかり、俺が「これがほしい」と言うと、ツーカーでダレンが「合点承知！」で作ってくれるようになった。

俺のリクエストの第一号は、ハンドミキサーだった。

お菓子も作れるけど、卵白を泡立てるのが面倒臭いから作りたくない、と俺がダレンとガレットの前でぼやいたら、その場でダレンがハンドミキサーの魔術具を作りだした。

ハンドミキサーを手に入れた俺が、メレンゲでふんわりさせるパウンドケーキを作ったところ、ガレットが旨い旨いとひとりで一本平らげ、その勢いでダレンの城への出入りをフリーパスにしたのだった。

ちなみにハンドミキサーは、現在、スレイン城の厨房で大活躍している。

「食品を乾燥させる装置が完成したから持ってきた。これは何に使うのかい？」

ダレンの言葉に、電子レンジくらいの大きさの金属製の箱を持った従者が前に出た。

「片栗粉を大量に作るんだよ。それに、液体を乾燥できるなら、チキンスープの素を作りたいんだよね」

「チキンスープの素……？　カップスープの仲間かな？」

さすがお坊ちゃま。チキンスープの素を知らないとは。

ダレンは、前世ではかなり裕福な家庭の高校生——しかも十六歳——だったそうだ。お手伝いさんのいる環境で育ったため、当然、料理をまともに作ったことはない。

料理は知っていても調理経験がほとんどないから、転生後に食べたい物があっても、うまく説明できず、元の世界の料理を食べるのは、俺が来るまで諦めていたらしい。

「顆粒状《かりゅう》にしたチキンスープだよ。旨みがぎゅっと詰まってる。これがあれば……そうだなぁ、チャーハンが作れる」

「チャーハンとは、どのような食べ物なのだ？」

それまでオーウェンにコカトリス農場開設を命じていたガレットが、全力で食いついてきた。オーウェンも目と耳をそばだてているのがわかる。

「ピラフみたいなものですよ。炊いた米を具と一緒に強火で炒めるんです。卵液に米を浸してから炒めるので、パラパラっとしてます」

「おお。卵を使うピラフもどきか。一度食べてみたいものだ」

うんうんとガレットがうなずき、ダレンも「そうですね」と笑顔で同意している。

「他にも、野菜炒め、八宝菜。その派生で中華丼にあんかけ麵《めん》。オイスターソースがないけど、家庭料理レベルの中華ならそれっぽいものは作れますよ」

「素晴らしい！　ぜひ、ごちそうしてください」

ダレンが潤んだ瞳――やけに色っぽいな――を俺に向けた。

「いいですよ。でも、そろそろヒートだから、その後にしましょう。そういえば、ガレット様。俺はヒートになったらどこで過ごせばいいんですか？」

そのタイミングで、執務室の扉からノックの音がして、王様が入ってきた。

今日の王様は、白い毛皮の縁取りのある深緑の上着に揃いのズボン、そして純白のマントというでたちだ。

そして、相変わらず顔がいい。反射的に拝んでしまう。

「ブライアン様、ちょうどいいところに！　今、ガレット様に、ヒートの時に過ごす場所について尋ねたところなんですよ」

「陛下がいらっしゃったのならちょうどよい。屋敷の鍵《かぎ》を渡しましょう」

ガレットが机に置いていた木製の箱の蓋を開けた。

中には、絹布の上に指輪がふたつと、ブローチが三つ入っていた。指輪は銀製。ブローチは白銅製だ。どれも、大きな魔石がはまっている。

どう見ても、俺の知ってる鍵じゃない。

俺が小首を傾げていると、ダレンが「この世界の鍵は、魔力認証だから魔石が鍵になるんだよ」と、こっそり教えてくれた。

「これは、アレン様が正妻のオメガがヒート時に安全に過ごすために建てた屋敷の鍵です。大事な妻が、万が一にも危害を加えられないようにと結界を張り、この鍵を持つ者以外は中に入れないようにしたのです」

「ほう……。指輪とブローチがあるのはなぜだ？」

アレンの作った魔術具を、王様が興味津々という顔で見ている。

「指輪はアレン様と正妻が、ブローチは下働きの者が使ったのです。掃除や洗濯をする者や料理を運ぶ者が必要ですからな」

「なるほど。よく考えられている。では、ありがたく使わせてもらおう」

王様が指輪を手にして俺の手を取った。

まるで、結婚式の誓いの儀式のように、俺の左手の薬指に指輪をはめる。

不意打ちで、ときめきをぶち込んできましたよ！

王様って、本当、天然でたらしだよなぁ。頬が火照ってきちゃったよ。

指輪は、最初は少し緩かったが、すぐに吸いつくように肌になじんだ。

これも魔術なんだろうなぁ。失くす心配がなくて、すごく便利だ。

「ケイ、俺にも、はめてくれるだろう」

指輪を手にして王様を見ると、余裕たっぷりにニヤついた顔をしていた。

まったく、俺をからかって楽しんでるな。その気持ちはわかるけどさ。

大きな手を取り、薬指に指輪をはめる。こちらは最初、少しキツいと思ったら、次の瞬間、するりと関節を通り抜けた。

「宴の前に、屋敷を確認しておきたい。誰か、案内の者を頼む。それと、ブローチをアートに渡しておけ」

王様が俺の肩を抱き、早口でガレットに告げる。オーウェンが苦笑しながら、「では、私が」と言ってブローチをひとつ手に取った。

シアンがヒートを過ごした屋敷は、城の真後ろ、内郭の北の外れにあるのだという。大枠では城内で、どの門からも遠く、おまけに鬱蒼《うっそう》とした木々が屋敷を覆っているので、そこに建物があるとはわからないようになっている、のだそうだ。

入り口には石造りの門柱があり、絶対にその間を通るようオーウェンに注意された。

「門柱の間を通らずに森の中に入ると、幻影魔術で惑わされ、アレンが作った罠《わな》におびき寄せられます。門柱の間を通っても、この鍵がなければ、同じ結果になりますが」

サクサクと降り積もった雪を踏みしめながら、三人で静まり返った道なき道を歩く。

「城の者は、入らずの森と呼んでいます。一度足を踏み入れたら、二度と帰ってこれないと。……事実、そうなのですが」

「過去に城の者が犠牲になったということか？　……さすがにやりすぎと思うが……」

「私はそうは思いません」

王様の言葉に、オーウェンが背筋が伸びるような凛々しい声で返した。

「ならぬものはならぬのです。……わがハイデリーは国の盾です。そのため、王領を上回る兵力を維持しています。愚直なまでに陛下の命令に従う――その姿勢があってこそ、過分な兵力を持てども、累代の陛下からの信頼を得られたのです。規律や掟を守ることは、ここハイデリーにおいては、他領以上に重要なこと。もちろん、累代の陛下方のご理解があってのことと理解しております」

そう語るオーウェンの顔は誇らしげで、まるで武士のようだ。

ため息のように、長く深い息を王様が吐く。

「……おまえの――ハイデリーの――想いを、王宮の馬鹿どもが理解していれば……。オーウェン、そしてケイ。後ほど正式に文書にて通達するが、例の件の処分が決まった」

オーウェンの表情が変わった。

例の件というのは、結界が壊れてから俺が支城で襲われるまでの間の出来事だ。

自然と三人の足が止まった。

「まず、結界の破壊だが、調査の結果、大型の飛行魔獣――おそらくグリフォンあたりだ――がぶつかったからではないか、という結論が出た」

「それはまた……随分と曖昧《あいまい》な調査結果ですね」

つい、とオーウェンが眉をあげ、王様を見た。

「魔獣蟻が巣穴を作ってしまったからな。確認できたのは、上空から何かが覆いにぶつかった痕跡《こんせき》だけだ。そして、ハイデリーからの連絡を握り潰していたのは、セオバルトの秘書官だった。ただし、セオバルトから命令があったわけではない。秘書官の独断だ」

「なぜ彼はそんなことをしたのでしょうか」

「元々、軍はセオバルトの影響で、ハイデリーを危険視――いや、敵視――していた。最初は、大げさなと取り合わず、もし本当でもハイデリーが被害に遭うのはいい気味だと報告を無視したらしい。そのうち、商人や密偵などから、スレイン城に兵が集まっていると報告が入る。このあたりで、秘書官は自分が何をしでかしたか理解したらしい」

うーん。正直、あほくさいとしかいいようがない。自分の失敗が大事になったら、隠したくなる気持ちはわからないでもないけど、正直、社会人失格だと思う。

オーウェンも同じように考えたのか、「愚かな……」と、小さくつぶやいた。

「そやつは、そこで父親に相談した。どうしたら、自分の罪を隠せるか、と。そやつの父は、母親がレアリー領出身の貴族で元々レアリー領とつながりがあった。本人は王宮派だが、前正妃と私の唯一の妃がリメリック出身であることでリメリック派が勢いを増している現状を快く思っていなかった。そこで、息子の失態を逆に利用しようと考えたのだ」

「それが、ふたりめのお妃様をレアリーより迎えるって話になるんですね」

よくできました、というふうに王様がわしゃわしゃと俺の髪を撫でた。

「その通り。俺がレアリー領主と会談をもった際の、こちらの実務側の責任者がその父親だったのだ。それもあって、レアリーとの婚礼は、いったん白紙にした」

……そうか。お妃様は、増えないいんだ。王様が嫁を五人まで持てるのはわかってるけど、俺からしたら、嫁の数は少ないに越したことはない。

嬉しくなって王様の手を握ると、力強く握り返された。

それだけで、王様が俺のために結婚を取りやめてくれたとわかる。王様は俺に向かってほほ笑みかけると、「さて」と口を開いた。

「王領とレアリーがハイデリーに攻め込めば、ハイデリーもそれに応戦するはず。そうなれば、残るのはハイデリーが国王軍と戦ったという事実のみ。既成事実ができてしまえば、真実が明らかになったところで、うやむやにできるだろうと考えたのだ」

「もし、国王軍が攻めてきたならば、ハイデリーは一矢も交えず降伏したでしょう」

「それは支城においての騒動でわかっている。最初、セオバルトらに逮捕された際も、まったく抵抗せず、ケイスケを逃がすために相対はしたが防御と捕縛に徹していたと。……秘書官とその父は絞首刑だ。一族は財産没収の上、平民に落とされた。この件を調査するうちに、情報の隠匿以外の犯罪が次々と露見して、処分者が大量に出た。降格と罰金ばかりだが、おかげで国庫が潤って、魔獣退治の褒賞を出せる」

巡り合わせがよかった、と王様が微笑する。

「ブライアン様、セオバルトはどうなったんですか？」

「大臣を免職の上、蟄居《ちっきょ》だ。オニール家の当主も息子に代替わりさせた」

「処分としては軽いんですか？　重いんですか？」

「おまえの陪臣という立場と、金魔石と賢者の石を作った功績を天秤《てんびん》にかければ、妥当なところだな。……だが本当は、セオバルトを裁くのはガレットの権利なのだ。事件が起こったのは、ハイデリー領内であったからな」

「父ならば、ケイスケ殿を殺そうとした罪は甚《はなは》だ重いとして、死刑を宣告するでしょう」

「えっ。ハイデリーと王宮で、そんなに変わるんですか？」

「当然です。ケイスケ殿は、ハイデリーを救った大賢者として民の間に知られはじめています。そのケイスケ殿を殺そうとしたのですから、厳罰にせねば民意が収まりません」

「だから、どさくさに紛れてセオバルトの身柄を王宮で預かった。俺も、セオバルトを死刑にまでしたくなかったのだ」

元々、軍務大臣とはうまくいってたんだし、王様がそう思うのもわかるんだけど……。

「もし、俺がセオバルトに殺されていたら、ブライアン様はどうしました？」

「……その場合、セオバルトの身柄をガレットに引き渡しただろう。結局、俺の私情でガレットの権利を侵害する結果となったが、今後、ガレットがどう出るか」

「父は、春になったら、ハイデリーで裁判のやり直しを要求するため、王宮に向かうと申しておりました」

「ガレットからセオバルトの引き渡しを求められれば、こちらは〝すでに隠居した人間を引き渡せない〟と突っぱねる。その代わり、オニール家とガレットの私的な交渉については許可する。何をどれだけ賠償として請求しようと、俺の関与することではない」

王様が、ものすごく人の悪い笑顔を浮かべた。せいぜい搾り取れよ、と、その表情で言っている。

そんな王様を見て、オーウェンが悩ましげな顔でため息をついた。

「あぁ……。だから父はこのところダレン様と懇意にしているのですね。ケイスケ殿がどれほど有用な人間か測れるのはダレン様だけですから、情報を得て、オニール家との交渉を有利に運ぶ材料にするのでしょう」

「あのふたりって仲がいいと思ってたけど、そんな裏があったんですか!?」

びっくり仰天していると、オーウェンと王様がしょうがないという目を俺に向けた。

「ケイスケ殿、父はあなたには甘い顔を見せていますが、本来はとても世知辛い人間なのですよ」

「ダレンだって同じだ。あいつの母親はレアリー現領主の姉だ。今回の件で、王宮派とレアリー派の発言力が低下し、代わってハイデリーの発言力があがった。ここでダレンがガレットに恩を売れば、それは巡り巡ってレアリーの利益となるし、ダレンの王宮内での立場も重くなる。ガレットもダレンを自分の王宮での利益代弁者にする思惑もあるだろう。あのふたりの結びつきは好意だけじゃない。むしろ、腹の中は真っ黒だと思え」

「ううう……」

かわるがわるふたりに言われて、俺は宮廷のどす黒い面に打ちのめされる。

せっかく、ふたりがなかよしになってよかったって思ってたのに……。

「おそらく、父はダレン様と組んで、今後はリメリックの牽制に着手するかと思われます。ケイスケ殿を養子とした後に、陛下の妃として差し出す計画もありますから」

「……ほう」

初耳だ、という顔で王様がついと眉をあげた。俺はといえば、突然の養子計画、しかも妃になるという話に仰天していた。

「ちょっと待ってください。ガレット様は、俺をハイデリーのアルファの嫁にしたいんじゃなかったんですか？」

「……ケイスケ殿が陛下の妃になっても、ハイデリーに留まり続けても、父にとっては同じなのです。どちらもハイデリーの利益になりますから」

「そういうことだ。だが、オーウェン、そこまでガレットの目論見《もくろみ》を明かすとは、次期領主として少々口が軽すぎではないか？」

からかうような口調で王様が言った。しかし、瞳は冷ややかで、オーウェンの愚かさを咎めているようにも、裏があるのではないかと探っているようにも見える。

「私は王命に従い、玉座に剣を向けず、忠誠を捧げると陛下に誓いました。父の行動により陛下に不利益があるならば、それを黙って見過ごすことはできません」

大真面目な顔で返すオーウェンに、王様が吹き出した。そうして、オーウェンの肩を勢いよく叩く。

「そなたの忠誠は本物だ。これからも、よろしく頼む。……さて、行くか」

それからすぐに、木々の梢の間から石造りの建物が見えた。王都の離宮より一回り小さく、こぢんまりとしている。

少し離れた場所に厩舎と井戸がある。……これって、俺の理想のスローライフに、かなり近い環境じゃないか？

玄関の下で雪を払ってから、扉を開けて建物に入った。

真っ先に目に入ったのは、大きな暖炉だ。そのせいだろうか、この屋敷がとても暖かな場所に思えた。

「一階は、厨房と従者の寝室を兼ねています。二階は主寝室のみです。元々、ヒートの間のみに使う家ですから、設備は最低限になっています」

「問題ない。……これは、なかなか見事な結界だな」

王様が興味深そうな顔で一階をぐるりと見回した。俺にはわからないが、敷地だけではなく、建物にも結界が張ってあるようだ。

その間にオーウェンが暖炉に向かい、すでにセットされていた薪《まき》に火をつける。

「二週間分の薪は用意してあります。食事はアートに運ばせる予定ですが、こちらでも朝食の支度ができるようにしています」

オーウェンの説明を聞きながら、俺はワクワクしながら部屋を見ていた。

見れば見るほど、夢のスローライフ生活そのものだ。

暖炉の近くには寝台があり、マットレスと羽毛布団、それに枕が用意されていた。

これなら、アートも寒い思いをしなくて済む。

他には、古びた大きな一枚板のテーブルがあり、揃いのイスが二客向かい合って置いてあった。

小さな調理台もあって、鍋やフライパン、それにまな板が並んでいる。水道もあって、俺が蛇口に手をかざすと、ちゃんと水も出た。

「こんなに寒いのに水が出るんだ」

「魔術で水を出すんだから、出て当然だろう?」

王様に呆れ顔をされてしまったが、俺の常識では、ここまで寒いと、水道管が凍結するんだよ。

「私はここで待っていますから、おふたりは二階へ行かれては?」

オーウェンが階段を指さし、俺は王様の腕を取ってふたりで二階に向かった。

階段をのぼった先は、踊り場になっていて、その先に主寝室の扉があった。

「うわぁ……」

扉を開けて、真っ先に目に入ったのは、壁を覆うタペストリーだ。城は魔術によるセントラルヒーティングなので、こういう防寒をかねた飾りはない。

タペストリーは、少し古びていたが、落ち着いた緑の地に、白や黄色、それにピンクの花々が彩を添えた、見事なものだった。

床には分厚い絨毯《じゅうたん》、その上に、大きな毛皮が敷いてあった。

部屋の中央にはどーんと天蓋《てんがい》つきの寝台が鎮座している。天蓋の覆いとベッドカバーはお揃いのたまご色。

部屋の隅には衝立《ついたて》があって、奥を覗いてみると浴槽と小さな洗面所とトイレがあった。他にも、衣服やシーツ類を入れるのであろう櫃《ひつ》に、小さなテーブルやスツール、移動式の暖房魔術具など、こまごまとした物も揃っている。

暖色系の柔らかな色が多く使われているせいか、城の内装と比べると、全体的に温かな印象だった。家具の装飾も少なめで、庶民の俺にはなじみやすく居心地がいい。

「いい部屋ですね。ヒートの時だけじゃなくて、ここに住みたいくらいです」

「それはよかった」

王様が得意げな顔をする。

「もしかして、ブライアンが部屋を準備してくれたんですか？」

「タペストリーと絨毯、それに寝台は元々あった物だが、それ以外は俺が手配した」

「床の毛皮も？」

「おまえが王宮から逃げ出した時、オーウェンが退治した白虎の毛皮で、オーウェンより献上された物だ。王宮よりハイデリーの方が冷えるから、ここに運ばせた」

この世界では、タペストリー同様、毛皮の敷物は装飾を兼ねた防寒アイテムなのだ。

王様が自然な仕草で俺の肩を抱き、寝台に座った。体が密着して、体温が伝わり、王様の匂いに包まれる。

ふにゃんと全身から力が抜けて、王様にもたれかかる。すると、覆いの隙間から、絵画が見えた。

人物画……だな。細かいけどそこまで写実的じゃない。ルネサンス期のヴィーナスの誕生とか、ああいう感じだ。

中央には、イスに座った男の人が微笑して赤ちゃんを抱いていて、その後ろに真面目くさった顔の男が幼い男の子を抱いていた。家族の肖像画というには母親が不在だが、雰囲気は、完全に家族だ。

「あの絵……」

「うん？」

王様が俺の視線の先を追い、そして壁にかかった絵画に目を向けた。

「アレンとシアン。そして、長男のアオドと長女のグラニアとあるな」

「！」

あのふたりの顔を見られるなんて！　思ってもみない機会に、俺は王様の手を握って立ちあがり、絵画の前へ移動した。

シアンは、黒髪に黒い瞳の線の細い男性だった。肌は白いがエキゾチックな雰囲気もある、中央アジアの西というか東欧というか、スラブ系っぽい。

男性にしては線が細いのは、オメガだからだろう。ゆったりした上着を着て下腹部がふっくらしてるから、たぶん、この時は妊娠中だ。

アレンは、これはちょっとびっくりだった。

濃い茶の髪に緑の瞳。顔は……たぶん相当ハンサムだ。二次元で例えるなら、眼鏡をかけたクール男子か。いかにも好きな人に好意を示すのが下手そうなところが、ちょっと笑える。

長男は金髪に深い青の瞳。頬がふっくらしていて天使のようだ。これがルオークにそっくりというなら、ルオークも相当美形だったに違いない。

長女は、黒髪に緑の瞳で、赤ちゃんなのに妙に哲学的な表情をしている。これはきっと、性格はアレン似に違いない。

「王様の瞳の色は、アレンにそっくりですね」

「あぁ……。俺も少々驚いている。グラニアを通して血がつながっているから、そういうこともあるのだろうが」

「俺にとっては、嬉しい遺伝です。俺は、アレンが好きですから」

隣に立つ王様の手を握った。王様が俺の手を握り返してくる。

「どうしてこの絵がここにあるんでしょう。普通、城にあるものですよね」

「アレンが副王家の直接の先祖ではないからだろう」

「育ての親なのに……」

冷たい、と思って口を尖《とが》らせると、王様に唇を摘まれた。

「だから、ここに残していたんだろう？　本当にどうでもよかったら、こんなにいい状態で残っていない。それに、アオドはルオーク様ではなくアレンの後を継ぐことを選んだのだから、精神的にはやはりアレンの息子だったということだろう」

「そうだったらいいですね。……この絵の四人は、すごく幸せそうですから」

アレンは仏頂面だが、手はしっかりと――宝物であるように――アオドを抱えていた。表情よりも雄弁に、アレンが息子に注ぐ愛情を示していた。

シアンの表情が柔らかなのは、自分も息子もアレンに愛されていると確信しているからだろう。ふたりの愛の結晶については、言わずもがなだ。

あぁ、家族っていいものだな。俺も……こんなふうに誰かと寄り添いあえたら。

違う。誰か、じゃなくて王様がいい。

王様のこどもなら、産んでもいい。むしろ、産みたい……かもしれない。

「ブライアン、今、初めて、あなたのこどもが欲しいと思いました」

うわ。俺、思考と口が直結してた。恥ずかしい。

……って、手汗が、やばい!!

内心でわたわたしていると、王様が俺の顔を覗《のぞ》き込んできた。
エメラルドの瞳は、絵の中のアレンと同じように優しい。
王様が目を細め、ゆっくり顔を近づけてきた。
そうして唇同士が重なって、脳内で子づくりゴングの鐘が、高らかに響いたのだった。

秘密

ケイの異変に気づいたのは、ケイが王宮を抜け出した翌日、スレイン城で腹立ちをぶつけるように抱いた時のことだった。

今まで感じたことのない魔力を、ケイの下腹から感じた。

この世界で、唯一、完全に魔力を持たない存在から魔力を感じる、となれば、可能性はひとつしかない。

ケイは、俺の子を孕《はら》んだのかもしれない。

その瞬間、胸に湧《わ》き上がった喜びは、これまで覚えたことがないほどだった。

とはいえ、男性体のオメガの受胎率は極めて低く、自然流産も多い。喜ぶのはまだ早い。

ただひとりの妃は、妃の周囲の者は、ケイを殺すことなど、なんとも思っていない。ケイが〝オメガのくせに妃より王に寵愛《ちょうあい》され、子を孕んだ〟という理由で毒殺しかねない。

妊娠は俺の胸に秘し、ケイを当分預かってほしいとガレットに頼んだ。

そして、賢者の石の製法と、そのための取引条件を聞いた時、その場で絶望した。

なぜ、よりによって、今なのか。

妊娠初期に、バケツ一杯の血を抜くなどしたら、絶対に、子は流れる。

ケイとは、金魔石の製法と引き換えに、二度と手を出さないと約束していた。だから、この胎《はら》の子が、俺とケイとの間の、唯一の子になるというのに。

しかし、結界は、張り直さねばならない。しかも早急に。ケイの出産を待っていたら、その間にどれほどの被害が出るか。国王として、それは許されないことだった。

結界は張り直す。そして、ケイもケイの胎の子も俺が守る。

覚悟を決めた俺に対してのケイの態度は、非常に憤りを覚えるものであった。

だが、死の危険があると知りつつも、賢者の石の作成を決断したのだから、ケイはまぎれもなく気高い魂の持ち主なのだ。ケイの、そういう部分に俺は強く惹《ひ》かれている。多少の難には目を瞑《つぶ》れるくらいに。

いよいよ血抜き日がやってきた。その時には、ケイの下腹から伝わる魔力も強くなり、妊娠を確信した。

全力でふたりを守るべく、細心の注意を払い血抜きを行う。

その間、これから生まれる子のために、この国の歴史を語った。胎の中にいる時から、これほどまでに愛《いと》しいのだ。実際にこの腕に抱いたら、俺はこの子に骨抜きになるだろう。

血抜きの二日目は、ケイの体調が悪くなってゆくのが気になったが、順調に終わった。

そして、三日目。ケイの体調は悪いどころではなく、死にかけていた。ケイの下腹から感じる魔力も、どんどん弱まってゆく。

死ぬな。お願いだから、俺のためにも、生きてくれ!!

俺の心の叫びも虚《むな》しく、魔力は弱まり、ついに消えた。

皮肉なことに、子の魔力が消えた瞬間を境に、ケイの具合がよくなっていった。

己の命と引き換えに、母を守ったか……。

生まれる前から、よくできた息子だった。そう。俺は、この子が男子だと確信していた。

ケイに妊娠を伝えずにいてよかった。きっと、血抜きのせいで子が流れたことを知ったら、ケイは、とても苦しむはずだ。

国のために子を犠牲にした罪は、俺ひとりが背負えばいい。

ケイから目を離せないと理由をつけて、その晩はスレイン城に泊まったが、本当は、俺がひとりでいたくなかったからだ。

話すうちに、ケイも俺のことを好きだとわかったが、「愛することに接触という行為は必ずしも必要ないのです」と、ケイが言い切った時には正気を疑った。それと同時に、どうして、ケイをこれほど愛しているのか、自分の正気も疑ったが。

二日後、おとなしくスレイン城にいればいいものを、支城にノコノコやってきたケイを、その場で怒鳴りつけたくなった。

だが、元気そうな姿を見て、安心したのも確かだ。その後、飛行魔獣で結界に向かう途中、ケイが傷つけられたと感じた時には、焦りと怒りで爆発しそうになったが。

間一髪で魔獣蟻《あり》に襲われていたケイを助けられた時には、神々とルオークに感謝するしかない、という心境だった。

そして、結界に向かう間、ケイからセオバルトに殺されかけたと話された。レッドも殺すつもりだったと聞いて、俺は「そうか」としか返せなかった。

王太子になる前、俺は母の身分が低いことで王宮では王子と認められていなかった。セオバルトはそんな俺を王子と認めてくれた、数少ない信頼できる臣下のひとりだった。

――ケイがどれほどこの国のために尽くしてくれたか。

それは、賢者の石の製法にも関《かか》わるため、決して明かせぬことであったが、それでもセオバルトらの行いは、ケイに対してあまりにもむごいと言わざるを得ない。

三番結界に到着し、ヒューにケイを預けて、ダレンと結界の儀式をはじめる。

「正しくルオーク・グリフィスの血を引く者、我はブライアン・モル・グリフィス」

「同じく、我は、ダレン・モル・グリフィス」

詠唱をはじめると、石台に刻まれた魔法陣が白い光を放ちはじめた。魔力が、少しずつ俺の体から魔法陣へと流れてゆく。

「悪《あ》しき竜より放たれる、呪詛《じゅそ》の息吹。その毒の風より、この地を守るは聖なる盾。ここに、聖なる竜の血肉を用いて盾を作り、邪悪を退ける聖なる盾となす」

鉄の覆いから赤い光が放たれ、両横に、そして上部に伸びてゆく。

あぁ、この赤い光は、ケイの血そのものだ。そう思ううちに、ケイの結界が元からあった大賢者の結界と結びついた。

ふいに、産まれることさえ許されなかった息子のことを思いだした。

ケイの血、血の犠牲。結界を張るのは、王の責務。――ほかの誰《だれ》でもない、俺の――。

「これで一安心ですね、兄上」

結界を見あげていると、ダレンがほっとした顔で話しかけてきた。

「結界を間近で見るのははじめてですが、これほど美しいものだったとは」

俺には、この結界が息子の墓にしか見えない。だが。

「これは美しいのか。ならば、少しは救いがあるのかもしれない……」

健気《けなげ》な息子の魂が、わずかでも慰められることを願わずにはいられない。

誰がその存在を知らずとも、この父が、おまえを、生涯愛し続ける。

わが最愛の息子。――ディロン――。

希望という名を息子に与え、俺は結界に背を向けた。

「王様、お疲れ様です！」

ケイが屈託ない笑顔を俺に向けた。無言でケイを抱き締めると、その温《ぬく》もりに心の中の重苦しさが少しだけ和らいだ。

おまえがいれば、それでいい。

腕の中のか弱き存在に向けて、そう心の中で語りかけたのだった。

あとがき

はじめまして、こんにちは。鹿能リコです。このたびは、「異世界召喚されたら、勇者じゃなくてオメガになりました」を、お手に取ってくださいましてありがとうございました。

この話は、編集様から「電子書籍でオメガバースもので」とオファーがあり、オメガバース……と考えていると、ふいにタイトルが思い浮かんで、これなら書けそう！　という野生の勘に従って書いたものです。ですので、この本は電子からの書籍化となります。

オメガのケイスケをライトオタクに設定したので、メチャクチャ書きやすかったです。そして、アルファの王様を私が大好きな不幸な人設定にしたので、やっぱりすごく書きやすかったです。

この話を電子書籍用に書いている間は、人生ではじめてというくらい小説を書くのが、楽しかったです。そのせいで、文章が思い先行でえらいことになっていたり、書きたいことを詰め込みすぎてページ数が多すぎたり、王様視点の番外編を単行本一冊分書いたりしました。二年経ち、書籍化にあたっての校正中も――文章のあまりの酷さに頭を抱えつつも――やっぱり楽しかったです。

そして、ｐｉｘｉｖで王様視点の小説を読んだ方から、王様視点の小説を読みたいという感想をいただきまして、おまけの書き下ろしは王様視点となりました。私の校正がポンコツで、五ページしか書き下ろしに紙面を割けませんでしたが、「この本の範囲で、王様が一番かわいそうだった瞬間」を選択し、アドレナリンどばどばでウキウキ書きました。不幸な王様を書くのは、本当に楽しかったです！

そんなわけで、本編と書き下ろしの落差が激しいのですが、書き下ろしを読んだ後で、本編を王様の立場に立って読み返すと、また違う楽しさがあるといいなぁと思っています。楽しくて、あまりにも楽しくて、色々ぎゅっと詰め込んだ本になりました。

最後に、編集様、北沢先生、電子書籍をご購入くださった方々や、感想をくださった方々。番外編まで読んでくださった方々、電子と書籍、両方にかかわってくださった方々、そしてなにより、この本をご購入くださった方々に、心からの感謝をささげます。

少しでも楽しんでいただければ幸いです。

鹿能リコ

異世界召喚されたら、勇者じゃなくてオメガになりました：電子書籍に加筆修正
秘密：書き下ろし

ラルーナ文庫

この本を読んでのご意見・ご感想・ファンレターなど
お待ちしております。〒110−0015 東京都台東区
東上野3−30−1 東上野ビル7階 株式会社シーラボ
「ラルーナ文庫編集部」気付でお送りください。

異《い》世《せ》界《かい》召《しょう》喚《かん》されたら、勇《ゆう》者《しゃ》じゃなくてオメガになりました

2024年1月7日　第1刷発行

著　　　者｜鹿能《かのう》 リコ
装丁・DTP｜萩原 七唱
発　行　人｜曺 仁警
発　行　所｜株式会社 シーラボ
〒110−0015　東京都台東区東上野 3−30−1　東上野ビル7階
電話　03−5830−3474／FAX　03−5830−3574
http://lalunabunko.com
発　売　元｜株式会社 三交社（共同出版社・流通責任出版社）
〒110−0015　東京都台東区東上野 1−7−15
ヒューリック東上野一丁目ビル 3 階
電話　03−5826−4424／FAX　03−5826−4425
印 刷・製 本｜中央精版印刷株式会社

　ISBN978-4-8155-3289-5